ALPHAS GEFÄHRTIN

RENEE ROSE

LEE SAVINO

Übersetzt von
STEPHANIE KOTZ

MIDNIGHT ROMANCE PUBLISHING

Copyright © 2025 Alpha's Mate und 2026 Alphas Gefährtin von Renee Rose und Lee Savino

Alle Rechte vorbehalten. Dieses Exemplar ist NUR für den Erstkäufer dieses E-Books bestimmt. Kein Teil dieses E-Books darf ohne vorherige schriftliche Genehmigung der Autorin in gedruckter oder elektronischer Form vervielfältigt, gescannt oder verbreitet werden. Bitte beteiligen Sie sich nicht an der Piraterie von urheberrechtlich geschützten Materialien und fördern Sie diese nicht, indem Sie die Rechte der Autorin verletzen. Kaufen Sie nur autorisierte Ausgaben.

Veröffentlicht in den Vereinigten Staaten von Amerika

Renee Rose Romance, Silverwood Press und Midnight Romance

Renee Rose® ist ein eingetragenes Markenzeichen von Wilrose Dream Press

Dieses E-Book ist ein Werk der Fiktion. Auch wenn vielleicht auf tatsächliche historische Ereignisse oder bestehende Orte Bezug genommen wird, so entspringen die Namen, Charaktere, Orte und Ereignisse entweder der Fantasie der Autorin oder werden fiktiv verwendet, und jegliche Ähnlichkeit mit tatsächlichen Personen, lebenden oder toten, Geschäftsbetrieben, Ereignissen oder Orten ist rein zufällig.

Dieses Buch enthält Beschreibungen von BDSM und vieler sexueller Praktiken. Da es sich jedoch um ein Werk der Fiktion handelt, sollte es in keiner Weise als Leitfaden verwendet werden. Die Autorin und der Verleger haften nicht für Verluste, Schäden, Verletzungen oder Todesfälle, die aus der Nutzung der im Buch enthaltenen Informationen resultieren. Mit anderen Worten probiert das nicht zu Hause, Leute!

 Formatiert mit Vellum

HOLEN SIE SICH IHR KOSTENLOSES BUCH!

Tragen Sie sich in meine E-Mail Liste ein, um als erstes von Neuerscheinungen, kostenlosen Büchern, Sonderpreisen und anderen Zugaben zu erfahren.

https://geni.us/jungfrauunddervampir

RENEE ROSE: HOLEN SIE SICH IHR KOSTENLOSES BUCH!

Tragen Sie sich in meine E-Mail Liste ein, um als erstes von Neuerscheinungen, kostenlosen Büchern, Sonderpreisen und anderen Zugaben zu erfahren.

https://www.subscribepage.com/mafiadaddy_de

Wussten Sie schon, dass Sie direkt bei Renee Rose bestellen können? Sichern Sie sich signierte Bücher, Sonderausgaben und stark reduzierte Pakete. Nutzen Sie diesen Coupon für zusätzliche 10 % Rabatt auf Ihre gesamte Bestellung – READER10

Oder klicken Sie hier – https://shop.reneeroseromance.com/discount/READER10

LEE SAVINO:
KOSTENLOSE NOVELLE

Hol dir ein kostenloses Exemplar von Gezeugt von den Berserkern und Eine Berserker-Geburt, indem du dich für meinen Newsletter anmeldest.

*Der dritte Teil von Daegans, Brennas und Samuels Geschichte. Lies den ersten Teil in **Verkauft an die Berserker** und den zweiten in **Gepaart mit den Berserkern**. Diese Novelle ist kostenlos, ein Geschenk.*

https://BookHip.com/PKRMGC

Wussten Sie schon, dass Sie direkt bei Lee Savino kaufen können? Sichern Sie sich Sondereditionen und stark reduzierte Pakete. Nutzen Sie diesen Coupon für zusätzliche 10 % Rabatt auf Ihre gesamte Bestellung: READER10

Oder klicken Sie hier: https://leesavino.myshopify.com/discount/READER10

KAPITEL EINS

Matthias

Es gibt schlimmere Arten, einen Mann zu quälen, als ihn zum Arzt einer Kleinstadt zu machen, in der seine vom Schicksal vorherbestimmte Gefährtin für ihn tabu ist.

Ich habe bloß noch keine gefunden.

Es ist 17:32 Uhr an einem Montagabend und die Bürgermeisterin von Bad Bear Mountain bombardiert mein Handy mit Anrufen und Nachrichten. Daisy hat in den letzten zwei Stunden schon sechsmal angerufen, vermutlich um mit mir das Bad Bear Winterfest zu besprechen.

Beim Schicksal, ich muss sie meiden. Nicht, weil ich nicht an der Planung eines Kleinstadt-Festes beteiligt sein möchte – auch wenn ich das nicht will – sondern wegen Daisys reizender Enkelin.

Maisy. Meine süße Gefährtin.

Nein, denk nicht an sie.

An langen Tagen wie diesem fällt es mir schwer, meinen Verstand daran zu hindern, über sie nachzudenken. Ich habe eine Doppelschicht im Krankenhaus in Santa Fe hinter mir und bin nach Hause gefahren, nur um hierherzukommen und die restliche Schicht der Advanced Practice Nurse, kurz APN, hier in der Praxis zu übernehmen. Ich bin nicht müde; meine Gestaltwandlerseite besitzt dafür zu viel Durchhaltevermögen. Ich meine, ich könnte schlafen. Viel wichtiger ist jedoch, dass ich rauskomme. Mein Bär will im Wald Laufen gehen und ihn daran zu hindern, wild zu werden, setzt mich ständig unter Druck.

Manchmal denke ich, dass ich dauernd arbeite, nur damit ich zu müde bin, um von *ihr* zu träumen, wenn ich endlich einschlafe.

Ich fahre mit einer Hand über mein Gesicht.

Der Geruch von Glühmost und Karamelläpfeln wabert durch die Tür und mein Bär schnellt augenblicklich an die Oberfläche.

Zuerst glaube ich, dass ich mir den Duft einbilde, denn wenn ich meine Gedanken wandern lasse, denke ich bloß an sie. Ihre Haare, ihren Duft, ihr Lächeln, die köstlichen Kurven, die sie unter ihren leicht schlabberigen Kleidern trägt.

Doch dann realisiere ich …

Sie ist hier.

Fuck.

Ich kann mich nicht daran hindern, den Geruch tief einzuatmen und die Aromen von Karamell, Zimt und reizendem jungen Weibchen zu genießen.

Ich stöhne. Bei dem Duft läuft mir das Wasser im Mund zusammen. Mein Schwanz wird hart. Meine Eckzähne versuchen, sich durch mein Zahnfleisch zu bohren, werden länger und sind bereit, in etwas Süßes zu sinken.

Nein.

Das kommt nicht infrage.

Das darf nie geschehen.

Ich reiße meine Schreibtischschublade auf, in der ich die Phiolen mit Mondkur aufbewahre. Es ist eine spezielle

Mischung, die ich mir ausgedacht habe, um mit meiner … einzigartigen Situation fertig zu werden. Ich reiße die Verpackung einer nagelneuen Spritze auf und ziehe sie auf. Ich mache mir nicht einmal die Mühe, den Flaschenmund oder meine Haut zu desinfizieren. Ich ramme mir die Spritze in den Bizeps und drücke den Kolben nach unten.

Die kühlende Empfindung breitet sich in meinem Arm aus. Süße Erleichterung, gerade rechtzeitig. In wenigen Sekunden wird die Mondkur meine Sinne dämpfen. Es ist, als würde ein Vorhang zwischen meiner Vernunft und meinen Sehnsüchten hochgezogen werden. Zwischen meinem logischen und meinem wilden Selbst.

Meinem Bären gefällt das nicht, doch er versteht es.

Es klopft an meiner Bürotür.

Ich ziehe die Spritze raus, während ich meine Schreibtischschublade zuschiebe, und lasse sie anschließend in den Müll fallen. Ich werde sie später in die Box für biologischen Müll werfen. „Ja, Sara?"

Sara öffnet die Tür. „Dr. Matthias? Wir haben einen Patienten ohne Termin."

Ja. Dessen bin ich mir nur allzu gut bewusst. Und ich weiß genau, wer der Patient ist.

„Der Patient wollte eigentlich zu Nancy, doch sie ist gerade gegangen."

Ich stehe auf. „Das ist okay. Nancy ist früher gegangen, um sich die Schulaufführung ihres Sohns anzuschauen. Ich übernehme ihre Patienten, bis wir die Praxis schließen." Ich rücke meine Brille zurecht und lächle sie an. „Bring die Patientin in Zimmer zwei und gib ihr Bescheid, dass ich gleich komme."

Der Patient. Ich hätte *der Patient* sagen sollen, nicht *die Patientin.* Ich sollte ihr Geschlecht nicht kennen, da Sara bloß *Patient* gesagt hatte. Ich muss meinen Bären zügeln, denn ich mache Fehler.

„Wird sofort erledigt, Doktor." Bevor Sara geht, zückt sie ein Tuch und poliert einen unsichtbaren Fleck vom Türgriff. In der ganzen Praxis gibt es kein einziges Staubkorn – alles ist seit der Renovierung tadellos sauber, was Sara allerdings nicht daran hindert, lächelnd Türgriffe zu polieren. Sie ist stolz auf die Praxis.

Die Bewohner des Bad Bear Mountains mussten früher in allen Gesundheitsfragen nach Santa Fe fahren, bis Bad Bears eindrucksvolle, alte Bürgermeisterin Daisy und ich diese Praxis auf die Beine stellten. Sie piesackte jemanden so lange, bis er dieses zugige, alte Haus spendete, und ich arbeitete hier freiwillig mit einer Teilzeit-Krankenschwester.

Jetzt ist die frisch renovierte Praxis mit einer Arzthelferin und einer APN in Vollzeit besetzt, was dank der großzügigen Spenden unserer ansässigen Milliardärinnen Lana Langmeyer und Paloma Castillo möglich war.

Ich lehne mich an meinen Schreibtisch und nehme einen beruhigenden Atemzug, während ich darauf warte, dass die Mondkur meinen Körper durchflutet. Mein Bär sendet mir eine Flut an Bildern im Zeitraffer – ich eile in den Untersuchungsraum, werfe meine hübsche, junge Patientin auf die Liege und verlustiere mich zwischen ihren Beinen. Ich drücke sie nach unten und markiere sie brutal mit meinen Zähnen. Ich nehme meine Bärengestalt an, hebe sie hoch und trage sie zu meiner Höhle, um ungestört über sie herzufallen.

Das. Kommt. Nicht. Infrage, teile ich ihm bestimmt mit, wie ich das jedes Mal tue, wenn ich Maisys süßen Geruch auffange.

Sie ist meine größte Folter. Meine längste Herausforderung. In letzter Zeit habe ich mir vor der Fahrt zur Morgenschicht in Santa Fe erlaubt, im Café vorbeizugehen und mir Kaffee zu kaufen. Zu dieser Tageszeit ist meine Willenskraft nämlich am stärksten.

Ansonsten wage ich es nicht, ihr zu nahe zu kommen. Doch heute bleibt mir nichts anderes übrig.

Als ich beschließe, dass ich ruhig genug bin, gehe ich zum Untersuchungszimmer. Der Karamellapfelduft wird im Flur stärker.

Mir läuft das Wasser im Mund zusammen.

Mein Bär schnellt an die Oberfläche. Das hier ist mehr als Gier. Es ist eine tiefe Sehnsucht, ein wahnsinniges Verlangen.

Ich werde nicht nachgeben.

Die alten Böden knarzen unter meinen Füßen. Meine Schritte werden langsamer und ich überprüfe meinen blauen Arztkittel, um mich zu vergewissern, dass er sauber ist – ich habe mich nach meiner letzten Schicht umgezogen, doch es ist eine Angewohnheit für den Fall, dass irgendwo Blutspritzer sind, die Patienten Angst machen könnten.

Ich öffne die Tür und sehe das Weibchen auf der Untersuchungsliege sitzen, von dem ich mir geschworen habe, die Finger zu lassen. Maisy Bennett, meine unfassbar junge Gefährtin.

„Maisy?"

Der hübsche Mensch hebt überrascht den Kopf. Ihre rosafarbenen Lippen teilen sich bei einem Keuchen, während sie an der Kante der Liege schwankt und nach unten zu fallen beginnt.

Ich habe immer diese Wirkung auf sie, mein hübscher kleiner Tollpatsch.

Ich durchquere den Raum im Nu, wobei ich mich mit Gestaltwandlergeschwindigkeit bewege, um sie rechtzeitig aufzufangen. Sie passt perfekt in meine Arme. Ich sollte sie nicht so eng an mich drücken, komme jedoch nicht gegen das Verlangen an. Es fühlt sich so richtig an, sie zu halten.

Ich war ihr noch nie zuvor so nah. Ich habe mir nie erlaubt, sie zu berühren, obwohl ich sie mehr will als meinen nächsten Atemzug. Obwohl ich jede Nacht von ihr träume und den Großteil meiner Zeit damit verbringe, sie und meine zwanghaften Gedanken über sie zu meiden.

„Doktor?" Ihre bereits bleiche Haut wird noch blasser, als hätte sie ein Gespenst gesehen, doch der Duft von Karamell und Zimt wird kräftiger.

Mein Bär saugt ihn wie eine Droge auf. Er versucht, mir wieder die beschleunigte Handlungsabfolge zu schicken, doch ich verbiete ihm, die Barriere in meinem Gehirn zu durchbrechen.

„Bist du okay?" Ich setze sie wieder auf die Untersuchungsliege und lockere meinen Griff um sie widerwillig.

„Mhmm", murmelt sie, die hübschen blauen Augen auf den Boden gerichtet, was mich daran erinnert, warum ich Maisy Bennett nicht zu nahe komme. Sie ist von mir eingeschüchtert.

Ich trete zurück und zwinge den Arzt in mir, die Kontrolle zu übernehmen. Meine Gestaltwandlersinne bemerken alles an ihr. Ihre Hautfarbe und Temperatur wirken normal. Ihre Augen sind ein wenig geweitet, aber innerhalb der Norm. Ihr Puls hat sich beschleunigt, seit ich den Raum betreten habe – ich kann ihn in meinen Ohren wummern hören.

Ihre Hand legt sich auf ihren Unterleib und Schmerz huscht über ihr Gesicht. Ich brenne darauf, sie wieder in meine Arme zu ziehen und zu trösten, zwinge mich jedoch, professionell aufzutreten. Ich räuspere mich. „Was führt dich heute hierher?"

„Nichts." Sie zieht ihr Oberteil nach unten, einen niedlichen bauchfreien Pullover in der Farbe ihrer Augen. „Ich sollte gehen." Sie beginnt, von der Liege zu rutschen.

„Setz dich", befehle ich etwas zu harsch für eine gewöhnliche Patientin. Ihre Wangen werden rot, doch sie setzt sich sofort und legt die Hände in den Schoß.

„Braves Mädchen."

Uuups. Habe ich das wirklich laut gesagt? Was mache ich nur? So kann ich nicht mit einer Patientin sprechen.

Vor allem nicht mit dieser Patientin. Der Enkelin der Bürgermeisterin. Das Mädchen, dem ich so lange aus dem Weg gegangen bin – andernfalls hätte ich sie mittlerweile schon längst markiert und ihr zehn Bärenjunge geschenkt.

Doch sie reagiert auf das Lob – sie atmet scharf ein. Ihr Duft – dieser unglaubliche, köstliche Duft – wird kräftiger. Mein Zahnfleisch schmerzt, als meine Fangzähne ausfahren. Ich wende mich von ihr ab und packe die Arbeitsplatte, weil der Drang so überwältigend ist, Maisy nach unten zu drücken und zu markieren.

Mein Bär brüllt vor besitzergreifendem Triumph. Er will sie berühren, sie halten und beschützen. Mein Bär hat eine Million dunkler und versauter Dinge im Sinn, die er mit ihr tun will.

Ich muss mich in den Griff kriegen.

„Mir geht's gut." Sie klingt ein wenig atemlos. Ihre Wangen röten sich und ihre Pupillen sind geweitet – ein eindeutiges Zeichen von Erregung. Wenn ich das nicht von meinem Medizinstudium wüsste, würde ich es wissen, weil ich all ihre Gerüche riechen kann.

Mag sie es, wenn sie ein braves Mädchen genannt wird?

Ich will sie zu *meinem* braven Mädchen machen. Ich will sie nach Hause tragen, an mein Bett fesseln und lecken. Ich will ihr das Eingeschüchtert-Sein abtrainieren und ihr beibringen, dass sie bei mir mehr als sicher ist. Ich werde mich um jedes ihrer Bedürfnisse kümmern. Sie wird jedem meiner Befehle gehorchen …

Fuck. Nein. Das darf nicht passieren. Ich weiß bereits, dass es nie passieren darf. Maisy ist viel zu jung. Sie ist Anfang zwanzig, wohingegen ich zweiunddreißig Jahre alt und eine Autoritätsperson in ihrem Leben bin. Ich habe Macht über sie. Macht, die auszunutzen falsch wäre. Sie kann mir nicht einmal in die Augen schauen, ohne zu stolpern. Sie käme definitiv nicht mit mir oder meinem Bären zurecht. Ich bin viel zu viel für sie.

Also schlüpfe ich in den reduzierten Dom-Modus, richte einen autoritären Blick auf sie und ziehe eine Augenbraue hoch. „Maisy, du hast Schmerzen. Du gehst nirgendwo hin, bis ich herausgefunden habe, was los ist."

* * *

Maisy

Es gibt sechs Dinge, die man über mich wissen sollte:

1. Ich habe PCOS.
2. Ich mache einen genialen Pumpkin Spice Latte – mit echtem Kürbispüree, wie es das klassische Rezept verlangt.
3. Ich führe einen Coffee-Shop mit meiner Oma Daisy.
4. Ja, ich trinke viiiiieeel zu viel Koffein.
5. Ich bin eine Leseratte und will das Café eines Tages um einen Buchladen und eine Brauerei erweitern.
6. Dr. Sahneschnittchen – aka Matthias Stark – sorgt dafür, dass mein Herz schneller schlägt, als wenn ich einen großen Blonde Roast mit einem vierfachen Espresso trinke.

Im Moment sitze ich auf der Untersuchungsliege und starre zu Boden. Wenn ich den Arzt anschaue, werde ich spontan in Flammen aufgehen. Mir ist bereits am ganzen Körper heiß, nur weil ich einen Hauch von seinem wohlriechenden Rasierwasser aufgefangen habe.

Bleib cool, bleib cool … was immer du tust, sabbere nicht!

Er trägt einen blauen Arztkittel. Einen blauen Arztkittel! Blau ist eine beruhigende Farbe, hat aktuell allerdings nicht diese Wirkung auf mich. Seine dunkle Haut scheint vor dem Blau geradezu zu leuchten und da seine kurzen Ärmel seine kräftigen Bizepse zeigen, fühle ich mich, als hätte ich ein Herzleiden.

Hast du dich schon mal in der Nähe eines Kerls aufgehalten, der so heiß war, dass es dein Gehirn zerstört hat? Ich führe ein ziemlich behütetes Leben am Bad Bear Mountain. Ich gehe nicht auf Partys. Ich schwärme wie alle anderen für Promis, doch Dr. Sahneschnittchen ist ein Promi aus dem wirklichen Leben – sexy, klug, perfekt. Nach dem Latte-Vorfall, bei dem er guten Morgen sagte und ich „BLARG!" schrie und einen ganzen Hafermilch-Latte auf mir verschüttete, habe ich gelernt, ihn zu meiden. Daher kann ich auf keinen Fall dieses Gespräch mit *ihm* führen.

„Ich wollte eigentlich mit der APN sprechen", platzt es aus mir heraus.

„Nancy musste früher gehen. Ich kann dir helfen." Er betrachtet mich mit seinen hübschen braunen Augen. Seine Brille betont bloß, wie umwerfend er ist. Er sieht so gefasst und beherrscht aus, aber ich kenne sein Geheimnis. Er ist ein Bärengestaltwandler. Die meisten Bewohner von Bad Bear wissen, dass Winnie und die acht mittlerweile erwachsenen Jungs, die sie adoptierte, anders als der Rest von uns sind. Doch wir beschützen dieses Geheimnis und im Gegenzug beschützen sie die Stadt und helfen ihr.

Dass Dr. Sahneschnittchen ein Bär ist, bedeutet, dass er eine wilde Seite hat. Ich frage mich, ob er sie im Schlafzimmer rauslässt …

Wah! Ich muss aufhören, auf den Arzt scharf zu sein. Er

ist kein Objekt der Begierde. Es ist nicht seine Schuld, dass er in jeder Hinsicht perfekt ist.

„Nein. Das kannst du nicht." Ich zerre an meinem Oberteil und ziehe es nach unten, um meinen Bauch zu verbergen. Warum habe ich ausgerechnet heute einen bauchfreien Pullover angezogen? Einer meiner Neujahrsvorsätze ist, mutiger zu sein. Ein anderer war, zum Arzt zu gehen. Da ich das Café leite und meiner Oma Daisy beim Winterfest helfe, habe ich eigentlich keine Zeit dafür, doch die Schmerzen sind unerträglich geworden.

Er packt meine Hand und hält sie fest. Es ist eine leichte Berührung, doch seine große Hand verdeckt meine beinahe vollständig. „Maisy, bitte." Seine andere Hand gleitet über meinen Bauch. Sie ist warm und die Berührung sinnlich, obwohl ich mir sicher bin, dass er das nicht beabsichtigt. „Was tut weh?" Er streichelt mit der Hand über meinen Bauch, als wolle er mich trösten.

Ich schließe die Augen. Sein Sandelholz-Duft umgibt mich warm und tröstlich. Ich will mich auf den Rücken rollen und ihm wie ein Welpe den Bauch anbieten.

Ja, bitte. Bitte berühre mich noch mehr.

Mist, er hat mir eine Frage gestellt und wartet auf meine Antwort.

Aah! Es hat mich viel Überwindung gekostet, heute hierherzukommen, und jetzt muss ich mit meinem langjährigen Schwarm über meine privatesten Körperteile sprechen? „Es sind meine Eierstöcke."

„Hast du deine Periode? Hast du Krämpfe?"

„Nein, ich hatte meine Periode vor ein paar Wochen." Ich wedle mit meinem Tagebuch, in dem ich meine Symptome und meinen Zyklus notiere. „Ich werde sie erst in einem Monat oder noch später wieder bekommen. Ich habe keinen besonders regelmäßigen Zyklus. Ich habe Zysten. Sie tun so sehr weh, aber … die Gynäkologin sagt, dass ich die auf keinen Fall spüren kann."

Seine Stirn legt sich in Falten. Seine Hand ruht nach wie vor auf meinem Bauch und obwohl ich Schmerzen habe, beginne ich, mir vorzustellen, was passieren würde, wenn er seine Finger drehen und tiefer, zwischen meine Beine wandern lassen würde.

„Sie irrt sich. Eine Menge Patienten haben Schmerzen von Eierstockzysten. Das kommt häufig vor."

Er ist so beruhigend und ich kann mich nicht mehr zurückhalten. Der Damm bricht. „Sie sagte, ich habe PCOS, aber ich könnte auf keinen Fall die Zysten spüren. Sie sagte, ich bilde mir den Schmerz nur ein. Sie sagte …", meine Stimme bricht und ich flüstere den Rest, während mich Scham durchflutet, „Sie sagte, dass ich nur abnehmen muss."

Dr. Sahneschnittchen macht ein finsteres Gesicht und es ist beunruhigend, wie gut er aussieht, selbst wenn er verärgert ist. „Sie hat dir nichts verschrieben, damit du mit deinem Leiden besser zurechtkommst?"

Ich schüttle unglücklich den Kopf.

Kurz flammen seine Augen blau auf. Das muss ein Bären-Ding sein. Ich habe es schon mal bei Axel, seinem Bruder und meinem Mitleids-Prom-Date gesehen, weiß allerdings nicht, was es bedeutet. Wir wissen nicht viel über unsere, äh, andersartigen Nachbarn, respektieren jedoch ihre Privatsphäre und sie würden im Gegenzug alles für unsere kleine Stadt tun.

„Das ist nicht okay." Seine Stimme ist ein gutturales Knurren, bei dem sich Gänsehaut auf meinen Armen ausbreitet. „Du solltest nie so leiden müssen."

Ich nicke kläglich. Er ist wütend, aber nicht auf mich.

„Maisy, hör mir zu." Er nimmt jetzt meine beiden Hände und wendet sich mir zu. Er sieht so gut aus, dass ich ihn kaum ansehen kann, doch der Moment fühlt sich intimer an, als es zwischen einem Arzt und seinem Patienten üblich ist. Meine Schultern entspannen sich zum ersten Mal seit Jahren. „Eines der Symptome von PCOS ist Gewichtszunahme. Es gibt Möglichkeiten, die Symptome zu behandeln, unsere höchste Priorität ist jedoch die Reduzierung deiner Schmerzen. Du musst nicht abnehmen. Du brauchst eine bessere Ärztin. Und es ist nicht deine Schuld, dass sie eine Idiotin ist. Und gemein."

Ich nicke und Tränen brennen in meinen Augen. Meine Güte, ich darf jetzt nicht weinen. Ich habe mich in seiner Gegenwart bereits genug zum Narren gemacht.

Allerdings fühlt es sich so, so gut an, dass mir jemand zuhört. Dass mich jemand anhört und auf meiner Seite ist.

„Es war mutig von dir, heute herzukommen. Verstanden?"

Ich nicke.

„Ich muss ein *Ja, Matthias* hören."

Oh, verdammt. Er klingt wie einer der herrischen Helden aus meinen Lieblingsliebesromanen. Sein Lächeln macht den Befehl sanfter, bei dem es trotzdem in meinem Becken zieht.

Hat er irgendeine Ahnung, welche Wirkung er auf Frauen hat, wenn er diesen dominanten Ton benutzt?

Ich straffe die Schultern und fühle mich besser. Es ist so eine Erleichterung, dass mir jemand zuhört, dem ich vertraue. Dass er mich lobt und mir anschließend sagt, was ich zu tun habe. „Ja, Doktor." Ich könnte ihn niemals Matthias nennen. Ich bin ihm zu viel Respekt schuldig.

Er nickt und ich höre das Echo des *braven Mädchens* in seiner tiefen Stimme, obwohl er es nicht sagt.

„Wir werden Folgendes tun", beginnt er, aber ein knarzendes Bodenbrett unterbricht ihn.

„Doktor?", ruft die Arzthelferin aus dem Flur. „Jasmine Wilkins ist am Telefon. Sie ist am Durchdrehen. Oliver hat ein Lego in seine Nase gesteckt."

Dr. Sahneschnittchen spannt den Kiefer an. Er wendet sich halb zum Gehen ab, hält jedoch inne, als wolle er nicht gehen.

„Das klingt ernst. Du solltest besser gehen", flüstere ich. Es wird mir die Gelegenheit verschaffen, zu fliehen und meinen Tod vorzutäuschen. Ich kann nicht fassen, dass Dr. Sahneschnittchen mein Arzt war, als ich herkam, um Frauenprobleme zu besprechen.

Argh.

„Dr. Matthias?"

„Ich komme." Seine tiefe Stimme ist so beruhigend. „Rühr dich nicht vom Fleck", befiehlt er mir.

Meine Pussy verkrampft sich bei seinem autoritären Ton erneut.

„Ich bin gleich wieder da."

Ich warte, bis sich die Tür hinter ihm schließt, dann rutsche ich von der Liege. Zeit, zu fliehen. Die Praxis befindet sich in einem alten Haus. Es wurde renoviert, doch an diesen Untersuchungsraum ist noch ein altes Bad angeschlossen.

Ich verschwende keine Zeit, husche ins Bad, öffne das Fenster und stoße es auf. Nachdem ich das Fliegengitter mit zwei kurzen Schlägen meiner Faust entfernt habe, stelle ich mich auf die Toilette und schwinge ein Bein über den Fenstersims.

Ich höre das tiefe Grollen von Dr. Sahneschnittchens Stimme im Flur und meine Brustwarzen ziehen sich zusammen.

Guter Gott, warum hat er diese Wirkung auf mich? Es ist, als würde ich in seiner Gegenwart jedes Mal zu einer Pfütze schmelzen. Es ist so viel besser, ihn zu meiden, als mich ständig vor ihm zu blamieren.

Autsch. Autsch, autsch, autsch. Ich sitze auf dem Fensterrahmen, um mein Bein durch das Fenster zu schwingen.

Dann spähe ich auf den abschüssigen Boden unter mir. Er ist etwas tiefer als im Inneren des Hauses, doch ich kann springen.

Die wundervollen Töne von Dr. Sahneschnittchens Stimme verstummen. Oh Gott, er kommt zurück! Jetzt oder nie.

Danke, Dr. Sahneschnittchen, aber ich kann meine Frauenprobleme einfach nicht mit dir besprechen, wenn deine Nähe dafür sorgt, dass ich wie Wackelpudding bebe.

Bitte vergiss, dass du mich jemals hier gesehen hast. Und vergiss, dass meine beste Freundin und ich dich hinter deinem Rücken Dr. Sahneschnittchen nennen.

Ich atme scharf ein, halte die Luft an und stoße mich ab.

* * *

MATTHIAS

Es dauert zwei Minuten, Jasmine zu erklären, wie sie das Lego aus der Nase ihres fünfjährigen Oliver herausholen kann, und zehn weitere Minuten, sie zu beruhigen.

Mein Bär zerrt die ganze Zeit an mir, weil er will, dass ich zu Maisy zurückgehe.

Der Karamellapfelduft ist verflogen, als ich schließlich durch den Flur laufe und ich weiß, noch bevor ich die Tür öffne, was passiert ist.

Und tatsächlich ist da ein pinkfarbener Rucksack, der mit einem Gänseblümchen aus aufgestickten Perlen verziert ist – Maisys Rucksack. Doch von ihr ist weit und breit keine Spur zu sehen.

Meine Patientin ist geflüchtet.

Das ist genau das, was ich befürchtet habe. Ich habe versucht, mich ruhig zu verhalten und meinen Bären in ihrer Nähe zu zügeln. Sie ist ohnehin nervös in meiner Gegenwart. Wann immer ich ihr nahe komme, werden ihre Wangen rot und sie beginnt, Dinge fallen zu lassen.

Es ist niedlich.

Etwas in ihrem Rucksack brummt. Ihr Handy. Ich ziehe es heraus und sehe, dass der Anruf von einer unbekannten Nummer mit Nevada-Vorwahl ist. Sieht aus, als hätte dieselbe Nevada-Nummer sie einige Male angerufen, jedoch nie eine Nachricht hinterlassen.

Mein Bär knurrt. Ich mag es nicht, dass jemand sie belästigt. Wer würde sie so oft anrufen?

Jetzt schnüffle ich schamlos in ihren Sachen herum. Ihr Tagebuch ist auch da, und zwar unter ihrem Rucksack. Es ist auf einer Seite geöffnet, auf der sie ihre Symptome in einer ordentlichen Handschrift niedergeschrieben hat. Der Wissenschaftler in mir bewundert die methodischen Aufzeichnungen ihres Zyklus und ihrer Schmerzen. Es gibt nicht genügend Informationen, damit ich ihr sofort Schmerzmittel verschreiben kann, doch ich werde für morgen einen Termin bei der APN ausmachen, damit sie untersucht wird. Ich vermerke in Maisys Akte meine Empfehlung, dass Nancy mit ihr über die Einnahme der Pille spricht, um ihre Hormone in den Griff zu kriegen.

Das wird ein Anfang sein. Es reicht nicht, um meinen Bären zufriedenzustellen, doch ich kann ihm versichern, dass wir auf sie aufpassen werden. Sie wird keine Schmerzen mehr haben, zumindest nicht, wenn es nach uns geht.

Mein Bär empfiehlt kurz, alle zu töten, die sie schlecht behandelt haben, einschließlich der Person, die ihr Handy mit Anrufen bombardiert.

Vielleicht später, informiere ich ihn. *Wir wollen ihr nicht noch mehr Stress verursachen, als wir es bereits getan haben.* Das sind die magischen Worte, die ihn dazu bringen, sich zu beruhigen.

Alles in mir will ihr Tagebuch lesen, aber es ist falsch, ihre

Privatsphäre derart zu verletzen. In einer Minute werde ich es schließen und in ihren Rucksack stecken. Vorher hebe ich das Papier jedoch an meine Nase und atme ihren Geruch ein.

Ein Zettel fällt heraus und flattert zu Boden. Ich hebe ihn auf und kann nicht verhindern, dass mein Blick auf die geschwungene Handschrift fällt. Sie hat einen Stift mit lila Farbe verwendet, um *Neujahrsvorsätze* als Überschrift zu schreiben.

1. Glow-up
2. Arzttermin wegen PCOS
3. DD-Erweiterung planen
4. Bei Allen Grenzen setzen

Bei Allen Grenzen setzen? Wer zum Teufel ist Allen und warum muss sie bei ihm Grenzen setzen?

Mein Bär kommt brüllend an die Oberfläche, bereit, den Kerl zu zerfetzen, der meiner Gefährtin auf die Nerven geht.

Dann fällt mir etwas ein, was ich bei meinem ausgiebigen Stalking meiner umwerfenden Gefährtin erfahren habe: Allen ist der Name ihres Vaters. Er ist drogensüchtig wie ihre Mom. Daher ergibt es Sinn, dass sie bei ihm Grenzen setzen muss. Ich mache mir eine geistige Notiz, herauszufinden, was das Arschloch ihr momentan antut, wegen dem es nötig ist, eine bessere Grenze zu setzen.

Dann lese ich die letzten zwei Punkte auf ihrer Liste:

5. Trete für dich ein!!! Du schaffst das!
6. Auf ein Date gehen

DER VORLETZTE PUNKT wurde mehrere Male unterstrichen und bringt mich zum Lächeln. Mein kleiner Mensch ist mutig.

Es ist jedoch der letzte Punkt, der mir zusetzt. Ich kann mir nicht vorstellen, dass sie jemanden um ein Date bittet – mein Bär erlaubt mir nicht, auch nur daran zu denken.

Vielleicht kann ich so etwas wie ihre gute Fee sein und all ihre Wünsche in Erfüllung gehen lassen.

Nein. Nein, das kann ich nicht. Das würde meine Selbstbeherrschung zu sehr auf die Probe stellen. Selbst wenn ich die Mondkur nehme. Mein Verlangen nach Maisy ist noch da, nur gedämpft. Und wenn die Dosis ihre Wirkung verliert, ist mein Bär umso wilder.

Ich treffe eine Entscheidung und zücke mein Handy. Ich kann Maisy nicht anrufen – sie hat ihr Handy hier vergessen, wohnt jedoch bei ihrer Oma Daisy, die mich seit dem Mittagessen ununterbrochen angerufen hat.

„Dr. Matthias!", nimmt Daisy meinen Anruf beim ersten Klingeln an. „Ich bin so froh, dass du mich anrufst."

„Daisy, ich brauche", versuche ich, die Kontrolle über das Gespräch zu gewinnen, bevor sie sich in die Planung des Bad Bear Winterfests stürzt.

„Du musst Maisy untersuchen", unterbricht sie mich rasch.

„Was?" Daisy ist die Bürgermeisterin unserer Kleinstadt und bei jedem Gespräch, das ich in den letzten Jahren mit ihr führte, ging es entweder um ihre Gesundheit oder irgendeine Krise der Bad Bear Gemeinde.

„Sie hat solche Schmerzen. Ich habe ihr gesagt, dass sie zur Praxis gehen soll, aber sie tut es einfach nicht. Und ich glaube, du musst einen Hausbesuch machen …"

„Tatsächlich rufe ich wegen Maisy an. Ist sie bei dir?"

Daisy atmet scharf ein. „Ist sie zu dir gegangen? Hast du sie untersucht? Hast du …"

„Das ist vertraulich", setze ich ihren Fragen entschieden ein Ende. „Selbst wenn es nicht gegen das HIPAA-Gesetz verstoßen würde, würde ich niemals die Krankenakte eines Patienten mit jemand anderem als dem Patienten besprechen."

„Aber ich bin ihre Oma!"

„Daisy", sage ich mit meiner Doktor-Dom-Stimme. „Maisy ist eine erwachsene Frau. Sie kann ihre eigenen Entscheidungen bezüglich ihrer medizinischen Versorgung treffen."

Daisy seufzt ins Telefon. „Du hast recht." Sie klingt ruhiger. „Ich habe mir nur solche Sorgen gemacht."

„Tatsächlich rufe ich an, weil ich Maisys Rucksack habe. Sie hat ihn vergessen."

„In der Praxis?" Daisy klingt hoffnungsvoll. „Vergiss es, du darfst es mir nicht erzählen. Sie ist hier im Haus. Sie ist vor einer Weile zurückgekommen. Du kannst ihn hierherbringen."

„Das werde ich machen." Ich verabschiede mich und lege auf, bevor Daisy anfängt, Maisys Symptome eines nach dem anderen aufzuzählen. Ich habe bemerkt, dass Daisy gerne das Sagen hat und ihre Nase in die Angelegenheiten aller anderen steckt. Das ist für ihren Posten als Bürgermeisterin von Vorteil – sie liebt es, über den Stadtklatsch informiert zu sein, und will Bad Bear ehrlich zu einem besseren Ort machen.

Es ist allerdings nicht in Ordnung, dass sie auch Maisys Leben bestimmt. Ich habe das Gefühl, dass Maisy zu lange im Schatten ihrer Namensvetterin gelebt hat.

Doch ich bin kein bisschen besser, oder? Es ist schlimm genug, dass ich Maisys Tagebuch gelesen habe. Wenn es nach meinem Bären ginge, würde ich ihr ganzes Leben übernehmen.

Und es besser machen, flüstert mein Bär. Es ist ein verführerischer Gedanke.

Aber ich kann nicht. Ich schloss diese Tür, sowie ich realisierte, dass Maisy meine Gefährtin ist. Als sie noch ein *Teenager* und ich ein ausgewachsener Bär mit sehr dunklen Sehnsüchten war.

Deshalb eigne ich mich auch nicht für Maisy.

Ich nehme Maisys Tagebuch wieder in die Hand und lese noch einmal die Liste mit den Neujahrsvorsätzen.

Etwas daran sorgt dafür, dass sich meine Brust zusammenzieht. Sie ist so unschuldig. So rein.

Ich kann sie nicht beflecken.

Sie ist jetzt zwar erwachsen, aber noch immer zerbrechlich. Abstand zu ihr zu halten, ist nach wie vor das Beste für uns. Sie ist immer überwältigt von meiner Gegenwart und ich muss meinen Bären kontrollieren. Die Mondkur hat ihre Grenzen.

Sie braucht uns, grollt mein Bär.

Das stimmt. Sie hat Schmerzen und kam zu mir. Klar, sie wollte eigentlich zur APN, doch das Schicksal mischte sich ein und stellte sicher, dass sie in meinen Armen landete. Jetzt kann ich nicht vergessen, wie gut es sich anfühlte, sie in diesen zu halten.

Wie richtig es sich anfühlte.

Allerdings ist es nicht richtig. Ein Mann wie ich – mit Neigungen wie meinen – könnte eine liebenswürdige junge Frau wie Maisy mühelos überfahren. Und das wäre ein widerlicher Machtmissbrauch.

Also nein. Ganz gleich, wie wundervoll es war, in den wenigen Minuten, die sie in meinem Untersuchungsraum war, der Mann zu sein, der Maisy in seiner Obhut hatte – diese Rolle kann nie mir gehören.

Zumindest nicht in den nächsten Jahren. Nicht, bis sie

eine selbstbewusste, reife Frau ist, die weiß, was sie will und wie sie es bekommt. Falls das jemals passiert. Dann, falls sie mich wählt, werde ich den wilden Teil von mir von der Leine lassen, der sie vollkommen *verzehren* will.

KAPITEL ZWEI

Maisy

Das war das Peinlichste, was mir jemals in der Geschichte der Peinlichkeiten passiert ist. Und das will etwas heißen, denn Situationen wie diese passieren mir ständig.

Es ist peinlicher als das eine Mal, als in der Schule verkündet wurde, dass ich zur Homecoming-Queen gewählt worden war. Ich keuchte, stand vom Mittagstisch auf und begann, mich bei allen zu bedanken, die mich unterstützt hatten, nur um informiert zu werden, dass etwas durcheinandergebracht worden war und eigentlich meine Freundin Missy Baptiste die Homecoming-Queen war. Das ergab mehr Sinn, da Missy tatsächlich beliebt und die Gewinnerin eines Schönheitswettbewerbs war.

Im Junior-Jahr passierte es wieder, als der Theaterclub ‚Maisy Baptiste‘ auf den Postern für das Schultheater in der Hauptrolle auflistete. Bis dahin hatte ich meine Lektion gelernt und wusste es besser, als zu feiern. Und tatsächlich war es eine Verwechslung. Ich spielte in dem Theaterstück nicht einmal mit – ich war bloß eine Bühnenhelferin und hatte diese Aufgabe auch nur erhalten, weil Missy meine beste Freundin war.

Niemand will jemals mich – sie wollen immer Missy. Oder sie geraten durcheinander wegen Maisy und Daisy und verwechseln mich mit meiner Oma.

Der Punkt ist, dass ich eine Menge Gelegenheiten hatte, die Schule der Peinlichkeiten mit summa cum laude abzuschließen, und das längst getan habe.

Heute habe ich jedoch meinen Doktortitel erhalten. Ich habe meinem Arzt-Schwarm – dem heißesten Mann im Staat – nicht nur von meinen schrecklichen Eierstöcken erzählt, sondern bin auch noch von der Untersuchungsliege gefallen, sodass er mich auffangen musste.

Nicht, dass es mich gestört hat, in seine kräftigen Arme gezogen zu werden.

Ich hole tief Luft. Ich kann noch immer sein Rasierwasser riechen, die Duftnoten von Zedern- und Sandelholz. Er berührte mich und ich spiele in Gedanken immer wieder ab, wie seine Hand meinen Bauch streichelte.

Ich weiß, dass es nicht erotisch sein sollte, doch für mich, war es das Sinnlichste, was ich jemals erlebte. Er ist so groß, dass ich mich klein fühle. Und hübsch. Es machte Spaß, einen Augenblick lang zu träumen – ich als Märchenprinzessin, die von dem gut aussehenden Prinzen umworben wird.

Es ist bloß eine Fantasie, fühlt sich jedoch gut an.

Es ist das Einzige am heutigen Tag, was nicht schrecklich ist. Ich denke ernsthaft darüber nach, meinen eigenen Tod vorzutäuschen. Oder zumindest von zu Hause wegzulaufen.

Ich verstecke mich in meinem Schlafzimmer, als meine Oma an die Zimmertür klopft. „Maisy?“

„Komm rein.“ Ich liege mit all meinen Lieblingskuscheltieren in meinem Bett. Das Deckenlicht ist aus, aber der Raum wird von den lilafarbenen und weißen Lichterketten beleuchtet, die ich online gekauft habe.

„Dr. Matthias ist gerade vorbeigekommen. Er meinte, du hättest das hier vergessen." Sie kommt mit meinem Rucksack rein. Stimmt ja. In meiner Eile, zu fliehen, ließ ich ihn auf der Untersuchungsliege zurück. Ich bemerkte das, sobald ich draußen war, schämte mich jedoch zu sehr, um zurückzugehen, obwohl mein Geldbeutel und Handy im Rucksack waren.

Ich dachte, ich würde diese Dinge nicht brauchen, wenn ich meinen eigenen Tod vorspielte. Ich würde einfach für eine neue Identität bezahlen.

Jetzt würde ich womöglich *tatsächlich* vor Scham sterben.

„Bist du zur Praxis gegangen?", fragt Daisy. Sie möchte, dass ich sie Daisy anstatt Oma nenne. Sie behauptet, das würde sie jung halten.

„Ja."

„Gut gemacht. Fühlst du dich besser?"

Ich nicke. Ich fühle mich wirklich besser, nur weil ich meine Symptome mit einem mitfühlenden Zuhörer besprechen konnte. Ich bin auch dankbar, dass Daisy hier war und Dr. Sahneschnittchen die Tür geöffnet hat. Ich kann mich ihm nicht stellen, ertappe mich allerdings dabei, wie ich mich für eine Flut von Daisys Fragen wappne.

Zu meiner Überraschung seufzt sie erleichtert, bohrt jedoch nicht weiter nach. „Ist es okay, wenn ich kurz weggehe? Ich muss nach dem alten Luther sehen. Er behauptet, er hätte einen fremden Mann bemerkt, der sich bei seinem Haus herumdrückt."

„Was?"

„Mach dir keine Sorgen. Er hat sich das wahrscheinlich ausgedacht. Er will eine Nachbarschaftswache ins Leben rufen. Ich werde nur eine halbe Stunde weg sein." Sie winkt.

Ich kann nicht fassen, dass ich so leicht davonkomme. Normalerweise steckt Daisy ihre Nase in jede noch so langweilige Angelegenheit meines Lebens. Sie hat sogar mein Promdate organisiert. „Ich komme klar."

„Das ist mein Mädchen. Ich mache eine Tortilla-Suppe zum Abendessen. Ich habe sogar Avocados gekauft, die wir dazu essen können. Ruh dich einfach aus." Sie schließt die Tür hinter sich und lässt mich allein.

Ich durchwühle meinen Rucksack und bemerke eine braune Papiertüte, die dort zuvor nicht war. Darin befindet sich ein Behälter mit verschreibungspflichtigen Tabletten – die Antibabypille und Schmerzmittel. Die Anweisungen, wie man sie einnehmen muss, wurden in Dr. Sahneschnittchens klarer Handschrift verfasst.

Hör auf, ihn Dr. Sahneschnittchen zu nennen!

Die Antibabypille wird helfen, deinen Zyklus zu regulieren. Die Schmerztabletten sind für die Zeiten, in denen du Schmerzen hast.

Ich nehme sofort eine mit einem Schluck aus meiner Wasserflasche.

In meinem Rucksack befinden sich auch mein Tagebuch und mein Handy. Ich habe einige Nachrichten von Missy erhalten und eine von einem Kontakt, den ich noch nie zuvor gesehen habe. Er heißt einfach nur ‚Matthias‘.

Was? Oh … oh wow.

Schmetterlinge füllen meinen Bauch. Er hat seine Nummer in meinem Handy gespeichert. Und er hat mir geschrieben:

*DU HAST MORGEN **um 10:00 Uhr einen Termin bei Nancy. Ich habe Daisy gesagt, dass du dir heute freinehmen und dich ausruhen sollst. Die Schmerztabletten werden helfen und Nancy wird deine Symptome in deine Akte eintragen. PCOS ist mit der Pille kontrollierbar.***

. . .

STELL *dir in deinem Handy einen Wecker, damit du die Pille jeden Tag zur selben Zeit nimmst und keinen Tag auslässt.*

RUH DICH JETZT AUS. *Das meine ich ernst.*

ICH KANN seine tiefe Stimme hören, die mir den Befehl erteilt. Meine Pussy zieht sich zusammen. Gänsehaut breitet sich auf meinem Körper aus. Gott, das ist heiß.

Braves Mädchen, sagte er. Und ich kam beinahe an Ort und Stelle.

Während ich das Handy in der Hand halte, beginnt es, zu klingeln und eine unbekannte Nummer anzuzeigen.

Es ist mein Dad, der mein Handy mit Anrufen bombardiert. Ich machte den Fehler, einen Anruf anzunehmen, und musste fünfzehn Minuten lang seinem betrunkenen Gebrabbel lauschen, bevor ich schließlich aufgab und auflegte.

Mein Handy vibriert, als ich eine Sprachnachricht erhalte. Ich sollte sie mir nicht anhören, drücke jedoch auf Play.

„Blumenmädchen", lallt mein Dad. „Ich vermisse dich. Ich will dich sehen. Wie wäre es, wenn du mich zu deinem Geburtstag besuchst? Ich werde dir eine Fahrkarte kaufen und wir können miteinander abhängen. Es wird wie in alten Zeiten sein …" Die Nachricht geht gefühlt endlos weiter. Er klingt wie ein liebevoller Vater, allerdings ist er wahrscheinlich betrunken. Mein Geburtstag ist am Valentinstag und ich wollte, dass es ein besonderer Tag wird. Ich will nicht tagelang mit dem Bus reisen, nur damit er mich in ein schäbiges, verräuchertes Casino schleppt, dazu überredet, ihm Drinks zu kaufen, und mich vergisst, sobald er einige getrunken hat.

Ich muss bei ihm eine Grenze setzen, doch das kleine

Mädchen in mir, das alles für die Aufmerksamkeit seines Vaters tun würde, will ihn einfach nur zurückrufen, sich entschuldigen und versprechen, dass ich ihn besuchen werde. Ich wünschte, ich könnte die Verbindung zu ihm einfach abbrechen.

Momentan habe ich nicht die Energie, um auch nur darüber nachzudenken.

Babyschritte.

Ich werde später eine Lösung finden, wenn es mir besser geht.

Ich ziehe meine Liste mit den Neujahrsvorsätzen heraus und streiche den zweiten Punkt. *Arzttermin wegen PCOS.* Den habe ich hinter mir und das fühlt sich gut an.

Es war mutig von dir, heute herzukommen, sagte Dr. Stark. Beinahe so, als wüsste er, dass ich das Lob brauchte.

Es könnte sein, dass ich es mir nur einbilde, doch der Rucksackgriff riecht nach seinem dezenten Rasierwasser. Ich atme den Duft ein und stelle mir vor, wie er *braves Mädchen* sagt. Das gibt mir die Kraft, zu tun, was ich als Nächstes tun muss.

Ich zücke mein Handy und ändere seinen Namen zu Dr. Stark. Dann schreibe ich ihm:

DANKE.

ICH BENUTZE SATZZEICHEN UND ALLES. Ich schmeichle ihm nicht oder ghoste ihn; ich schicke nur eine Nachricht. Wie eine normale Person.

Dann lasse ich mich wieder auf meine blumige Bettwäsche fallen und schlage mir die Hände vors Gesicht.

Ich muss meine Schwärmerei in den Griff kriegen.

KAPITEL DREI

Maisy

„Sie haben behauptet, dass es nicht zu schaffen ist. Sie haben behauptet, dass wir unter fünfzehn Zentimeter Schnee begraben sein würden. Doch jetzt schau uns an!", kräht meine Oma.

„Äh, Daisy?" Ich schaue von meinem Klemmbrett auf und sehe mich um. „Wir *sind* unter fünfzehn Zentimeter Schnee begraben."

Es gibt nichts, was am Bad Bear Mountain mehr geliebt wird als ein Festival. Dies ist jedoch das erste jährliche Winterfest – ein zweiwöchiges Event, das die Gemeinde zusammenbringen soll – und ich bin mir nicht sicher, ob es so gut ankommt, wie wir das gerne hätten.

Die Kälte ist allerdings nicht so schlimm, wie ich befürchtet hatte. Ich trage ein niedliches GoddessWear-Schneeoutfit in Kornblumenblau mit einer Kunstfellkapuze. Daisy steckt in einem ähnlichen Ski-Outfit in Kanariengelb. Sie hat sogar ihr charakteristisches Gänseblümchen an ihrer Wintermütze befestigt. Die knallige Farbe sieht tatsächlich toll mit ihren weißen Haaren aus.

„Ach was. Das sind nur sieben Zentimeter. Und ich habe allen gesagt, dass sie sich warm einpacken sollen!" Sie bückt sich, hebt ein wenig Schnee auf und drückt ihn zu einer winzigen Schneekugel zusammen, die sie anschließend auf den Rücken des alten Luther wirft. „Bullseye, yeah!"

„Verflixt nochmal!" Er schlägt sich eine Hand in den Nacken, als er sich umdreht und Daisy böse anfunkelt. Meine Oma winkt und saust davon, bevor er den Mut aufbringen kann, sie anzubrüllen.

Ich trabe los, um mit ihr mitzuhalten.

„Was ist mit dem Riesenrad los?", fragt sie. „Warum dreht es sich nicht?"

Ich seufze und ziehe mein Klemmbrett zu Rate. Ich habe einen genialen Preis für das Riesenrad erhalten, weil für die Betreiber momentan Sauregurkenzeit ist. Niemand sonst in New Mexico hält es für eine gute Idee, im Januar einen Jahrmarkt im Freien abzuhalten. Ich frage mich warum?

„Wartungscheck. Der Angestellte wirkte überwältigt, also bat ich Axel, ihm zu helfen." Axel ist einer von Dr. Sahneschnittchens Brüdern. Er ist genial, wenn es um die Reparatur von mechanischen Dingen geht.

„Axel, hm?" Daisy wirft mir einen verschmitzten Blick zu. „Wie geht es diesem gut aussehenden jungen Mann?"

„Er ist bloß ein guter Freund", erwidere ich bestimmt. Daisy hat zuvor schon versucht, mich mit Axel zu verkuppeln. Sie brachte ihn sogar dazu, mein Date beim Abschlussball zu sein. Ich schämte mich in Grund und Boden, weil sie ihn darum gebeten hatte, doch er kam in einem 69er Camaro, den er selbst zusammengebaut hatte, und war den ganzen Abend lang ein formvollendeter Gentleman.

Danach trafen wir uns einige Male, wobei wir hauptsächlich in Autos oder auf Motorrädern herumfuhren, die er reparierte. Er nahm mich sogar zu einigen seiner Wettrennen mit. Er ist einige Jahre älter als ich und mühelos cool mit langen Haaren, tätowierten Armen und einem lässigen Vibe. Ich wünschte, ich könnte für ihn schwärmen.

Doch nein, es war schon immer Dr. Sahneschnittchen. In jedem Liebesroman, den ich gelesen habe, seit ich das Genre im Alter von fünfzehn Jahren für mich entdeckte, habe ich den Helden mit Dr. Sahneschnittchen ersetzt. Er ist der Mann, der in jeder meiner Fantasien die Hauptrolle hat.

Nicht Dr. Sahneschnittchen. Dr. Stark. Dr. Stark. Bei meinem Glück werde ich mich einmal versprechen und ihn so nennen und dann muss ich wirklich meinen Namen ändern und nach Alaska ziehen. Oder vielleicht an einen warmen Ort – Mexiko.

„Ich sollte zum Daisy Day Stand zurückgehen, bevor dort zu viel los ist", sage ich.

„Nein, meine Liebe. Everest hat das gut im Griff. Oder in der Tatze."

Wir drehen uns beide zu dem Stand um, wo ein riesiger Eisbär vorsichtig heiße Schokolade aus einem großen schwarzen Kessel schöpft. Dass es an diesem Berg Werbären gibt, ist ein offenes Geheimnis für die zweihundert Einwohner von Bad Bear, weshalb die Stadtbewohner an den Anblick von Everest in Bärengestalt gewöhnt sind. Momentan sehen die Kinder, die am Stand anstehen, aus, als wären all ihre Träume wahr geworden. Ich verstehe, dass es eine große Attraktion ist, wenn ein Eisbär heiße Schokolade ausschenkt, doch er isst ständig die Marshmallows auf. „Ich glaube, das hat er."

„Du bist jung." Daisy schlägt mir auf die Schulter. „Du solltest mit deinen Freunden ausgehen, Spaß haben. Ich weiß was! Du kannst mit dem Riesenrad fahren, wenn es wieder funktioniert." Sie packt meinen Arm und mein Klemmbrett fliegt davon. Sie zerrt mich zum Riesenrad. Sie ist überraschend stark für ihr Alter. In letzter Zeit hat sie Gewichte gehoben als Teil von Dr. Sahneschnittchens ... *Starks* Gesundheitsplan, den er ihr erstellt hat.

Ich suche in der Menge nach Missy, während Daisy mich zum Riesenrad führt, da ich hoffe, so eine Ausrede zu haben, die Daisy zeigt, dass ich mich unter Leute mische. Ich will wirklich nicht mit dem Riesenrad fahren, nicht bei diesen eiskalten Temperaturen. Ich meine, ich bin keine zehn Jahre alt. Vor allem will ich nicht allein Riesenrad fahren. Das wäre ... peinlich. Andererseits braucht es Daisy vielleicht, dass ich einsteige und die Fahrt mache, um den Jahrmarkt in Schwung zu bringen und zu beweisen, dass es nicht zu kalt für ein Winterfest ist.

Ja, das ist vermutlich der Fall. Okay, na schön. Ich ergebe mich. Für Daisy werde ich in dem verdammten Ding fahren. Selbst, wenn ich es allein tun muss. Als Daisys Enkelin bin ich auch die Koordinatorin sozialer Projekte und die Repräsentantin der Stadtregierung.

Allerdings ... oh Gott.

Ist das Dr. Sahneschnittchen, der neben dem Riesenrad steht und sich mit seinem Bruder Teddy und dessen Partnerin Lana unterhält?

Natürlich ist er das. Es gibt nicht viele zwei Meter große Schwarze Männer am Bad Bear Mountain.

Ich habe es geschafft, ihm seit diesem peinlichen Termin vor einigen Wochen aus dem Weg zu gehen. Ich nehme jetzt die Pille und Nancy, die APN, verfolgt meine Symptome. Es gibt kein Heilmittel für PCOS, aber die Schmerzmittel halfen mir, die letzten Eisprung-Schmerzen zu überstehen. Ich fühle mich viel, viel besser.

Meine anderen Neujahrsvorsätze laufen ebenfalls super. Missy hat mich dazu überredet, mir die Haare blond zu färben, und im Frühling wollen wir beide an einem 5km-Lauf teilnehmen.

Daher muss ich nur noch bei meinem Vater Grenzen setzen und dann … wah … jemanden um ein Date bitten.

Leider ist Dr. Sahneschnittchen der einzige Mann, mit dem ich allein sein möchte. Ich fantasiere im Privaten schon viel zu lange von ihm und meide ihn in der Öffentlichkeit so viel wie möglich. Das ist schwer in einer Stadt mit zweihundert Einwohnern, aber ich bin motiviert. Bis zu diesem katastrophalen Tag in der Praxis habe ich es geschafft, nie mit ihm allein zu sein. Wir wechselten zwei Nachrichten und ich habe ihn seitdem nicht mehr gesehen.

Diese Vermeidungs-Serie wird gleich enden. Ich atme scharf ein und versuche, in eine andere Richtung zu laufen, doch Daisy hält noch immer meinen Arm fest. Sie hat bereits die Hand gehoben und winkt den dreien, als würde sie versuchen, ein Taxi zu rufen.

Scheiße, Scheiße, Scheiße.

Ich will wirklich kehrtmachen und wegrennen.

Wo ist Missy? Ich lasse erneut den Blick über die Menge schweifen in der Hoffnung, meine fröhliche Freundin zu finden. Ich brauche sie jetzt. Sie ist super darin, unbehagliche Gespräche aufzulockern und unangenehme Stille zu füllen. Deswegen ist sie vermutlich meine Freundin, seit ich nach Bad Bear zog.

Es ist zu spät. Dr. Sahneschnittchen winkt Daisy ebenfalls, sein Blick ist jedoch auf mich gerichtet. Mir stockt der Atem unter meinen Rippen. Hitze schießt durch meine Arme, als mich die Erinnerung neckt, wie es sich anfühlte, von ihm gehalten zu werden.

Lana und Teddy schauen zu uns und winken ebenfalls. Lana trägt ein enganliegendes graues Kleid, das ihren großen Babybauch betont. Eine Hand ruht auf ihrem Bauch und Teddy hat seine auf ihre gelegt. Sie sind das süßeste Paar aller Zeiten und ich schwöre, ich kann spüren, wie sich meine Eierstöcke verkrampfen, als hätte ich gerade noch ein Ei ausgestoßen. Wie wäre es wohl, Drillinge mit einem Bärenmann zu bekommen? Mit Dr. Sahneschnittchen … Stark … Matthias?

Whoa. Meine Gedanken geraten ziemlich aus der Spur. Ich starre das Objekt meiner Fantasien an und das bringt mein Gehirn durcheinander.

Anscheinend gibt es kein Entkommen. Ich werde mit ihm reden müssen. Mit *ihnen* meine ich. Ich werde mit ihnen reden müssen.

Es ist nicht so, als wäre es ein Date. Es ist nur ein kurzes Gespräch, bevor ich mich in das Riesenrad setze. Ich kann das tun, ohne auszurutschen und in seine Arme zu stürzen, etwas fallen zu lassen oder etwas Dämliches zu sagen.

Ich kann mit ihm sprechen, ohne wie eine liebeskranke Idiotin zu seufzen und mir Luft zuzufächeln.

Er ist bloß ein Mann. Nur ein umwerfender, heißer, anbetungswürdiger Arzt-Mann, bei dem meine Knie schwach werden und der all meine Fantasien beherrscht.

Mir gelingt es endlich, auszuatmen.

Jepp. Ich schaffe das.

* * *

MATTHIAS

Mein Blick heftet sich auf Maisy. Obwohl sie so weit weg ist, dass mein Bär sie eigentlich nicht riechen sollte, füllt das Aroma von Karamell und Zimt meine Nase. Ich habe ihren Geruch in der Nase, seit Maisy mich Anfang des Monats besuchte.

„Dr. Matthias! Da bist du ja!" Daisy marschiert mit Maisy im Schlepptau zu uns.

Maisys Wangen sind von der Kälte gerötet. Ihre blauen Augen wirken hell im Kontrast zu dem Rosa ihrer Haut.

Ich verschlinge sie mit den Augen, dokumentiere und

präge mir jedes Detail ihres aktuellen Aussehens ein. Ihre neu blondierten Haare rahmen ihr herzförmiges Gesicht und ihre engelhaften Backen. Der verschneite Wald hinter ihr bildet einen majestätischen Hintergrund. Ich speichere ihren Anblick in meinem Gedächtnis ab, damit ich ihn mir heute Nacht immer wieder ansehen kann, wenn ich meinen Schwanz in der Hand habe.

Selbstbeherrschung.

Ich muss das unter Kontrolle kriegen. Wie gut, dass ich eine Dosis Mondkur genommen habe, bevor ich heute hierherkam.

„Sieht so aus, als hättest du ein perfektes Winterfest geplant, Daisy", sage ich, als sie bei uns ankommen und reiße den Blick vom Gesicht meiner hübschen Gefährtin los.

Maisy weicht meinem Blick aus, geht stattdessen geradewegs zu Lana und begrüßt sie.

„Das ist das erste *jährliche* Winterfest", verkündet Daisy. „Ich werde es zu einer Bad Bear Tradition machen."

„Bad Bear liebt eine gute Party", stellt mein Bruder Teddy fest. Er hat die Hand auf den Babybauch seiner Gefährtin gelegt. In wenigen Monaten wird sie Drillinge auf die Welt bringen.

Noch ein Drillingsbärenpaar am Bad Bear Mountain – das Schicksal stehe uns allen bei.

Ich überlebte es kaum, dabei zu helfen, Bern, Hutch und Canyon großzuziehen. Meine Eltern starben bei einem Autounfall, als ich noch klein war, und Winnie adoptierte mich. Später adoptierte sie die Zwillinge, dann Everest und Axel und schließlich die Drillinge. Gestaltwandler besitzen Superheilkräfte und sind normalerweise immun gegen Verletzungen oder Krankheiten, weshalb mich der Tod meiner Eltern sehr aus der Bahn warf. Ich hatte Angst, meine neue Familie zu verlieren. Letztendlich studierte ich Medizin, um jegliche potenziellen Umstände kontrollieren zu können.

Vielleicht war es nicht Angst, sondern das Schicksal, das mich dazu bewegte, Arzt zu werden, denn Winnie zog sich eine seltene Gestaltwandlerkrankheit zu, die ich früh bemerkte und diagnostizierte. Es gelang mir, das komplett vor meinen Brüdern geheim zu halten, indem ich bei ihr einen Winterschlaf auslöste, während ich an einem Heilmittel arbeitete.

Dadurch fiel die Verantwortung, drei wilde Teenager-Bären großzuziehen, hauptsächlich mir als dem Ältesten zu. Die Zwillinge halfen jedoch, wenn sie in der Stadt waren.

„Ich bin absolut für eine gute Party", stimmt Lana zu. „Ich sage, wir sollten uns jeden Monat eine Ausrede für eine Party einfallen lassen. Das wird das Gemeinschaftsgefühl stärken."

„Ja, wann feiern wir deinen 90sten Geburtstag?", frage ich Daisy. Sie denkt, dass ich nicht weiß, dass sie seit mindestens drei Jahren 89 ist.

„Sei mal nicht so vorschnell, Doktor Matthias Stark." Sie wackelt mit einem Finger. Ich überrage sie um dreißig Zentimeter und habe ein Medizinstudium hinter mir, doch ich fühle mich, als wäre ich erst acht Jahre alt. „Sonst nominiere ich dich zum König von Bad Bear."

„König von Bad Bear?", fragt Lana mit funkelnden Augen.

„Ich würde für dich stimmen", sagt Teddy grinsend. Ich schüttle leicht den Kopf, doch Daisy spinnt ihre Idee schon weiter.

„Das solltest du tun!", ruft sie. „Gebt eure Stimmen beim Stand des Daisy Day Cafés ab. Die Gewinner werden am Ende des Winterfests zu König und Königin von Bad Bear gekrönt." Sie deutet auf eine kleine Bühne, die zwischen zwei bärenförmigen Eisskulpturen aufgebaut wurde.

„Wie viele Stimmen gibt es pro Person?", erkundigt Teddy sich. Ich kann sehen, dass er etwas ausheckt.

„Du kannst einmal am Tag abstimmen, jeden Tag, an dem du am Winterfest teilnimmst", erklärt Maisy. Mein Bär merkt beim Klang ihrer sanften Stimme auf. „Man muss persönlich abstimmen."

„Und du darfst gerne Werbung für deinen Kandidaten machen", fügt Daisy hinzu.

„Exzellent." Teddy reibt die Hände aneinander.

„Nicht", warne ich, doch er gluckst bloß. Ich wette, er wird all meine Brüder rekrutieren, damit sie ihre Stimmen abgeben und mich zum König machen. Sie werden ein Foto von mir machen, wie ich mit einer winzigen Krone und einem Zepter in der Hand auf diesem Podest stehe. Und dann werden sich die Drillinge in die Konten hacken, die ich zur beruflichen Vernetzung nutze, und das Foto als mein Profilbild einsetzen.

Ich will Teddy gerade befehlen, nicht in die Nähe der Wahlurne zu gehen, als ich bemerke, dass mein Bruder Axel zu uns kommt. Er trägt seine übliche blaue Jeans und eine schwarze Lederjacke. Seine langen schwarzen Haare sind nach hinten frisiert, als hätte er gearbeitet. Er hat auch seinen roten Metallwerkzeugkoffer und einen Schrauben-schlüssel in der Hand.

„Die Wartung ist abgeschlossen", ruft er und ich stelle fest, dass er Maisy ansieht. „Das Riesenrad kann in Betrieb genommen werden."

Sie lächelt ihn an und ihr ganzes Gesicht erhellt sich. „Danke, Axel."

Er nickt ihr zu.

Meine Hände ballen sich zu Fäusten. Hitze durchströmt mich und rote heiße Energie bereitet meinen Körper darauf vor, zu wüten.

Gegen meinen eigenen Bruder.

Maisys und Axels gesamte Interaktion dauerte weniger als zehn Sekunden, war jedoch lang genug, um mir zu verraten, dass sie sich bei ihm wohlfühlt. Wohler, als sie das je bei mir tut. Axel geht bereits wieder, doch ich will ihm nachgehen und sein Gesicht pulverisieren. Ich will sicherstellen, dass Maisy nur mich anlächelt.

Die Eifersucht fühlt sich nicht gut an. Axel ist mein lässigster Bruder. Wenn ich mit ihm reden und erklären würde, dass Maisy meine Gefährtin ist, würde er sich zurückhalten.

Aber nein, das kann ich nicht tun. Genauso, wie ich meinen Brüdern nicht von Mom erzählen kann. Ich belaste die anderen nicht mit den Problemen, die uns das Schicksal in den Weg stellt, wenn ich sie allein in Angriff nehmen kann. So bewahre ich die Kontrolle.

Und im Moment muss ich einfach nur meine Emotionen in den Griff kriegen.

„Alles klar, ihr jungen Leute müsst mir dabei helfen, dieses Fest in Schwung zu bringen, indem ihr in das Riesenrad steigt." Daisy hakt sich bei mir unter. Sie hält noch immer den Arm der armen Maisy fest. „Ihr zwei steigt für mich als Erstes ein." Sie führt uns zum Riesenrad, wozu sie an der Gruppe Kinder und deren Eltern vorbeigeht, die auf die Fahrt gewartet haben. „Zeigt allen, wie sicher es ist."

Mein Bär brüllt seine Zustimmung zu dem Plan beinahe laut hinaus. Mein erster Instinkt besteht darin, JA zu schreien.

Dann setzt die Vernunft ein. Mein Gehirn kalkuliert, ob ich genug Mondkur genommen habe, um über einen längeren Zeitraum Schulter an Schulter mit Maisy zu sitzen.

Es ist vermutlich in Ordnung.

Das Ganze zu vermeiden, würde meinen Zustand wahrscheinlich verschlimmern, weil mein Bär durchdrehen würde. Außerdem muss ich ihr nahe sein und sie mit meinem Duft bedecken, damit Axel sich zurückhält.

Ich reiche Maisy meine Hand wie ein Gentleman, als

Daisy dem Bediensteten aufträgt, mit dem Einladen zu beginnen, wobei wir beide den Anfang machen sollen.

Maisy starrt meine dargebotene Hand überrascht an. Ihre behandschuhten Finger heben sich und erstarren mitten in der Luft, als hätte sie Angst, sie hätte einen Fehler gemacht.

Ich schenke ihr ein aufmunterndes Lächeln. „My Lady." Ich verbeuge mich, da ich eher wie ein Kerl aussehe, der sie auf einem altmodischen Ball um einen Tanz bittet, als wie einer, der gleich in ein Riesenrad steigen wird. „Sollen wir eine Runde drehen?"

Die Farbe ihrer Wangen verstärkt sich. „Oh. Ähm, ja. Okay." Sie legt ihre Hand in meine und ich führe sie zur ersten Gondel. Ich will sie an der Taille hochheben und auf ihren Platz setzen. Ich will mich um sie kümmern, als sei sie die Meine, kann es jedoch nicht.

Sie ist nicht die Meine.

Sie kann nicht die Meine werden.

Ich gebe mich damit zufrieden, mich neben ihr niederzulassen und die Wärme ihres kleinen, weichen Körpers zu spüren, der an meinen gepresst ist. Das Riesenrad bewegt sich und nimmt die nächsten Passagiere auf.

„Danke für das Rezept, ich fühle mich viel besser", platzt Maisy heraus.

„Selbstverständlich. Alles, was du brauchst, Maisy – Tag oder Nacht. Schreib mir einfach. Du hast jetzt meine Nummer."

„Oh. Ähm. Das ist sehr großzügig von dir, Dr. Sah... ahhh... Stark."

Ich habe bemerkt, dass Maisy mich immer Dr. Stark nennt, obwohl ich am Berg als Dr. Matthias bekannt bin. „Nenn mich Matthias." Ich spreche es als Befehl aus.

Sie atmet scharf ein und ihr Duft wird kräftiger. „Dr ... Matthias."

„Nur Matthias."

Oder *Sir*.

„Matthias", flüstert sie.

Braves Mädchen.

Ich schwöre, dass ich durch die Berührung unserer Schenkel spüre, wie ihr Körper heiß wird. Der Drang, sie zu berühren, ist so stark, dass ich mich über den Rand der Gondel von ihr weglehnen und so tun muss, als würde ich nach unten schauen.

Mein Bruder Teddy lungert immer noch unten herum und starrt mich an, als würde er etwas enträtseln.

Fuck. Habe ich meinen Bären gezeigt? Haben meine Augen ihre Farbe verändert, als ich mich neben Maisy niederließ? Ich habe mein Geheimnis jahrelang vor meiner Familie gewahrt. Ich habe bei ihnen stets auf meine Privatsphäre geachtet und in dieser Angelegenheit verhält sich das nicht anders. Ich will nicht, dass sie sich Sorgen darum machen, dass ich mondverrückt werde, oder dass sie mich dazu drängen, Maisy zu beanspruchen, während sie sich noch in ihren prägenden Jahren befindet.

Der Riesenradangestellte hat endlich alle eingeladen und wir steigen weiter in einem sanften Bogen in die Luft.

Maisy umklammert ihre behandschuhten Hände in ihrem Schoß und betrachtet die Aussicht auf unsere malerische kleine Bergstadt. Es fallen beständig weiche Schneeflocken vom Himmel, decken alles zu und lassen es wie ein Lebkuchen-Dorf aussehen. „Es ist, ähm, wunderschön, oder?"

Meine Brust zieht sich zusammen. Es ist so kostbar, wie wuschig sie bei mir wird. Meine reizende Gefährtin ist zwar ein Mensch, spürt jedoch meine biologische Anziehungskraft. Ein Teil von ihr weiß, dass sie zu mir gehört. Ihr Körper reagiert auf meinen. Ich weiß bereits, dass sie die Meine ist, seit sie fünfzehn Jahre alt war – sie war eine Spätentwicklerin, was die Pubertät anging.

Wenn ich mich nicht um die Krankheit meiner Mom

und die Drillinge kümmern müsste, hätte ich noch an jenem Tag meinen Job gekündigt und wäre so weit vom Bad Bear Mountain weggezogen, wie ich konnte. Aber ich konnte nicht gehen. Und ich konnte sie nicht beanspruchen. Also schwor ich mir, sie nie anzufassen, und braute die Mondkur.

Bei der nächsten Bewegung erreichen wir den höchsten Punkt und das Riesenrad hält plötzlich an.

„Was ist los?", fragt jemand unter uns.

„Nur ein kleines technisches Problem, alle Miteinander", ruft der Angestellte. „Die Fahrt geht in wenigen Minuten weiter – keine Sorge!"

Ich beuge mich vor, um nach unten zu spähen, und sehe, dass Daisy ihm Geld zusteckt.

Aha! Sie hat das geplant.

Maisy packt die Stange vor uns. „Ich wusste, dass wir dieses Ding nicht hätten mieten sollen. Nicht einmal mit neunzig Prozent Rabatt", schimpft sie und zuckt zusammen, als die Gondel im kalten Wind zu schwingen beginnt. „Was glaubst du, ist da los?"

Ich kann mich nicht davon abhalten, einen Arm um sie zu legen. „Es ist okay, Schönheit. Wir sind vollkommen sicher."

Schönheit?

Scheiße. Habe ich das laut gesagt?

Maisy dreht ihr umwerfendes Gesicht mit ihren großen blauen Augen zu mir. Sie atmet nicht.

Der Drang, sie zu küssen, überkommt mich.

Ich gehe nicht darauf ein – natürlich tue ich das nicht – aber mein Schwanz wird dick und eine kratzige, fiebrige Empfindung rast über meine Haut.

Schmerz packt meinen Unterleib und reist gleichzeitig nach unten zu meinen Eiern und aufwärts zu meinem Herzen.

Fuck, ich will sie küssen.

Diese weichen, prallen Lippen wurden dazu *gemacht*, von mir beansprucht zu werden.

Mein Sichtfeld wird dichromatisch. Ich blicke durch die Augen meines Bären und sehe weniger Farben. Ich blinzle hektisch und versuche, meinen Bären zurückzuschicken. Die körperlichen Schmerzen verstärken sich. Ich bin mir nicht sicher, ob das eine Nebenwirkung der Mondkur ist oder ob es sich einfach nur so anfühlt, meiner Gefährtin nahe zu sein, ohne sie zu beanspruchen.

„Bist du okay?", fragt Maisy.

Mein Grunzen klingt bestätigend, allerdings kaum menschlich.

Sie legt eine weiche Hand auf meine. Ihre Handschuhe sind dünn und ich spüre die Kälte ihrer Finger.

„Dir ist kalt", murmle ich. Mein Bär beruhigt sich, als ich mich auf ihr Wohlbefinden konzentriere. Gestaltwandler haben eine leicht erhöhte Körpertemperatur und ich bin dankbar dafür. Mein Arm liegt um sie und ich bringe meine Wärme dazu, in sie zu sickern.

Sobald ich wieder auf dem Boden bin, werde ich Daisy darüber informieren, dass ein Riesenrad im Januar eine schlechte Idee ist. Die Gesundheit meiner Patientin – meiner wichtigsten Patientin – ist in Gefahr.

Ich höre, dass sich ihr Puls beschleunigt, doch sie erlaubt mir, ihre behandschuhten Hände mit meinen zu bedecken. Ich bin so viel größer als sie und momentan ist das etwas Gutes – meine Wärme wärmt uns beide.

„Welcher Mann wird in der Sonne immer kleiner?", fragt sie, wobei ihre Stimme auf eine Art atemlos klingt, bei der mein Schwanz aufmerkt.

Ich brauche eine Sekunde, bis ich realisiere, dass sie einen Witz erzählt, und mich erinnere, mitzuspielen. „Welcher?"

„Der Schneemann."

Ein Glucksen rumpelt tief in meinem Bauch. Ich wusste,

dass die Pointe albern sein würde, doch es ist trotzdem witzig.

„Du magst Witze." Ich bin von ihr verzaubert. Sie ist absolut niedlich.

Sie errötet. „Ich hatte früher vor allem Angst. Aber ich hatte dieses Witzebuch, von dem ich besessen war. Wenn ich Angst hatte oder traurig war, erzählte ich mir immer wieder Witze. Und es funktionierte. Es funktioniert noch immer." Während sie das sagt, huschen ihre Augen zum Boden und sie schluckt. Hier oben festzusitzen, ist für sie furchterregend. Und kalt.

Ich liebe es, dass sie sich mir öffnet. Ich zerbreche mir das Gehirn auf der Suche nach einem Flachwitz. Ich schwöre mir, bis zu unserer nächsten Begegnung einhundert auswendig zu lernen. Der Einzige, der mir einfällt, ist schmerzhaft schlecht, doch für sie werde ich ihn erzählen. Ich werde alles tun. „Warum sollte man nie Cola und Bier gleichzeitig trinken?"

„Warum?"

„Weil man dann colabiert."

Ihr Lächeln erhellt ihr Gesicht.

„Die Drillinge hatten auch ein Witzebuch", erzähle ich ihr. „Eine Zeit lang erzählten sie die gleichen Witze immer und immer wieder."

„Was ist ein Keks unter einem Baum?", fragt sie fröhlich. Ihr Enthusiasmus für den Witz bringt diesen wirklich gut rüber.

Ich schüttle den Kopf und ein Grinsen breitet sich auf meinem Gesicht aus, während ich auf die Pointe warte.

„Ein schattiges Plätzchen", ruft sie und ich breche in Gelächter aus. Mein Lachen kommt krächzend heraus. Wie lange ist es her, seit ich so richtig aus dem Bauch heraus gelacht habe? Zu lange.

Ich muss öfter lachen. Mein Humor ist angestaubt.

Ich verschreibe mir selbst eine höhere Dosis Maisy.

„Du bist entzückend", sage ich ihr aufrichtig. Sie strahlt mich an und die funkelnden Sterne in ihren Augen hauen mich um. Ich wusste, dass Maisy umwerfend und genau mein Typ ist. Doch ich war ihr nie nah genug, um ein Gespräch mit ihr zu führen, und jetzt bereue ich das. Ich habe so viel verpasst.

„Danke." Ihre Wangen leuchten rot. Sie blickt zu Boden. „Ich hoffe, Daisy holt Axel zurück. Er kann alles reparieren."

Und schon ist meine Eifersucht zurück.

„Wie gut kennst du meinen Bruder?" Ein Knurren schleicht sich in meine Stimme, obwohl ich mich so sehr anstrenge, es rauszuhalten.

„Axel? Wir sind Freunde. Nur Freunde", stellt sie mit einem leisen Lachen klar.

Ich weiß das zu schätzen, denn es erlaubt mir, mich wieder in den Griff zu kriegen. Es ist nicht richtig, dass ich meinen eigenen Bruder umbringen will, nur weil er sie angelächelt hat.

Wie nahe stehen sie sich? Ich habe seinen Duft nie an ihr gerochen, hätte das allerdings auch nicht bemerkt, weil ich mich von Maisy ferngehalten habe.

„Er ist mit mir auf den Abschlussball gegangen, um Daisy einen Gefallen zu tun. Das war tatsächlich cool, weil alle in meiner Klasse für ihn schwärmten." Noch ein leises Lachen, dieses ist selbstironisch. Ich bemühe mich, ruhig zu bleiben und zuzuhören, wirklich zuzuhören.

„Er fährt manchmal mit mir durch die Gegend", erzählt sie, wobei sie wehmütig klingt. „Wir fahren einfach die Bergstraßen entlang und hören Musik. Nicht oft, nur wenn ich von allem wegmuss."

Ich mache ein finsteres Gesicht. Wovon muss sie wegkommen? Ich kenne sie nicht, nicht wirklich. Und ich hasse das.

Es entsteht ein langer Moment des Schweigens, in dem sie in die Ferne starrt und ich versuche, sie zu lesen. Sie ist angespannt, fast so, als würde sie sich auf etwas vorbereiten.

„Möchtest du mit mir auf ein Date gehen?“, platzt Maisy heraus.

Ich bin mir nicht sicher, wer schockierter ist – sie oder ich. Ihre Augen werden noch größer und sie neigt den Kopf leicht nach hinten, als wolle sie mehr Abstand zwischen uns bringen.

Ich will ihr schon so sanft wie möglich eine Abfuhr erteilen, weil ich auf keinen Fall mit diesem exquisiten Wesen auf ein Date gehen kann, ohne dass sie am Ende nackt ist und so gründlich gefickt wurde, dass sie nicht mehr richtig laufen kann, als mir ihre Liste mit den Neujahrsvorsätzen einfällt. Nummer sechs: Auf ein Date gehen.

Wenn ich nicht mit ihr ausgehe, fragt sie womöglich Axel oder ein anderes Arschloch und ich bin mir nicht sicher, ob mein Bär damit klarkäme, ohne den Kerl in Stücke zu reißen und seinen Körper auf dem Berg zu verstreuen.

Vielleicht ist es an der Zeit, dass ich aufhöre, sie aus der Ferne zu beobachten, und ein größerer Teil ihres Lebens werde. Ich kann sie noch nicht beanspruchen, aber vielleicht kann ich der Kerl sein, der ihr hilft, Selbstvertrauen zu gewinnen.

Das bedeutet, ihr näherzukommen, aber ich glaube, das kann ich schaffen. Ich kann die Mondkur verändern und meine Dosis erhöhen. Das wird es mir erlauben, meinen Bären – und das Schicksal – zu kontrollieren, während ich meinem hübschen Mädchen helfe, auf eigenen Beinen zu stehen.

Vielleicht ist es an der Zeit, meine Regeln zu brechen.

Zeit, dass ich mein Interesse an Maisy als das anerkenne, was es ist …

Sie ist meine vom Schicksal vorherbestimmte Gefährtin.

Sie gehört zu mir, was bedeutet, dass sie die Meine ist, dass ich sie ermutigen und formen sollte. Wenn ich vorsichtig bin, kann ich das vielleicht tun, ohne ihr Leben zu übernehmen. Ich kann der Mr. Knightly zu ihrer Emma sein – ich kann sie anleiten und ermutigen, bis sie reif genug ist, um mit einem Mann wie mir zurechtzukommen.

Außerdem glaube ich nicht, dass ich mich von ihr fernhalten kann. Ich brauche mehr Maisy in meinem Leben.

Sie interpretiert mein Zögern als Abweisung und ihr Gesicht nimmt einen dunklen Lilaton an. „Sorry", entschuldigt sie sich. „Das war absolut unangemessen. Ich meine, du bist mein Arzt und alles …"

Ich bin nicht ihr zugewiesener Arzt, realisiere jedoch, dass sie versucht, mir einen Ausweg zu bieten.

Ich nehme wieder ihre Hand. „Ich würde liebend gern mit dir auf ein Date gehen, Maisy."

KAPITEL VIER

Maisy

Ich kann nicht fassen, dass ich es tatsächlich getan habe. Ich habe meinen Schwarm um ein Date gebeten. Und er hat Ja gesagt!

Früher hätte ich das nie geschafft, mit ihm zusammen zu sein, ist jedoch so … einfach. Ich fühle mich so entspannt.

Doch jetzt, da ich es getan habe, realisiere ich, was ich getan habe.

„Das würdest du?" Unerklärlicherweise füllen sich meine Augen mit Tränen, die ich zurückblinzle. Warum zur Hölle ist mir nach Weinen zumute, nachdem der Mann, von dem ich fantasiere, seit ich ein Teenager war, gesagt hat, dass er gerne mit mir auf ein Date gehen würde?

Das ergibt keinen Sinn, aber so empfinde ich oft, wenn es um meinen Körper geht. „Wirklich?"

„Natürlich." Er hält noch immer meine Hand und ich realisiere, dass ich sie mit aller Kraft drücke.

Ich lasse ihn mit einem Quieken los.

Plötzlich schäme ich mich in Grund und Boden. Zu viele Emotionen – Emotionen, die ich nicht einmal verstehe –

durchfluten mich. Wellen der Aufregung, Hitze und Macht scheinen mich in ihren Säften zu kochen. Es ist zu viel. Ich schaue über die Seite des Riesenrads. Wäre es möglich, mich über die Seite zu stürzen?

Matthias zieht mich mit einem Arm um meine Schultern näher zu sich, als würde er meine Fluchtabsichten erraten. Er ist so warm, dass ich mich in ihm vergraben will, als sei er eine große Decke, und nie wieder gehen möchte.

„Abendessen?", schlägt er vor.

Panik überlagert all meine anderen Emotionen. „Ähh." Ich stelle mir vor, wie ich mit ihm in einem Restaurant sitze und versuche, Konversation zu betreiben und gleichzeitig nichts auf mir zu verschütten.

„Oder eine Wanderung."

Erleichterung durchströmt mich. Mit einer Wanderung komme ich klar. Das wird entspannt und privat sein. Ich will ein Candle-Light-Dinner mit ihm, bin mir aber nicht sicher, ob ich dafür bereit bin.

Es fühlt sich sicherer an, mit ihm an einen ungestörten Ort zu gehen.

Außerdem bedeutet das, dass die Stadt nicht über uns tratschen wird.

Vielleicht ist es besser für ihn, wenn er nicht mit mir gesehen wird. Es ist möglich, dass wir bei so einem Date in der Freundschaftszone bleiben.

Doch das ist okay.

Das ist vollkommen in Ordnung.

Der Punkt ist, dass ich es gewagt habe, meinen langjährigen Schwarm um ein Date zu bitten, und er hat eingewilligt.

Ich kann einen meiner Neujahrsvorsätze von der Liste streichen. Es spielt keine Rolle, wie das Date verläuft. Babyschritte. Ich werde immer mehr zu der Person, zu der ich werden will.

Ich bin entschlossen, dieses Jahr aus den Schatten meiner charismatischen Oma und umwerfenden besten Freundin zu treten. Ich bin vielleicht noch nicht bereit, der Welt meine Zukunftspläne zu verraten, aber … Babyschritte.

„Klar. Eine Wanderung klingt super. Nur wir … allein." Ich presse meine Lippen zusammen, damit ich nicht ausschweife. Ich will nicht, dass er denkt, ich wolle allein mit ihm sein, um … Dinge zu tun. Nur, weil ich davon fantasiere, ihm die Kleider vom Leib zu reißen, heißt das nicht, dass ich es tun werde.

Matthias mustert mein Gesicht, was wieder den Wunsch in mir weckt, mich vom Riesenrad zu stürzen.

Mein Handy klingelt in meiner Handtasche. Gerettet vom Klingeln.

Ich krame mein Handy heraus, doch als ich die Nummer sehe, lasse ich den Anruf auf die Mailbox gehen. Einige Sekunden später beginnt das Handy, wieder zu klingeln. Ich schicke den Anruf abermals auf die Mailbox.

„Meidest du die Anrufe von jemandem?" Matthias glatte Stirn runzelt sich.

Das vertraute mulmige Gefühl, das ich jedes Mal verspüre, wenn ich die Nummer meines Dads sehe, wirbelt in meinem Bauch. Wie Fett in trübem Wasser.

„Oh, äh, nein. Ich meine, es ist nichts. Nicht wichtig. Ich nehme den Anruf nicht an."

„Wer ist es?" Matthias' Stimme nimmt plötzlich einen autoritären Klang an, bei dem ich dahinschmelze. Es ist der Ton, den er auch in der Praxis benutzte.

Ich muss ein Ja, Matthias *hören.*

Worauf mein Körper antwortet: *Ja, Matthias. Gott, ja!*

„Äh …" Ich erstarre. Meine Eltern sind eine Quelle großer Scham. Daisy mag es nicht, wenn ich über sie spreche. Sie schaffte es, dafür zu sorgen, dass mein Dad mich nur bei beaufsichtigten Besuchen sehen durfte, bis ich achtzehn

Jahre alt war. Jetzt kann er mich jedoch direkt kontaktieren und ich bin hin und her gerissen.

„Belästigt dich jemand, Maisy?" Beim tiefen, beschützenden Klang von Matthias' Stimme gerate ich in Verzückung.

„Es ist, ähm …" Ich realisiere, dass ich ihm keine Information schuldig bin, auch wenn er mein Schwarm ist. Also zeige ich Rückgrat und sage: „Es ist persönlich."

Daisy würde diese Antwort zu schätzen wissen. Sie will nicht, dass die Leute wissen, dass ihre Familie Leichen im Keller hat. Natürlich betrauert sie noch immer den tragischen Vorstoß meiner Mom in die Drogensucht, die irgendwann zu ihrem Tod führte. Ich würde sagen, dass ich das ebenfalls betrauere, aber ehrlich gesagt, war es das Beste, was mir passiert ist, dass ich im Alter von fünf Jahren an den Bad Bear Mountain kam, um bei Daisy zu leben. Daher glaube ich eher, dass alles aus einem Grund passiert ist.

Matthias nickt. „Selbstverständlich. Ich wollte mich nicht einmischen." Sein Blick bleibt auf mir liegen, als würde er trotz seiner beschwichtigenden Worte noch immer auf eine Antwort warten.

Ich schlucke. „Mein Dad kontaktiert mich normalerweise nur, wenn er Geld will", gebe ich zu. „Er behauptet, er wolle, dass ich ihn nächsten Monat zu meinem Geburtstag besuche, aber das ist wahrscheinlich nur eine Lüge, damit ich wieder mit ihm spreche. Also meide ich seine Anrufe."

Matthias' Gesicht verdüstert sich, er sieht allerdings nicht schockiert aus. Es ist so, als wüsste er bereits, dass ich einen Versager von einem Dad habe. Oder es bringt ihn nicht aus der Ruhe.

„Und du willst ihn nicht blockieren, weil er dein Dad ist", ergänzt er.

Ich nicke kläglich.

„Oh, Schönheit." Matthias' Arm liegt noch immer auf der

Rückenlehne und er nutzt ihn, um mich von der Seite zu umarmen.

Jedes Mal, wenn er mich *Schönheit* nennt, zieht es in meinem Becken und mein Höschen wird feucht.

Ich meine, das muss doch etwas bedeuten, oder?

So nennt er bestimmt nicht all seine Patienten. Oder alle Frauen in seinem Leben. Ich meine … *Schönheit*? Das ist ein Kosename.

Und Gott, ich will diejenige sein, die er mit Kosenamen überschüttet. Bei dem Gedanken wird mir schwindelig.

„Es ist schwer."

Wegen seines Mitgefühls schnürt sich mir die Kehle zu. Da meine Eltern ein Thema sind, das ich mit niemandem – nicht einmal mit Missy – besprechen kann, brennen Tränen in meinen Augen, als ich endlich darüber reden kann und mein Gegenüber mit Mitgefühl darauf reagiert.

„Es ist okay", sage ich. „Ich stelle keinerlei Erwartungen an ihn."

„Was sagt Daisy dazu?"

„Ich kann es ihr nicht erzählen." Ich seufze. „Sie regt sich immer darüber auf, wie er mich manipuliert."

„Also schlägst du dich allein damit herum."

„Ja."

Matthias streckt seine Hand aus. „Gib mir dein Handy."

Ich reiche es ihm, bevor ich realisiere, was ich tue. Es ist so einfach, seine Befehle zu befolgen.

Er ruft die Nummer meines Dads auf. Ich habe sie nicht gespeichert, wahrscheinlich weil ich seinen Namen nicht sehen will. Ich will ihn nicht in meinem Leben haben.

Matthias hält meinen Blick mit seinen dunkelbraunen Augen, während er auf den Knopf drückt, um die Nummer zu blockieren.

Plötzlich fühle ich mich einhundert Pfund leichter. Ich

seufze und spüre, wie sich meine verspannten Schultern lockern. „Danke."

„Jederzeit." Er verunsichert mich noch mehr, indem er sich zu mir beugt und mich auf den Scheitel küsst.

Ist das … ein väterlicher Kuss? Oder etwas anderes?

Ein Kind unter uns beginnt, zu weinen, da es wegen der unterbrochenen Fahrt Angst bekommt, und das Riesenrad setzt sich plötzlich wieder in Bewegung. Es ist fast so, als hätte der Betreiber nur darauf gewartet, dass sich jemand wirklich beschwert. Oder als wäre das Riesenrad absichtlich angehalten worden.

Warte … oh Gott. Wahrscheinlich hat Daisy das Ganze arrangiert!

Ich liebe meine Oma sehr, aber sie steckt ihre Nase viel zu tief in meine Angelegenheiten.

„Oh gut. Wir sitzen hier nicht fest", sage ich, um die Stille zu durchbrechen. Um das Thema meines Dads zu wechseln.

„Ja." Matthias lehnt sich auf seinem Sitz zurück und zieht tragischerweise seinen Arm weg.

Wie unangenehm.

Ich atme seinen Duft ein. Er ist wild und waldig mit der eleganten Note eines teuren Rasierwassers. Ich hoffe, der Geruch bleibt an meinen Klamotten haften.

Sobald unsere Gondel die Plattform erreicht, steige ich vom Sitz. Die Gondel schaukelt ein wenig und Matthias nimmt meinen Arm, um mich zu stützen.

„Vorsicht, Schönheit." Letztendlich hilft er mir aus der Gondel. Seine große Hand liegt in meinem Rücken und ich seufze, weil es sich so richtig anfühlt.

„Danke", murmle ich. Zum Glück hat Daisy sich rar gemacht. Ich will nicht, dass sie Matthias und mich über unsere gemeinsame Fahrt ausquetscht. In letzter Zeit hat sie sich nicht so stark in meine Angelegenheiten eingemischt, doch der heutige Tag beweist, dass sie sich nicht zu schade ist, Situationen herbeizuführen, die dafür sorgen, dass ich mit meinem Schwarm allein bin.

„Jederzeit." Matthias streicht eine Haarsträhne von meiner Wange. „Wann hast du deine Haare geändert?"

„Ähm, letzte Woche. Missy hat mir beim Färben geholfen."

„Es sieht wunderschön aus." Seine Augen funkeln, als er mich anlächelt, und es ist, als würde die Sonne auf mich scheinen.

„Maisy!", ruft eine fröhliche Stimme, doch ich kann den Blick nicht von Matthias abwenden, bis meine beste Freundin zu mir gerannt kommt.

„Dr. Matthias, hey." Missy wirft ihre blonden Haare über ihre Schulter. Sie versucht nicht, zu flirten, das muss sie allerdings auch nicht tun. Sie ist umwerfend, ohne sich dafür anstrengen zu müssen, und jahrelanges Theaterspielen und Trainings für Schönheitswettbewerbe bedeuten, dass sie immer unbewusst für ein Publikum posiert.

„Hallo, Missy", begrüßt Matthias sie. Ich bemühe mich, nicht zu bemerken, wie gut sie zusammen aussehen. Die zwei hübschesten Leute am Bad Bear Mountain. „Ich wusste nicht, dass du wieder in der Stadt bist."

„Ich bin über die Feiertage nach Hause gekommen." Missy strahlt. „Hollywood ist fantastisch, aber es ist so schön, zu Hause zu sein." Sie klimpert mit ihren langen Wimpern, als würde sie ihn einladen, sich nach ihrer beginnenden Schauspielkarriere zu erkundigen.

„Es gibt keinen Ort wie Bad Bear", stimmt Matthias zu, dann schenkt er wieder mir seine Aufmerksamkeit, indem er auf mich hinabblickt. „Wie verabschiedet sich ein Seifenhändler?"

Ich brauche eine Sekunde, bis ich realisiere, dass er noch eine Scherzfrage stellt.

„Auf Wiederschaum." Seine tiefe Stimme macht den

albernen Witz zur sexyesten Verabschiedung, die ich jemals gehört habe. Ich habe das Gefühl, als hätte ich Fieber, allerdings fühlt es sich gut an.

Er erinnert mich an unser Date.

„Ja, Matthias." Ich nutze seinen Namen, wie angewiesen. „Schreibst du mir die Einzelheiten?"

„Mache ich." Ein blaues Licht blitzt in seinen Augen auf und er verneigt den Kopf vor mir. „Bis dann, Maisy." Mit einem Nicken für Missy geht er.

„Tschüss", flüstere ich und fühle mich innerlich warm und glücklich, als hätte ich gerade die beste heiße Schokolade getrunken. Ich kann nicht fassen, dass ich einen Insiderwitz mit Dr. Matthias teile.

„Oh meine Güte." Missy dreht sich mit großen Augen zu mir um. „Hattest du gerade einen Moment mit Dr. Matthias?" Ihre Stimme ist so laut, dass ich das Gefühl habe, jeder könnte sie hören.

„Schhh." Ich lege einen Arm um sie und führe sie fort, um eine ruhigere Ecke zu suchen. Sie wird wissen wollen, was gerade passiert ist, und ich muss das Ganze verbal verarbeiten. „Ich werde dir alles erzählen. Nur nicht mitten in der Stadt."

„Wehe, wenn nicht", droht Missy und ich kann mir ein Kichern nicht verkneifen.

Ich habe ein Date. Mit Matthias! Ausnahmsweise läuft mal alles so, wie ich es möchte.

* * *

MATTHIAS

Ich werde mit Maisy auf ein Date gehen. Mit meiner *Gefährtin.*

Ich bin so was von geliefert.

Ich war auch noch nie glücklicher.

Nachdem ich das Winterfest verlassen hatte, schrieb ich ihr, um das Date für morgen zu verabreden. Sonntags schließt das Café früh, weshalb sie freihaben wird. Um 15:00 Uhr werden wir uns am Ausgangspunkt des Bad Bear Trails treffen und zum Aussichtspunkt wandern.

Mein Bär war so aufgeregt, dass ich ihn rausließ und mehrere Runden um den Berg rannte, um einen Teil der überschüssigen Energie zu verbrauchen. Außerdem hackte ich so viel Holz, dass ich meinen Kamin die nächsten drei Winter befeuern kann. Ich schleppte auch Holz zu Mas Hütte. Mein Bär wollte, dass ich auch einen Stapel Brennholz zu Daisys Haus brachte, doch ich wusste, dass es nur dazu führen würde, dass er durch Maisys Fenster starrt. Sie hat meinen Bären noch nicht gesehen und ich will ihr keine Angst einjagen.

Stattdessen mache ich es mir in meiner Hütte gemütlich, um eine seltene freie Nacht zu genießen. Nach einem Abendessen aus geschmorten Rippchen, Blumenkohlbrei und einem Pfund gedünstetem Grünkohl schenke ich mir eine Tasse Löwenzahntee ein. Ich will mich gerade in meinem Lieblingssessel neben dem knisternden Feuer entspannen, als es hart an der Tür klopft. Bevor ich „Geh weg" rufen kann, platzen meine Brüder herein.

Nicht nur Teddy, sondern auch Darius. Und Axel. Wenigstens haben sie Everest und die Drillinge nicht mitgebracht. Hier drin ist nicht genug Platz für uns alle, vor allem nicht, da Everest darauf besteht, in Bärengestalt zu bleiben.

Eine kalte Windböe folgt meinen Brüdern herein.

„Schließt die Tür", blaffe ich. Axel knallt sie hinter sich zu.

„Jetzt geht und schließt sie wieder", brumme ich, nutze jedoch keinen Alphabefehl, damit sie es auch wirklich tun.

Darius hält eine Flasche Whisky hoch.

„Na schön." Ich winke sie herein. Axel setzt sich vor den

Kamin. Teddy und Darius lassen sich auf meinem Sofa nieder, das unter ihrer Muskelmasse knarzt.

„Macht bloß nicht mein Sofa kaputt." Ich deute auf sie. Sie haben die Angewohnheit, miteinander zu kämpfen, wann immer sie sich zu nahe kommen, und das Sofa ist kaum groß genug, um beiden Platz zu bieten.

„Keine Kämpfe", erwidern sie wie aus einem Mund und heben gleichzeitig die Hände. Sie sind sogar ähnlich gekleidet. Teddy trägt ein blaues, kariertes Hemd mit einem kleinen aufgestickten braunen Bären auf der Tasche und Darius hat ein dazu passendes grünes Hemd an. Beide tragen Jeans – und die gleichen braunen Stiefel.

„Habt ihr eure Kleider absichtlich aufeinander abgestimmt?", frage ich. „Oder verschwören sich eure Gefährtinnen, um euch wie Zwillinge aussehen zu lassen?"

Teddy und Darius sehen einander an und gucken dann nochmal hin. Ihre Gesichter nehmen identische aufgebrachte Züge an. Axel lacht.

Ich trinke einen Schluck von meinem Tee, um mein Grinsen zu verbergen.

„Meine Gefährtin kann mich jederzeit kleiden", verkündet Darius.

„Meine ebenfalls. Lana hat einen exzellenten Geschmack", sagt Teddy rasch.

„Genauso wie Paloma", prahlt Darius. „Und sie ist Milliardärin, also spielt der Preis keine Rolle."

„Lana ist auch Milliardärin. Und eine international anerkannte Fashionista." Teddy funkelt Darius böse an, der ebenso finster zurückfunkelt.

Beim Schicksal, jetzt nutzen sie ihre Gefährtinnen, um sich zu überbieten.

„Eure Gefährtinnen sind beide fantastisch", sage ich. „Und keiner von euch verdient sie. Also warum seid ihr hier?"

„Was? Können wir nicht einfach Zeit mit unserem großen

Bruder verbringen?" Axel lehnt sich neben dem Feuer nach hinten.

„Nein." Ich mustere ihn aus schmalen Augen. Ich habe nicht vergessen, wie nahe er Maisy steht. Ich muss ihn dazu bringen, sich zurückzuhalten, ohne meinen Anspruch offen geltend zu machen. „Was ist los?"

„Zwei Dinge. Erstens habe ich am Berg einige seltsame Gerüche gewittert", berichtet Darius. „Ich roch sie, als ich mit Paloma spazieren war. Zwei Männchen, Raucher. Einer hat einen fettigen, bitteren Geruch."

„Das war oben bei der Lilac Lane", fährt Darius fort. „In der Nähe des Hauses vom alten Luther. Und von Daisys Haus."

Mein Bär wird unruhig bei der Erwähnung von Daisy. Maisy wohnt bei ihrer Oma. Weder meinem Bären noch mir gefällt die Vorstellung, dass sich ein Fremder in der Nähe ihres Hauses herumdrückt.

Aus irgendeinem Grund denke ich an all die verpassten Anrufe auf Maisys Handy. Sie sagte, dass es ihr Vater war, der Geld wollte. Ist er hierhergefahren, um sie zu drangsalieren?

„Könnten ein paar Arbeiter sein", meint Teddy. „Aber der alte Luther sagt, dass er ein Auto mit Nevada-Nummernschilder gesehen hat. Es könnten Besucher sein, doch er will für alle Fälle eine Nachbarschaftswache ins Leben rufen."

„Ihr habt eure eigenen Sicherheitsvorkehrungen getroffen, stimmt's?", frage ich. Lana und Paloma wurden beide schon von üblen Menschen aufs Korn genommen und wir Bären machen keine halben Sachen, wenn es um den Schutz der Unseren geht.

„Black Wolf überwacht unser Anwesen", antwortet Teddy.

„Meines und Palomas ebenfalls", sagt Darius.

Ich nicke langsam. Black Wolf, die private Sicherheitsfirma, für die Teddy Helikopter fliegt, ist ein Unternehmen, das Gestaltwandlern gehört und sich in Taos, New Mexico, befindet. Alle Angestellten, wie auch Teddy, sind Gestaltwandler und waren früher Mitglieder einer Spezialmilitäreinheit. Zusätzlich zu ihrer Gestaltwandlerkraft und ihren Heilfähigkeiten besitzen sie die höchste militärische Ausbildung, Disziplin und die beste Ausrüstung der Welt. Sie sind die Besten.

„Aber sie beschränken ihre Überwachung auf unsere Anwesen", fügt Darius hinzu. „Haus und Land, das ist allerdings nicht der ganze Berg. Wir können sie bitten, einmalig ganz Bad Bear zu überprüfen. Wir wollen jedoch die Privatsphäre unserer Nachbarn respektieren. Außer es handelt sich um eine aktive Bedrohung."

„Ich werde mir das Ganze ansehen", verkünde ich. Mein Bär wollte ohnehin um Maisys Haus ziehen. Vielleicht hätte ich auf den Instinkt hören sollen.

„Du hast viel zu tun. Teddy und ich werden das übernehmen und nur für den Fall werden wir beide den Drillingen beibringen, wie man richtig patrouilliert", erklärt Darius.

Ich ziehe skeptisch eine Braue hoch.

„Hey, sie sind dieser Tage viel verantwortungsbewusster", verteidigt Teddy sie. „Seit du sie gezwungen hast, dieses Bootcamp mit Black Wolf zu absolvieren."

„Du siehst sie immer noch als alberne Teenager", sagt Axel. „Sie sind erwachsen geworden."

„Sie haben an Weihnachten jedem ein Furzkissen auf den Stuhl gelegt", merke ich an.

„Das waren sie nicht", entgegnet Axel selbstgefällig.

Ich schüttle den Kopf. Ich vergesse, dass Axel nur wenige Jahre älter ist als die Drillinge. Nur zwei Jahre älter als Maisy – noch ein Grund, aus dem ich mich von ihr fernhalten sollte.

Er ist ruhig und die Leute nehmen an, dass er erwachsen

ist, doch er ist ein gerissener Schelm unter seinem gelassenen Äußeren. Er begeht mehr Dummheiten als der Rest von uns zusammen. Er ist nur besser darin, damit davonzukommen.

„Nun, da das geklärt ist …" Darius beugt sich vor. Sein Bär erscheint und lässt seine Augen golden aufblitzen. „Matthias, wann wolltest du uns erzählen, dass Daisys Enkelin deine Gefährtin ist?"

KAPITEL FÜNF

Matthias

Ich starre meine Brüder nieder. Mein Bär ist niemandem Rechenschaft schuldig.

Doch es gibt niemanden, über den ich lieber reden würde als Maisy. Und ich muss meinen Anspruch anmelden. Axel war vor langer Zeit ihr Prom-Date. Er tat es als Gefallen für Daisy, doch nur für den Fall … ich muss sichergehen, dass er weiß, dass sie tabu ist.

„Daisys Enkelin, hm?" Teddy sieht mich an und zieht eine Braue hoch.

„Sie hat einen Namen", entgegne ich. „Sie heißt Maisy." Tatsächlich heißt sie Daisy May Bennett die Dritte, doch sie hört auf den Namen Maisy. Zu viele Leute nennen sie Daisy oder Missy. Sie verwechseln sie mit ihrer Oma oder ihrer besten Freundin Missy.

Was nicht in Ordnung ist. Maisy verdient es, selbst im Scheinwerferlicht zu stehen.

„Wir gehen auf ein Date. Und keiner von euch darf sich einmischen", befehle ich ihnen. Ihre Augen leuchten auf, als ihre Bären den Befehl anerkennen.

Ich warte darauf, dass Axel protestiert, doch er trägt nur ein kleines Lächeln im Gesicht.

„Maisy und Matthias", sagt Teddy. Er öffnet die Flasche Whisky. „Darauf trinke ich." Er trinkt direkt aus der Flasche. Sobald er fertig ist, reicht er sie Darius, der das Gleiche tut.

„So ist es nicht. Es ist nur ein Date." Ich kann sie nicht anlügen und behaupten, dass Maisy nicht meine Gefährtin ist. Sie werden riechen, dass ich lüge.

Allerdings werde ich Maisy auch nicht beanspruchen. Ich werde sie nicht ihrer Entscheidungen berauben.

„Leugne es nicht, Bruder", sagt Axel. „Das macht es am Ende nur schwieriger."

„Was weißt du schon darüber?", erwidere ich. „Und wie gut kennst du Maisy?"

Axel streckt sich träge. „Sie ist eine Freundin. Ich dachte immer, dass derjenige, mit dem sie später einmal zusammen-kommt, den Jackpot gewinnt. Sie ist hübsch, nett, fokussiert, erstaunlich …"

Ein Knurren entfährt mir. Ich knirsche mit den Zähnen und es verstummt. Die Intensität verblüfft mich.

Ich muss mich in den Griff kriegen.

„Das ist sie. Du kommst ihr nicht zu nahe", sage ich. Spannung knistert in der Luft. Teddy und Darius wechseln Blicke, als würden sie planen, was sie tun werden, falls ich mich auf Axel stürze und anfange, ihn zu verprügeln.

„Das werde ich nicht tun, Bruder. Ich habe sie im Auge behalten, aber wenn du das zukünftig tust, muss ich es nicht mehr tun."

„Das musst du nicht. Ich werde ab jetzt auf sie aufpassen."

Axel grinst bloß seelenruhig und winkt den Zwillingen, damit sie ihm den Whisky reichen. Er trinkt einen großen Schluck und ich rümpfe die Nase. Aus derselben Flasche zu trinken, ist widerlich. Ein Gesundheitsrisiko.

Doch je länger ich sie beobachte, desto mehr will ich

ebenfalls einen Schluck trinken. Ich muss mich von den Gedanken an Maisy ablenken. Von ihren weichen Lippen, ihren glänzenden Haaren, ihrer Aufregung, als sie mir die albernsten Witze erzählte … nur um sicherzustellen, dass ich keine Angst hatte.

Unsere, sagt mein Bär. *Unsere Maisy.*

Auf meinem Handy leuchtet eine Nachricht auf. Ich schaue nach unten und sehe, dass es Maisy ist.

Sie antwortet auf meine Nachricht bezüglich unseres Dates.

Maisy: Klingt gut! Bis dann!

Dann …

Maisy: Wieso können Skelette schlecht lügen?

Maisy: Weil sie so gut zu durchschauen sind.

Ich gluckse in mich hinein. Ich muss mir das Witzebuch meiner jüngsten Brüder ausleihen und es auswendig lernen, damit ich die Witze-Salve am Laufen halten kann.

Als ich aufschaue, starren mich meine drei Brüder an.

Ich stecke mein Handy weg und räuspere mich. „Was?"

„Du hast gerade … gelacht." Teddy mustert mich aus schmalen Augen.

„Ich lache."

Axel schnaubt.

„Was? Das tue ich. Halt die Klappe."

„Er wird sich verlieben, und zwar heftig", prophezeit Teddy. „Darauf verwette ich alles."

„Die Wette nehme ich an", sagt Darius.

Teddy streckt eine Hand aus und Darius ergreift sie. Sie schütteln sie, ohne einander anzuschauen. Ihre Augen sind auf mich geheftet.

Ich ziehe kurz einen Brudermord in Erwägung.

Das ist es nicht wert. Paloma und Lana würden mich umbringen.

„Du irrst dich", murre ich. Doch als Axel mir den Whisky

reicht, trinke ich einen Schluck und lasse ihn durch meine Kehle brennen.

Morgen werde ich mit Maisy auf ein Date gehen. Und es gibt nicht genug Mondkur, um meine Fantasien darüber zu verdrängen, wie ich meine reizende Gefährtin um den Verstand küsse.

Ich bin so was von am Arsch.

Ich kann es nicht erwarten.

* * *

Maisy

Ich sitze an meinem Schminktisch und ein Make-up-Spiegel lehnt vor mir an meinen Sachbüchern zum Thema Unternehmerschaft. Ich richte mich für mein Date her. Mit Dr. Sah–Stark. *Matthias.*

Einsatz: inneres Kreischen.

Das Einzige, was mich daran hindert, zu einer Pfütze auf dem Boden zu schmelzen, ist meine Entschlossenheit, früh zu unserem Treffpunkt zu gehen, damit ich ihn nicht warten lasse.

Wann ist dein Geburtstag?, hat er mir vorhin geschrieben. *Du hast gesagt, dass er bald ist.*

Valentinstag. Ich will ihn fragen, warum er das wissen will, doch bevor ich den Mut aufbringen kann, mit ihm zu flirten, schreibt er zurück.

Ich werde dir ein gutes Geschenk besorgen müssen.

Quiiieetsch!

Ich kann nicht fassen, dass das passiert. Ein Date mit Dr. Sahneschnittchen? Ist das wirklich mein Leben? Wenn es so weitergeht, werde ich bis zu meinem Geburtstag mit meiner Neujahrsliste fertig sein. All meine Babyschritte summieren sich zu großen Veränderungen.

Sogar mein altes vertrautes Schlafzimmer ist verändert. Es stehen keine verstaubten Teilnehmertrophäen mehr herum und es hängen auch keine Boygroup-Poster mehr an den Wänden. Ich habe meinen Schrank ausgemistet und all meine Kleider aus den Highschool-Jahren gespendet. Tschüss schlabbrige T-Shirts und unbequeme Jeans. Jetzt schmeichelt alles, wonach ich greife, meinen breiten Hüften und meinem großen, umwerfenden Hintern. Dank Lana Langmeyer und ihrer GoddessWear lerne ich, meinen Stil zu lieben.

Und mein Zimmer fühlt sich nicht mehr wie das eines Kindes an. Es erinnert mich nicht an die Person, die ich früher war.

Jetzt muss ich nur noch meinen Make-up-Look verbessern. Missy sollte eigentlich herkommen und mir helfen, aber ihre Mom brauchte sie in Santa Fe bei einem Familienevent, weshalb sie mich über das Telefon anleitet. Mein Lieblingsstofftier, ein Einhorn namens Mr. Sparkles, hält mein Handy. Ich bin zwar eine erwachsene Frau, werde meine Stofftiere jedoch für immer schätzen.

Mein Ziel ist es, zu lernen, wie ich Eyeliner auftragen kann, ohne mir ins Aug zu stechen.

„Ich sage bloß, dass du es lieben würdest", erzählt Missy. Ich habe den Lautsprecher angeschaltet. Sie hat mir beschrieben, wie ich Cat-Eyes schminken kann, hat sich jedoch in ihren Erzählungen über ihr neues Leben in LA verloren. Sie ist dort letztes Jahr hingezogen, um ihre Schauspielkarriere zu einem Erfolg zu machen. Allerdings ist ihr das Geld ausgegangen, weshalb sie nun zu Hause ist und bei ihren Eltern in Santa Fe lebt, während sie sich neu sortiert. „Hollywood ist genial."

„Ich weiß, dass *du* es liebst, aber ich glaube nicht, dass es etwas für mich ist. Du bist dort, um es als Schauspielerin weit zu bringen. Was würde ich dort tun?"

„Du arbeitest in einem Coffee-Shop. Du kannst überall einen Job bekommen."

Autsch.

Ich mache ein finsteres Gesicht. „Ich bin die Managerin bei Daisy Day. Ich lege meine eigenen Arbeitszeiten fest. Ich habe eine Menge kreative Kontrolle." Ich mache nicht nur Lattes. Ich führe die Bücher und plane Werbekampagnen. Daisy ist mit ihrem Job als Bürgermeisterin und all ihren Nebenprojekten beschäftigt. Der Erfolg des Cafés ist etwas, worauf ich stolz bin und den ich ausbauen möchte.

Ein Umzug an die Westküste würde Spaß machen. Aber ich habe bereits große Veränderungen vorgenommen – für die Außenwelt wirken sie möglicherweise klein, doch für mich waren sie groß. Mein Selbstwert ist rasant gestiegen.

Ich trage auch öfter bauchfreie Oberteile und sehe niedlich aus!

Ich habe große, große Pläne, die sich allerdings noch im Inkubator befinden. Ich habe sie niemandem verraten. Daher sage ich bloß: „Ich liebe Bad Bear. Ich will es nicht verlassen."

„Ich weiß, dass du Bad Bear liebst, aber willst du denn nie mehr?"

Das tue ich. Ich will das Café erweitern – deswegen belege ich Kurse zur Führung von kleinen Geschäften. Ich möchte lernen, wie man das am besten tut. Ich bin versucht, das Missy zu erzählen, stelle mir jedoch vor, wie sie ungläubig die Nase rümpft und fragt, warum ich so etwas überhaupt versuchen will. Sie sieht nur, wie ich Espresso-Shots zubereite. Das ist das Einzige, was alle sehen. Und das ist in Ordnung für mich.

„In Hollywood könnten wir zusammenwohnen. Es wäre so ein Spaß."

Hmm, bis jetzt habe ich mich geschmeichelt gefühlt, dass sie mich eingeladen hat, mit ihr zu gehen, doch vielleicht braucht sie nur jemanden, der ihr dabei hilft, die Miete zu bezahlen.

„Ich bin mir sicher, dass du eine tolle Mitbewohnerin finden kannst", erwidere ich sanft. „Vielleicht eine, die auch versucht Schauspielerin zu werden."

„Ich *versuche* nicht, Schauspielerin zu werden", giftet Missy. „Ich *bin* eine. Ich habe in drei Werbespots mitgespielt."

Für das Autohaus ihres Dads in Santa Fe. Als sie sechzehn Jahre alt war. Ich weiß, dass ihre Träume größer sind, aber sie scheint in Hollywood nicht viel Erfolg gehabt zu haben. Sie hat mir das nicht erzählt, doch ich merke es. Ihr üblicher überschäumender Enthusiasmus kommt ihr allmählich abhanden. Sie möchte nicht, dass der Höhepunkt ihrer Karriere das Erringen des Titels Miss New Mexico Teen im Alter von vierzehn Jahren ist.

Sie seufzt. „Es tut mir leid, dass ich dich so angefahren habe. Es ist nur … alle dort sind so gnadenlos. Wenn ich mit einer anderen aufstrebenden Schauspielerin zusammenwohnen würde, hätte ich Angst, dass sie mir im Schlaf die Haare abrasiert. Etwas tut, um mich zu sabotieren."

Ich verziehe das Gesicht. „Das ist schrecklich."

„Ich bin dort draußen ganz allein. Du bist meine beste Freundin; du warst immer für mich da."

„Das tun Freunde für einander. Aber ich habe mein eigenes Leben." Ich lege den Eyeliner weg. Ich werde mir die Make-up-Lektion für ein anderes Mal aufheben.

„Es tut mir leid", entschuldigt sie sich erneut. „Ich soll dir eigentlich dabei helfen, dich für dein Date fertig zu machen."

„Es ist okay."

„Ich mache es wieder gut. Aber ehrlich Maisy, du brauchst meine Hilfe nicht", sagt sie. „Du bist ohne Make-up wunderschön, das warst du schon immer. Deine Haut ist perfekt." Sie klingt wehmütig, beinahe neidisch, doch das ist lächerlich. Missy ist eine Schönheitskönigin. Warum sollte sie auf mich neidisch sein?

Sie war in der Highschool so eine gute, treue Freundin, obwohl ich mich wie eine Nebendarstellerin in ihrem glamourösen Leben fühlte.

Ihre Mom schreit ihren Namen und sie zuckt zusammen. „Ich muss Schluss machen. Aber ich zähle die Stunden, bis ich dich wieder anrufen kann. Ich will alles über dein Date hören." Sie wünscht mir viel Glück und wir verabschieden uns.

Mein Date. Ich schiebe die flatternden Schmetterlinge in meinem Bauch beiseite.

Ich schätze, ich bin auf mich allein gestellt. Aber … ich halte mir selbst den Rücken frei. Das haben mich die letzten Wochen gelehrt. Und Matthias hat einem Date zugestimmt, als ich kaum geschminkt war. Wir gehen wandern, es ist nicht so, als müsste ich mich in Schale werfen.

Mit neuer Entschlossenheit nehme ich mein pfirsichfarbenes Lieblingsrouge.

Warum ist der Concealer so geheimnisvoll?

Weil er immer alles verdeckt!

Es klingelt an unserer Tür und ich lasse das Rouge klappernd fallen. Ist Matthias hier? Nein, wir haben ausgemacht, dass wir uns beim Ausgangspunkt des Wanderweges treffen. In zwei Stunden.

Hinter der Tür steht eine große, schattenhafte Gestalt. Ich zögere, aber ich kenne alle am Bad Bear Mountain.

Als ich die Tür öffne, kenne ich den Kerl jedoch nicht. Er ist ein riesiger weißer Kerl mit einem Bierbauch, im mittleren Alter und hat eine rötliche Gesichtsfarbe. Seine Kleider stinken nach Zigarettenrauch.

„Maisy Bennett?" Er mustert mich von oben bis unten.

„Wer sind Sie?"

„Dein Dad hat versucht, dich zu erreichen", antwortet er.

Ein kalter Wind durchfährt mich. Mein Dad … ist problembeladen. Er ist ein Suchtkranker, was bedeutet, dass er ein beschissener Vater war. Ich war in Therapie, weshalb ich weiß, dass es nicht meine Schuld ist, doch es ist schwer, nichts von ihm zu wollen – Liebe, Aufmerksamkeit, Fürsorge, egal was. Ich bin stets trotzdem enttäuscht, wenn er mir nie etwas davon gibt.

Ich bin froh, dass Matthias mir geholfen hat, seine Anrufe zu blockieren. Ich hätte ihn schon vor Jahren aus meinem Leben ausschließen sollen.

„Er will mit dir sprechen", sagt der Mann.

„Ich will nicht mit ihm sprechen."

„Keine Option."

Das ist der Moment, in dem ich bemerke, dass ein großer weißer Lieferwagen mit Nevada-Kennzeichen neben unserem Briefkasten geparkt ist. Ich habe ihn einige Male in der Gegend gesehen und gedacht, dass es ein Malerwagen sei.

Ich habe kein gutes Gefühl bei dieser Sache. Etwas sagt mir, dass ich dem Kerl die Tür vor der Nase zuknallen sollte, weshalb ich das tue, doch er hat seinen Fuß in den Türspalt geschoben.

Er packt meinen Arm und ich erstarre vor Schock. Ich öffne den Mund zu einem Schrei, aber er zieht mich zu sich und hält mir den Mund zu. Seine Hand riecht nach Tabak und ich würge.

Ich höre die Schritte eines zweiten Stiefelpaars. Es ist noch ein Kerl hier, groß und dünn mit strähnigen Haaren, die um sein bleiches, schmales Gesicht fallen. Er hat eine Spritze in der Hand. Entsetzen packt mich und die Welt schwankt, als der zweite Kerl näher kommt, um mir die Spritze zu injizieren.

„Du kommst mit uns", verkündet er.

„Nein", wimmere ich durch die Hand, die mir den Mund

zuhält. Eine wilde Sekunde lang sehe ich Matthias' Gesicht vor meinem. Er wird am Parkplatz auf mich warten. Wir sollten auf ein Date gehen.

Heute sollte der beste Tag meines Lebens sein.

Es pikt in meinem Arm und die Welt wirbelt davon.

* * *

MATTHIAS

Ich bin zehn Minuten zu früh bei unserem Treffpunkt. Mein Bär ist hibbelig, obwohl ich eine Dosis Mondkur genommen habe, bevor ich herkam. Trägheit strahlt durch meine Glieder und Oberkörper, dämpft meine Gier und macht meine Fangzähne stumpf. Ich überzeugte meinen Bären, dass es das Beste war, eine Dosis für Maisys Schutz zu nehmen, doch keiner von uns beiden mag, wie sehr es uns betäubt.

Mein Bär wird fünf Minuten nach der vereinbarten Zeit immer unruhiger, weshalb ich ihr eine Nachricht schicke. Nach fünfzehn Minuten ist mein Bär so aufgebracht, dass ich anfangen muss, hin und her zu tigern, um etwas Energie rauszulassen.

Sie würde nicht zu spät kommen. Oder vielleicht würde sie das tun. Ich weiß alles, was es über Maisy auf dem Papier zu wissen gibt – aus der Ferne. In sozialer Hinsicht hatte ich jedoch absichtlich kaum mit ihr zu tun.

Ist sie die Sorte Mensch, die zu spät kommt? Irgendwie scheint das nicht zu ihr zu passen. Sie ist verantwortungsbewusst. Organisiert. Schüchtern.

Nach dreißig Minuten rufe ich Maisy an und als der Anruf auf der Mailbox landet, stecke ich mein Handy ein und jogge zu ihrem Haus.

Etwas stimmt nicht.

Jetzt bin ich mir sicher. Maisy würde nicht zu spät

kommen. Sie ist eine äußerst organisierte Person. Die meisten Leute realisieren nicht einmal, wie viel sie tut. Sie managt einen Coffee-Shop, der mehr als ein Laden ist, in dem man ein Getränk kauft — er ist der gesellschaftliche Mittepunkt und der wahre dritte Ort, der in unserer Kleinstadt eine Gemeinschaft erschafft. Ich vermute, dass sie auch der Grund ist, aus dem Daisy als Bürgermeisterin so erfolgreich ist. Sie ist die stille Kompetenz, die Daisys wilde, verrückte Pläne in die Tat umsetzt.

Hat sie ihre Meinung hinsichtlich des Dates geändert? War sie zu eingeschüchtert, um mir zu schreiben? Ich weiß, wie nervös ich sie mache.

Nein, sie ist zu nett und respektiert mich zu sehr. Sie würde mich nicht einfach hängen lassen.

Das bedeutet, mein Bär ist zu Recht aufgebracht. Fuck! Ich hätte sie sofort anrufen sollen.

Ich habe ein schlechtes Gefühl.

Ich rieche etwas Widerliches, als ich ihre Straße betrete. *Zigaretten, fremder Mensch*, berichtet mein Bär.

Ich beschleunige mein Tempo zu einem Rennen.

Als ich zu Maisys Haus gelange, steht dessen Tür offen. Ich klingle, klopfe und rufe ihren Namen. Vielleicht ist sie nur mit Dingen für ihre Arbeit beschäftigt und hat die Zeit vergessen.

Ich rufe sie noch einmal an und ihr Handy klingelt … im Haus.

Oh beim Schicksal. Das gefällt mir nicht.

Sie ist nicht hier. Sobald ich das akzeptiere, kann ich darauf achten, was mir mein Bär entgegenbrüllt.

Bei der Tür ist ein kräftiger Geruch. Ein Jagdhund kann einer Spur folgen, indem er den Wolken von Hautzellen und Geruchsmolekülen folgt, die eine Person zurücklässt. Die Nase eines Gestaltwandlers ist noch empfindlicher.

Sie ist eine Gabe und ein Fluch. Und momentan ist es

eine Folter, denn ich kann riechen, was Maisy empfand, als die fremden Männer sie an ihrer Tür konfrontierten.

Furcht. Scharf und sauer. Sie verbrennt mir die Nase zusammen mit dem kräftigen Geruch von alten Zigaretten. Sie war vor nicht allzu langer Zeit zusammen mit mindestens zwei fremden Männern hier. Ich folge dem Geruch zum Briefkasten, wo er verschwindet. Sie muss in ein Fahrzeug gesteckt und weggefahren worden sein. Die Spur endet dort. Maisys süßer Duft wird von dem Geruch von Diesel und Achsfett übertüncht.

Sie ist fort.

Mein Bär brüllt.

Stopp, befehle ich ihm und er antwortet mit einem Strom an Worten: *Gefährtin Gefahr Töte Fremde Beschütze Gefährtin.*

Später, verspreche ich ihm. Jetzt muss ich erst einmal nachdenken.

Ich rufe Daisy an. Wir entdecken schnell, dass Maisy nicht bei ihr ist und niemand sie gesehen hat, seit sie die Arbeit verlassen hat.

„Wir treffen uns bei deinem Haus." Ich bemühe mich, nicht panisch zu klingen.

Ich schreibe eine Nachricht in den Gruppenchat, der all meine Brüder enthält.

„911. Maisy ist fort. Jemand hat sie entführt."

KAPITEL SECHS

Matthias

Minuten später versammeln sich meine Brüder bei Daisys Haus. Sogar die Drillinge sind hier und sehen ernster aus, als ich sie jemals gesehen habe.

Everest tigert in Bärengestalt herum und schnüffelt am Boden und Asphalt.

Axel, unser Auto- und Motorradexperte, hockt neben Maisys und Daisys Briefkasten. Dieser ist weiß und mit handbemalten gelben Gänseblümchen verziert. Auf dem Gehweg davor sind frische Reifenspuren.

„Sie haben sie in einen Lieferwagen gesteckt", verkündet Axel. „Und sind in diese Richtung gefahren." Er beginnt, zu joggen, und folgt der Spur.

„Und keiner hat es gesehen?", frage ich.

„Geht von Tür zu Tür", befiehlt Teddy den Dreien in seinem Spezialeinheits-Befehlston. „Findet jeden, der etwas gesehen hat."

Die Drillinge salutieren und zerstreuen sich.

Daisy und Darius kommen aus dem Haus.

„Ihr Handy war noch in ihrem Schlafzimmer." Daisy reicht es mir. Sie sieht blass und erschüttert aus.

Ich scrolle durch Maisys Handy und sehe, dass sie keine weiteren Anrufe von einer unbekannten Nummer erhalten hat. Es sieht so aus, als hätte sie die Blockierung nicht rückgängig gemacht.

Canyon kommt auf uns zugerannt. Er schwitzt, als wäre er den ganzen Berg hochgerannt, aber er atmet nicht schwer. „Der alte Luther sah hier vor zwei Stunden einen weißen Lieferwagen", berichtet er. „Und Jasmine Wilkins war mit ihrem Sohn auf dem Spielplatz. Sie erzählte mir, dass ein ‚Verbrecher-Van' sehr schnell vorbeigefahren ist."

„Dann haben sie den Berg verlassen." Ich klinge hölzern, weil es mich sämtliche Selbstbeherrschung kostet, meinen Bären zurückzuhalten, der sich an die Oberfläche drängen will.

„Ich bin mit Black Wolf online verbunden", sagt Teddy und hält sein Handy hoch. „Sie weiten ihre Überwachung auf die Route Seven und den Highway bis nach Santa Fe aus."

„Es ist zu spät. Das Ganze ist vor mindestens einer Stunde, vielleicht sogar früher, passiert." Ich widerstehe dem Drang, mein Gesicht zum Himmel zu heben und ein lautes Bärenbrüllen auszustoßen. „Wer hat sie entführt? Und wohin haben sie sie gebracht? Und warum?"

Daisys Beine knicken unter ihr ein. Darius und Teddy fangen sie auf und senken sie langsam zu Boden.

„Ich kann das nicht", flüstert sie benommen. All ihre Lebendigkeit ist verschwunden und sie sieht aus, als wäre sie geschrumpft.

Ich gehe in die Hocke und überprüfe ihre Vitalwerte, wie ich es seit Jahren tue – das tat ich schon, bevor ich Medizin studierte. Daisy war lange Zeit meine beste Patientin – seit sie Maisy adoptierte, zu mir kam und mich anflehte, ihr dabei zu helfen, gesund zu bleiben, damit sie ihre Enkelin großziehen konnte.

Sie ist okay, sie steht nur unter Schock.

„Sie ist allein. Sie könnte verletzt sein. Wer würde so etwas tun?" Sie richtet ihre feuchten Augen auf mich.

Ich sehe so viel von Maisy in ihr.

„Ich weiß es nicht", knurre ich, da ich kein Interesse mehr daran habe, meine wilde Seite zu verbergen. „Aber ich werde denjenigen finden. Und ich werde ihn dafür bezahlen lassen."

Ich stehe auf, bleibe jedoch in Daisys Nähe für den Fall, dass sie ohnmächtig wird.

„Wren ist im Kontrollzentrum", berichtet Canyon. Ich fand es süß, dass sie ihren großen Fernseher mit Gaming-System in Palomas Heimkino ‚Kontrollzentrum' nannten, doch jetzt passt es. „Sie hat Kylie kontaktiert. Sie durch-wühlen beide das Dark Web und versuchen, herauszufinden, ob jemanden einen Job am Bad Bear Mountain gepostet hat."

Kylie ist eine Panthergestaltwandler-Milliardärin und geniale Hackerin. Wren ist Palomas jüngere Schwester.

„Denkst du, wir sind das Ziel?", fragt Darius mit leiser Stimme. „Oder Maisy?"

Ich reibe mir über den Nacken. „Sie haben sie entführt. Doch es lässt sich nicht sagen, bis wir sie finden."

„Kylie wird sich auch Maisys Hintergrund anschauen", sagt Teddy.

„Ihr Vater", murmelt Daisy von ihrem Platz auf der Eingangstreppe. Sie sieht etwas stärker aus. „Er hat sie ständig angerufen. Ich wette, er steckt hinter allem."

„Sag Kylie, dass sie auch Nachforschungen zu Maisys Vater anstellen soll", befehle ich.

„Allen. Allen Dankworth", verrät Daisy uns den Namen. „Er und meine Donna lernten sich in Vegas kennen. Ich glaube, er wohnt noch immer dort."

„Er hat sie immer wieder angerufen." Ich gebe Canyon Maisys Handy. „Es ist eine Nevada-Nummer."

„Ich werde nachschauen, ob Hutch und Wren einen genauen Standort finden können." Canyon eilt davon.

„Ich werde Black Wolf sagen, dass sie sich die Routen zwischen hier und Vegas ansehen sollen", verkündet Darius und marschiert davon.

Ich stehe einen Augenblick lang still und fühle mich hilflos.

„Ihr geht es bestimmt gut, Bruder", raunt Teddy mir zu. „Wenn ihr Dad dahintersteckt, bedeutet das, dass sie am Leben ist."

„Er ist kein guter Mensch." Daisys Stimme zittert.

„Nein, das ist er nicht." Ich bin ihm nie begegnet, weiß jedoch bereits, dass er Maisy nicht verdient. „Aber Maisy ist stark."

Ein Helikopter mit Bern am Steuer saust über unsere Köpfe. Der Wind peitscht über uns, als er auf einem Feld am Ende der Straße landet.

Daisy packt meine Hand. Ihre zerbrechlichen Finger werden zu Krallen und ihr Griff ist überraschend stark.

„Du bringst sie zurück, Matthias." Ihre Stimme wird fast von dem Lärm des Helikopters übertönt. „Du findest sie und bringst sie nach Hause zurück."

„Das werde ich tun", schwöre ich mit jeder Faser meines Wesens. Ihre Hand erschlafft in meiner, als hätte es sie sämtliche Energie gekostet, meine Hand zu packen und mich dazu zu bringen, zu versprechen, Maisy zu retten. Ich lasse sie los und marschiere zu dem wartenden Helikopter. Im Gehen reiße ich mir die Brille von der Nase. Mein Sehvermögen ist perfekt. Ich trage die Brille nur, damit ich mehr wie ein Gelehrter aussehe. Sie ist ein Teil meiner Persona, damit sich meine Patienten entspannen. Dort, wo ich hingehe, werde ich sie nicht brauchen.

Ich bin nicht mehr der nette Arzt von Bad Bear. Ich bin selbst ein böser Bär, der bereit ist, zu wüten, und ich bin auf einer Mission, meine Gefährtin zu finden.

Ich werde alles und jeden vernichten, der sie angefasst hat.

* * *

MAISY

In meinem Schädel steckt ein Nagel und spaltet ihn in der Mitte. Zumindest fühlt es sich so an. Als ich Anstalten mache, ihn zu berühren, wird der Schmerz von den Schmerzen in meinem ganzen Körper überwältigt. Meine Haare hängen wie ein Vorhang über mein Gesicht.

Ich liege auf einem Bett auf der Bettdecke. Das einzige Licht im Raum stammt von dem Leuchten, welches das Fenster umgibt.

Mein Mund fühlt sich an, als wäre er mit ranziger Baumwolle gefüllt.

Ich versuche, mich aufzusetzen, und eine Woge der Benommenheit schwappt über mich. Ich habe das Gefühl, als wäre ich betäubt worden.

Weil ich das wurde.

Ich rutsche zur Bettkante und schließe die Augen, als sich der Raum dreht. *Babyschritte.*

Wenigstens ist dieses Zimmer klein. Es ist hübsch genug für ein gewöhnliches Hotelzimmer, stinkt jedoch nach Zigarettenrauch. Der Geruch hilft dem Zustand meines Kopfs nicht.

Ich schaffe es zum Badezimmer und trinke Wasser, bevor ich meine volle Blase entleere. Unter dem Waschbecken liegen ordentlich gefaltete weiße Handtücher. Ich befeuchte eines und wische mir damit die Haut ab. Dadurch fühle ich mich ein wenig besser.

Das Licht schalte ich nicht ein für den Fall, dass es diejenigen herruft, die mich entführt haben.

Denn ich *wurde* entführt. Diese zwei Kerle überfielen mich bei meinem Haus und begingen mehrere Straftaten.

Ich sehe blass im Spiegel aus. Ich bin nicht okay.

„Iss keine Uhr“, flüstere ich meinem Spiegelbild zu. „Das ist zeitraubend.“

Mein Lieblingswitz reduziert meine Angst nicht, doch er ist mir vertraut. Ich bin eine Erwachsene. Ich kann das hier durchstehen.

Schlechte Witze werden mir nicht helfen, mit dieser Furcht fertigzuwerden. Wenn ich die Augen schließe, sehe ich bloß Matthias. Seine hübschen braunen Augen, die mich anschauen. Die mich sehen. Mein wahres Ich.

Ich habe unser Date verpasst. Wenn ich zu viel darüber nachdenke, werde ich weinen.

Konzentriere dich, Schönheit, sagt Matthias in meiner Fantasie zu mir. *Du schaffst das. Babyschritte.*

Ich trage noch meine Yogahose und einen weichen Pullover – das Outfit, das ich auf der Wanderung unter meiner Jacke tragen wollte. Sie sehen etwas lädierter aus – schmutzig, als wäre ich im Laderaum des Lieferwagens hin und her gerollt – aber wenigstens habe ich Klamotten an. Es macht nicht den Anschein, als hätte mich jemand angefasst, abgesehen davon, eine Spritze in meinen Hals zu rammen, mich zu betäuben und in den Wagen zu schleifen. Dann wurde ich hierhergefahren, wo auch immer hier ist.

Die Uhr zeigt an, dass es kurz nach Mitternacht ist. Das bedeutet, dass ich zehn Stunden lang geschlafen habe.

Ich hole tief Luft. Das Wichtigste zuerst. Ich werde herausfinden, wo ich bin.

Dann werde ich herausfinden, was ich diesbezüglich unternehmen kann.

Ich bin noch schwach von dem Mittel, mit dem ich betäubt wurde, weshalb ich mich langsam bewegen muss.

Ich gehe zur Tür und rüttle am Griff, aber sie ist abgesperrt. Ich kämpfe gegen meine Panik an.

Anstatt das Licht anzuschalten, gehe ich zum Fenster und ziehe den Vorhang zurück. Und erleide fast einen Herzinfarkt.

Ich bin in einem Zimmer hoch über einer nächtlichen Stadtlandschaft. Die Stadt unter mir ist ein flaches Raster, das sich bis zu den Bergen in der Ferne erstreckt. Einige Meilen entfernt sind ein Haufen glitzernder Türme und eine riesige beleuchtete Kuppel.

Vegas.

Ich bin in Vegas.

Was zum Henker? Haben mich die Kerle in den Lieferwagen geworfen und den ganzen Weg hierhergefahren? Kein Wunder, dass mein Körper überall wehtut.

Diese Sache muss mit meinem Dad zu tun haben. Er wohnte früher in Vegas, tut es vermutlich noch immer. Irgendwie hat das hier mit ihm zu tun.

Dieser Gedanke sollte mich beruhigen, doch das tut er nicht. Warum sollte mein Dad mich entführen? Ich wusste, dass er schlechten Umgang pflegt, seine Leute sind jedoch alle ziemlich dumm. Das hier ist ein ausgeklügelter Plan, für den Fokus notwendig ist. Ein Haufen Drogenabhängiger könnte das nicht tun, oder?

Und warum sollten sie es tun?

Ich lege eine Hand auf meine Brust und meinen Bauch und beginne, tief zu atmen, bevor ich eine Panikattacke erleide und ohnmächtig werde. Das Mittel, mit dem ich betäubt wurde, ist noch in meinem Körper und macht mich träge, aber mein Herz rast.

Ich sehe mich nach einem Telefon um, damit ich 911

anrufen kann. Oder Matthias. Aus irgendeinem Grund würde ich lieber Matthias anrufen, was unlogisch ist, da er zu Hause in New Mexico ist und ich in Las Vegas bin. Ich brauche einfach eine Dosis seines gelassenen, ruhigen und gefassten Auftretens. Ich brauche es, dass er mir sagt, was ich tun soll.

Ich finde das Anschlusskabel, das Telefon wurde jedoch entfernt. Verdammt! Vielleicht kann ich an die Tür hämmern und so jemandes Aufmerksamkeit erregen.

Ich mache mich auf den Weg zur Tür, doch in dem Moment dreht sich der Griff und sie schwingt auf.

Ich keuche und mache einen Schritt rückwärts.

KAPITEL SIEBEN

Maisy

Die Person, die gerade reingekommen ist, schaltet das Licht an und blendet mich vorübergehend. Ich weiche zum Fenster zurück und blinzle denjenigen an, bis ich wieder richtig sehen kann.

„Dad?"

„Hey, Blumenmädchen." Mein Dad sieht älter denn je aus, obwohl er erst Mitte vierzig ist. Er hat meine Mom geschwängert, als sie junge Mitzwanziger waren, in den Casinos arbeiteten und Party machten. Sein Gesicht ist rot und seine Augen sind blutunterlaufen, aber er sieht nicht betrunken oder high aus. Er trägt ein weißes Hemd und eine ausgebleichte, schwarze Hose, was für ihn schick ist.

„Was ist los? Warum bin ich hier?"

„Was? Keine Umarmung für deinen guten alten Dad?" Er öffnet die Arme und zeigt die gelblichen Flecken in den Achselhöhlen.

Ich bin sprachlos wegen einer Emotion, die ich nicht benennen kann. Und dann realisiere ich, was ich empfinde.

Wut.

„Nein, *Allen*." Ich nutze seinen Namen, weil er für mich kein Vater ist. Er war nie einer. Es wird Zeit, dass ich das deutlich mache. „Ich will wissen, warum ich in Vegas bin", sage ich mit harter Stimme. „Du wirst mir jetzt sofort verraten, was hier los ist."

Allen seufzt, reibt mit einer Hand über seinen Kopf und sein Blick sinkt auf den Teppich. „Ja, das ist nicht so gelaufen, wie ich es gerne gehabt hätte. Du hättest an dein Handy gehen sollen", sagt er anklagend. „Ich habe dich angerufen."

„Ich war beschäftigt", erwidere ich. Ich spreche nicht das Offensichtliche an – dass ich ihn blockiert habe, weil ich ihn nicht mehr in meinem Leben haben wollte. Die Dinge sind eskaliert und nun furchterregend und ich muss klug vorgehen. Womöglich muss ich lang genug freundlich zu meinem Dad sein, um von hier zu verschwinden.

Denn ich werde fliehen. Das verspreche ich mir.

Braves Mädchen, stelle ich mir Matthias' Stimme vor. *Du schaffst das.*

„Sag mir einfach, was los ist."

„Ach, es ist …", murmelt er und seufzt. „Ich habe mir Schwierigkeiten eingehandelt. Ich arbeitete für einen Kerl und einige Dinge passierten und jetzt schulde ich ihm eine Menge Geld. Er ist kein guter Kerl, Daisy." Er nutzt meinen gesetzlichen Namen.

„Es heißt *Maisy*", korrigiere ich ihn, während ich mich bemühe, zu verstehen, was er mir gerade erzählt hat. Wenn er nüchtern war, arbeitete Allen früher in Casinos. Nicht in den schönen Casinos am Las Vegas Strip, sondern in den alten abseits vom Strip. Ich bin mir ziemlich sicher, dass er mittlerweile nicht mehr eingestellt werden kann, weshalb ihm nur die Arbeit für Verbrecher bleibt, die Drogen verkaufen. „Lass mich das klarstellen. Du schuldest jemand Mächtigem Geld. Jemandem, der es gewohnt ist, zu bekommen, was er will."

Allen nickt und ich balle meine Hände zu Fäusten.

Natürlich hat das hier mit Geld zu tun. Selbst als ich zehn Jahre alt war, trug mir der Samenspender auf, Daisy um Geld zu bitten. Einmal gab ich ihm mein Geburtstagsgeld, doch Daisy fand es heraus und war aufgebracht, weshalb ich es nie wieder tat. „Also was will er von mir?" Ich bin die Managerin eines Cafés, keine Millionärin.

Er murmelt etwas und schaut auf den Teppich, als wäre er fünf und keine fünfundvierzig Jahre alt.

„Das musst du wiederholen." Noch bevor er das tut, weiß ich, dass es schlimm sein wird.

„Er will dich heiraten."

Wie bitte … *was?*

* * *

„Hier spricht der Kapitän. Bitte nehmt eure Plätze ein; wir werden in fünf Minuten landen", ruft Teddy aus dem Cockpit des Privatjets.

Ich sitze steif auf meinem Platz, doch Hutch und Canyon beeilen sich, das Kartenspiel zu beenden, das sie auf dem Tisch gespielt haben. Sechs meiner Brüder sind bei mir. Alle bis auf Everest. Er weigert sich, sich in einen Menschen zu verwandeln, weshalb wir ihn zurückgelassen haben, damit er Daisy und den Berg im Auge behält.

Die Drillinge haben sich auf dem gesamten Flug benommen. Sogar Darius hilft Teddy im Cockpit ohne ihr übliches Gezanke. Deswegen weiß ich, dass alle diese Mission ernst nehmen.

Vor dem Fenster leuchtet Vegas. Für einen Touristen sieht es möglicherweise wie eine große Party aus, laut und hell genug, um den Nachthimmel in ein trübes Blau zu tauchen. Für mich sieht es unheilvoll aus.

Dank Wrens übersinnlicher Fähigkeiten sowie Kylies und Hutchs Technologie-Können fanden wir heraus, dass Maisy höchstwahrscheinlich von Männern entführt wurde, die für Allens Chef arbeiten, ein Mann, der den zweifelhaften Spitznamen Lucky Lou trägt. Kylie stellt noch immer Nachforschungen zu ihm an. Bisher wissen wir bloß, dass er ein Kleinkrimineller mit Wahnvorstellungen von Grandezza ist. Er hat vermutlich etwas damit zu tun.

Was wir nicht wissen, ist, warum Maisy involviert ist. Es ergibt keinen Sinn.

Sie lokalisierten das Apartment von Maisys Dad. Er lebt unter der Armutsgrenze am Stadtrand.

Dorthin sind wir jetzt unterwegs. Wir können nicht schnell genug hinkommen. Ich bin dankbar, dass ich Freunde und Familie habe, die sich zusammengetan haben, um einen Ort zu finden, wo wir Maisy am wahrscheinlichsten finden können. Lana lieh uns ihren Jet und Teddy flog uns in Rekordzeit hierher. Die Minuten, die verstreichen, während wir landen und zum gemieteten Bus gehen, kommen mir allerdings endlos vor.

Ich trage meinen Arztkoffer – ich brachte meine Notfallmedizin mit für den Fall, dass Maisy verletzt ist. Ich habe keine Waffe, brauche jedoch keine. Mein Bär ist tödlicher als ein geladenes Maschinengewehr. Ich versuche, ruhig zu bleiben, doch es kostet mich sämtliche Selbstbeherrschung, nicht zu brüllen, mich zu verwandeln und den Strip auf meiner Jagd nach Allen zu verwüsten.

Gefährtin, erinnert mich mein Bär.

Wir werden zu ihr gelangen, sage ich. Und dann werde ich den Bären freilassen.

Wir quetschen uns alle in einen riesigen Partybus. Als Teddy ihn anlässt, beginnen Neonlichter zu blinken, und Clubmusik dröhnt aus den Lautsprechern. Teddy drückt auf einen Knopf, woraufhin die Musik aufhört. Nicht einmal die Drillinge sind jetzt in Partylaune.

Wir rasen vom Strip weg, als Kylie erneut anruft. „Ich habe einen Treffer für Allen. Sieht so aus, als hätte er in ein Hotel in der Nähe der Fremont Street eingecheckt.“

„Das ist im alten Vegas“, berichtet Darius. „Abseits des Strips.“

„Warum sollte er sich ein Hotelzimmer nehmen?“, fragt Axel. „Er wohnt hier.“

„Es ist nichts bestätigt, aber Gerüchten zufolge ist das alte Casino nebenan ein bekannter Geschäftsort von Lucky Lou“, berichtet Kylie.

„Bring uns dorthin“, sage ich. „Zum Hotel.“

„Sollen wir uns aufteilen?“, ruft Teddy vom Fahrersitz. „Wir können dich und die Drillinge absetzen und ich kann zu Allens Apartment fahren, um es zu überprüfen?“

„Nein. Wenn Lucky im Hotel ist, brauche ich möglicherweise Verstärkung.“ Maisy ist unsere Priorität.

Teddy saust über drei Verkehrsspuren, um die nächste Ausfahrt zu nehmen.

„Ich habe noch mehr Informationen“, berichtet Kylie. „Bezüglich Allens und Lucky Lous Plänen.“

„Kann das warten?“ Ich will Maisys Vater umbringen. Das geht gegen alles, was ich als Arzt geschworen habe, doch es ist mir egal. Falls er Maisy wehgetan hat, wird er nicht lange leben.

Er hat nicht damit gerechnet, dass seine Tochter Freunde hat. Oder einen Werbären, der verrückt nach ihr ist.

Ich würde ihn nur mit dem Leben davonkommen lassen, wenn Maisy mich darum bittet. Allerdings werde ich allen deutlich machen, dass ich Welten für sie zerstören werde.

„Du willst das hören. Ich habe es von Nachrichten zwischen Lucky Lou und Allen. Sie haben Maisy entführt, um eine Schuld zwischen ihnen zu begleichen, und sie haben Folgendes vor …“

KAPITEL ACHT

Ich kauere auf dem Hotelbett, den Kopf in die Hände gestützt. Allen ging, kurz nachdem er die Bombe platzen ließ, und ließ mich bei den zwei Schlägertypen zurück, die mich aus Bad Bear entführten.

Es ist nach 01:00 Uhr und ich bin immer noch groggy, kann jedoch nicht schlafen.

Ich fühlte mich gut genug, um zu duschen und das *I heart Vegas* Shirt anzuziehen, das mein Dad mir gebracht hatte. Ich dachte mir, dass ich genauso gut alles in meiner Macht Stehende tun kann, damit ich mich wie ich selbst fühle.

Am Morgen werde ich einen Verbrecher heiraten, wenn ich nichts unternehme.

Ich brauche einen klaren Kopf, um einen Ausweg aus dieser Situation zu finden. Allen sagte, dass er jemandem namens Lucky Lou Geld schuldet und Lucky Lou mich Pechmarie im Austausch für den Erlass seiner Schulden heiraten will.

„Was sagt die Null zur Acht?", flüstere ich mir einen Witz zu. „Schicker Gürtel."

Es hilft nicht.

Wie immer stelle ich mir vor, wie es wäre, Matthias diesen Witz zu erzählen. Was würde er mir in dieser verkorksten Situation raten?

Die Flucht.

Doch wie? Kann ich die Kerle vor der Tür irgendwie reinlegen, damit sie gehen? Oder damit sie mich vorbeilassen? Wenn ich in der Nähe eines Feueralarms ein kleines Feuer mache, würde das womöglich den Gebäudealarm auslösen und die Feuerwehr herrufen. Ich lasse den Blick über die Decke schweifen und entdecke etwas, was wie ein Sprinkler aussieht. Das könnte funktionieren … allerdings habe ich keine Streichhölzer.

Vielleicht kann ich mir eine Zigarette von einer der Wachen schnorren? Ich roch definitiv Zigarettengestank an ihnen.

Ich hole tief Luft und versuche, den nötigen Mut aufzubringen. Ich bin das Mädchen, das nervös wird, wenn der heiße Arzt der Stadt das Café betritt und einen Kaffee bestellt. Bin ich wirklich in der Lage mit den Gaunern vor der Tür zu flirten, um sie dazu zu bringen, mir eine Zigarette zu geben? Ich bin nicht Missy. Ich bin keine Schauspielerin. Und selbst wenn ich sie überzeuge, ich rauche nicht! Ich würde vermutlich würgen und ersticken, wenn sie mir die Zigarette anzünden, was meinen Plan verraten würde.

Doch es ist die einzige Idee, die mir bisher eingefallen ist, weshalb ich sie in die Tat umsetzen muss.

Ich zwinge mich, aufzustehen, und setze ein hoffentlich freundliches Lächeln auf.

Gerade als ich nach dem Türgriff greife, höre ich einen dumpfen Schlag, als wäre ein Körper gegen die Wand geknallt worden.

Ich keuche und springe zurück.

Noch ein Schlag.

Ist das gut oder schlecht?

Die Tür fliegt auf. Ich schlucke einen Schrei.

Dann realisiere ich, dass meine Fantasie Realität geworden ist und Matthias hier ist. Ich blinzle. Vielleicht liegt es an dem Betäubungsmittel. Warum sollte er hier sein? Wie hat er mich gefunden?

„Maisy." Er marschiert zu mir und sieht so groß und gefährlich aus, dass ich nicht fassen kann, dass er real ist.

„Matthias? Bist du das?" Schock wird zu Erleichterung und ich breche in Tränen aus.

Dann liege ich in seinen Armen.

„Schhh, Schönheit." Seine tiefe Stimme rumpelt durch mich hindurch. „Ich hab dich."

„Wie bist du hier reingekommen? Was ist mit den Wachen passiert?"

„Ich habe mich um sie gekümmert." Er setzt sich aufs Bett, wobei er mich nach wie vor festhält, und ich klammere mich an ihn. Er ist so groß und stark, dass ich mich sicher fühle, obwohl Allen und Lucky Lou möglicherweise in der Nähe lauern.

„Bist du okay, Schönheit?" Er fährt mit einer Hand über meine Seite und hebt mein Gesicht zu sich, damit er mir in die Augen schauen kann. Er trägt keine Brille und in seinen normalerweise braunen Augen lodert ein blaues Licht. Er sieht furchterregend aus. Furchterregend heiß.

Ich lege meine Hände auf seine Brust. Die Muskeln unter meinen Handflächen sind wie Granit und erden mich. „Sie haben mich mit irgendetwas betäubt. Sie haben mich einfach gepackt und mir etwas gespritzt. Und ich bin hier aufgewacht und es tut mir so leid … ich habe unser Date verpasst!"

Matthias' Mundwinkel zucken, als würde er mich niedlich finden. „Schhhh, ich bin jetzt hier. Und alles wird gut werden. Verschwinden wir von hier."

Er schwingt mich in seine Arme. Ich bin ein großes

Mädchen, doch er hebt mich hoch, als wäre ich so leicht wie eine Blume. Dann trägt er mich in den Flur, wo mehrere seiner Brüder warten. Die zwei Arschlöcher, die mich entführt haben, liegen zusammengebrochen auf dem Boden. Darius fesselt ihre Handgelenke mit Kabelbinder.

„Maisy!" Axel klingt erleichtert. Es ist schön, ihn zu sehen. Obwohl wir nicht regelmäßig miteinander abhängen, hat er immer auf mich aufgepasst.

„Hey", sage ich schwach.

Ich spüre, dass sich Matthias' Muskeln noch stärker anspannen. „Ich hab sie", knurrt er. Seine Stimme ist ein tiefer Bass, der beinahe unmenschlich klingt.

Darius hebt einen der Ganoven an den Haaren hoch und zerrt ihn durch den Flur, bevor er ihn in eine Abstellkammer schubst. Hutch schleift den anderen am Fuß hinterher. Ich habe das Gefühl, dass sie die beiden mühelos hochheben könnten, doch sie wollen ihnen die entwürdigendeste Behandlung angedeihen lassen, die möglich ist.

Ich finde das ungemein befriedigend.

„Teddy parkt hinter dem Hotel und Canyon hält sich in der Lobby bereit für den Fall, dass wir eine Ablenkung brauchen", erzählt Axel.

„Gehen wir." Ich liebe es, wie herrisch Matthias' tiefe Stimme klingt.

Darius übernimmt die Führung und Axel geht direkt hinter ihm. Hutch und Bern laufen hinter mir.

Wir bewegen uns rasch durch den Flur.

„Hier entlang." Axel huscht vor und hält die Tür zu einem Treppenhaus auf.

Die Bärenbrüder bringen die Treppe in Rekordzeit hinter sich. Ich wusste, dass ich in einem Wolkenkratzer-Hotel war, mir war jedoch nicht bewusst, dass ich im vierundzwanzigsten Stock war.

Sobald wir das Erdgeschoss erreichen, öffnet Darius die

Tür und Matthias trägt mich in die kühle Nacht geradewegs zu einem großen weißen Bus, der neben der Tür geparkt ist.

Teddy nickt mir vom Fahrersitz aus zu, als wir einsteigen.

Matthias setzt mich auf die Bank hinten im Bus. Das gesamte Innere leuchtet neonlila.

„Ist das ein Partybus?"

„Ja", bestätigt Matthias. „Es war das einzige Fahrzeug, das wir auf die Schnelle mieten konnten, in dem wir alle Platz hatten."

„Oh." Ich kichere halbhysterisch. Ich kann nicht anders – nach der Anspannung und dem Stress der Entführung finde ich es witzig, mit einer Gruppe Bärenbrüder in einem Partybus zu fliehen. Und ich finde es auch genial.

Teddy fährt vom Straßenrand weg, obwohl nur Matthias und ich im Bus sind. Wir haben seine anderen Brüder zurückgelassen.

„Wohin fahren wir?"

„Fürs Erste nirgendwohin. Teddy wird einfach durch die Gegend fahren, während ich dich untersuche. Ich will sichergehen, dass das Mittel, mit dem sie dich betäubt haben, keine schlimmen Nebenwirkungen hat."

„Mir geht's gut." Noch während ich das sage, spüre ich die Schwere in meinem Körper. Der Adrenalinrausch, weil Matthias plötzlich aufgetaucht ist, hat geendet und ich sacke zusammen. Ich kann nur dasitzen, während er meinen Puls und Blutdruck mit der Ausrüstung misst, die er aus seinem schwarzen Arztkoffer holt.

„Puls erhöht, Augen ein wenig geweitet. Wie fühlst du dich? Irgendeine Taubheit, ein Kribbeln?"

„Nein. Mir war einige Male schwindlig, als ich aufwachte. Ich bin nur müde. Groggy."

„Es ist mitten in der Nacht. Das ist okay. Ich habe etwas, was dir helfen wird, damit du dich besser fühlst." Er holt eine in Plastik verpackte Spritze aus seinem Koffer und füllt sie mit Medizin aus einer Phiole. Die Flüssigkeit sieht klar aus, doch als das Licht in einem bestimmten Winkel darauf fällt, wirkt sie leicht rötlich. „Eine Dosis von dem hier wird dem Betäubungsmittel entgegenwirken, okay?"

„Okay." Ich sehe anscheinend besorgt aus, denn er legt eine Hand auf meine.

„Vertraust du mir?"

Wenn er mir so in die Augen blickt, würde ich alles für ihn tun. Ihm überallhin folgen. „Ja."

Er spritzt mir die Medizin und ich spüre es nicht einmal. Vielleicht bin ich ein wenig taub.

Fast sofort durchströmt mich Energie, als hätte ich gerade eine Wanderung hinter mich gebracht und anschlie-ßend vier Espresso getrunken. „Whoa."

„Es ist mächtig, ich weiß. Es wird jegliche Schäden heilen, die das Betäubungsmittel angerichtet hat." Er hält meine Hand. Es ist schön. „Erzähl mir, was passiert ist."

Ich erzähle alles von dem Moment, in dem die Fremden bei meiner Tür erschienen, bis zu dem, als ich in dem Hotel-zimmer aufwachte und ein Gespräch mit meinem Dad führte. „Er sagt, dass dieser Kerl mich heiraten will."

Matthias stößt ein unmenschliches Knurren aus und seine Augen werden laserblau.

Meine Augen weiten sich. Ich wusste, dass er ein Bären-gestaltwandler ist, die Anzeichen mit eigenen Augen zu sehen, sorgt jedoch dafür, dass sich Gänsehaut auf meinen Armen ausbreitet.

„Kommt. Nicht. Infrage." Seine Worte werden beinahe geknurrt.

Verdammt. Das ist heiß. So heiß.

Knurr er wegen *mir*? Würde er diese Laute wegen jeder Frau aus Bad Bear machen, die entführt wurde?

Würde er zum Beispiel für Missy so knurren?

Ich will denken, dass ich besonders für ihn bin. Als ich

eine Teenagerin war, hatte ich diese Fantasie, dass Matthias mir eines Tages sagen würde, dass ich die Frau war, die er wollte, und dass er jahrelang darauf gewartet hatte, dass ich erwachsen werden und für ihn bereit sein würde.

Doch das ist albern. Er hat nie Interesse an mir gezeigt und war stets bloß höflich.

„Ich werde diesen Kerl in Stücke reißen, bevor ich ihm erlaube, dich zu heiraten."

Hitze wallt zwischen meinen Beinen auf. Ich will mir den Handrücken an die Stirn pressen in der altmodischen Pose einer nahenden Ohnmacht und mit heiserer Marilyn Monroe Stimme hauchen: „Nimm mich, Matthias!"

Stattdessen erröte ich. Oder zumindest fühlt es sich so an, als würde ich erröten, da meine Wangen und Hals ganz warm werden. Ich räuspere mich. „Mein Dad sagt, er schuldet ihm eine Menge Geld."

„Hey, Leute?", ruft Teddy vom Fahrersitz. „Wren hat einen Bericht aus dem Hotel geschickt. Black Wolf hat ihr Zugriff auf die Kameras im Hotel verschafft, damit sie die Mission überwachen kann."

„Und?" Matthias hält weiterhin meine Hand und sieht mich an.

„Lucky Lou hat entdeckt, dass seine Männer verschwunden sind. Er weiß, dass Maisy fort ist."

Ich spanne mich an. „Sie werden nach mir suchen."

„Sie werden dich nicht finden", entgegnet Matthias. Sein Daumen streichelt beruhigend über meinen Handrücken. „Und selbst wenn sie dich finden würden, müssten sie sich mit sieben Werbären auseinandersetzen."

Werbären. Er hat es laut ausgesprochen.

Da das Geheimnis von Bad Bear Mountain ein unausgesprochenes ist, habe ich nie gehört, wie es einer von ihnen bestätigt hat. Sie erkennen nicht einmal die Tatsache an, dass Everest, der riesige Eisbär-Grizzly, der durch die Stadt wandert, eindeutig kein Haustier, sondern ein Bruder ist. Ich versuchte einmal, Axel danach zu fragen, doch er leugnete es, was meine Gefühle verletzte.

Ich drehe mich zu Matthias um und lege eine Hand auf seine muskulöse Brust. Wir sitzen so dicht nebeneinander, dass ich praktisch auf seinem Schoß hocke, aber es fühlt sich richtig an. „Warum will mich dieser Kerl heiraten?"

„Ich weiß es nicht. Aber unsere Freundin Kylie stellt Nachforschungen über ihn an, um es herauszufinden. Wusstest du, dass Allen früher einen Treuhandfonds hatte?"

„Was?" Die Worte *Allen* und *Treuhandfonds* ergeben zusammen keinen Sinn.

„Seine Eltern wurden beide reich geboren. Er erbte seinen Treuhandfonds im Alter von einundzwanzig Jahren und rannte damit nach Vegas, wo er alles so schnell wie möglich ausgab."

Das klingt mehr wie der Allen, den ich kenne. Der, der seine junge Tochter um ihr Geburtstagsgeld bat. „Allen ist pleite, seit ich ihn kenne. Allerdings kenne ich ihn nicht besonders gut. Ich hätte nie gedacht, dass er so etwas tun würde."

Matthias' Augen blitzen wieder blau auf, so hell wie die Neonpartylichter.

„Kylie hat weitere Nachrichten abgefangen", informiert Teddy uns. „Lucky Lou fordert alle möglichen Gefallen ein, um dich zu finden. Wer immer dich findet, soll dich geradewegs zur Kapelle bringen."

Ich erschaudere. Vor weniger als einer Stunde hatte ich Angst, war allein in dem Hotelzimmer und dachte, ich wäre dem Untergang geweiht. „Ich bin so froh, dass du mich gefunden hast."

„Ich hab dich jetzt", erwidert Matthias. „Und ich werde dich nie wieder gehen lassen."

Mein Herz stolpert. Ähm, wow. Er meint das vermutlich

nicht auf die Art, wie ich es gerne hätte, doch er lässt gerade meine Teenager-Fantasien wahr werden.

Ein Ausdruck stählerner Entschlossenheit legt sich auf sein Gesicht. „Was die Hochzeitssache angeht, so werde ich der jetzt ein Ende bereiten“, verkündet er.

„Das wirst du? Wie?“

„Du heiratest mich.“

KAPITEL NEUN

Matthias

Die Dämmerung findet mich in einem winzigen Ankleidezimmer der Las Vegas Little Chaple of Love, wo ich mich auf meine eigene Hochzeit vorbereite.

„Matthias und Maisy sitzen in einem Baum. Und H-E-I-R-A-T-E-N", singt Canyon immer wieder. Bern und Hutch fallen mit ein und dann beginnen sie alle ‚Chapel of Love' mit Harmonien und allem zu singen.

„Haltet die Klappe", knurrt Darius.

„Lass sie singen." Ich rücke meinen Kragen zurecht. Der weiße Smoking war nicht meine Idee – meine Brüder besorgten den irgendwie – doch ich sehe ziemlich gut aus. Ich drehe mich zu meinen Brüdern um, die irgendwie schwarze Smokingjacken und zueinander passende Kilts beschafft haben. „Sie haben sich die ganze Nacht lang benommen."

Sie sind sogar losgegangen und haben die Heiratserlaubnis abgeholt. Wir mussten natürlich einen Gefallen einfordern, um sie zu erhalten, doch unser Kontakt Lucius kann alles tun, sogar einen Angestellten dazu überreden, eine

Hochzeit in den frühen Morgenstunden zu bewilligen. Es ist gut, den Vampirkönig des Südwestens zum Freund zu haben.

Unsere Hochzeit wird offiziell sein.

Sowie ich hörte, dass ein anderer Mann vorhatte, Maisy zu heiraten, drehte mein Bär durch. Die Mondkur konnte mich kaum daran hindern, mich spontan zu verwandeln, Las Vegas zu verwüsten und jedes Männchen zu zerreißen, das meiner Gefährtin zu nahe kam.

Die einzige Möglichkeit, meinen Bären zu beruhigen, bestand darin, Maisy zu beanspruchen.

Und da sie noch nicht dafür bereit ist, dass ich sie im Bärenstil beanspruche, hoffe ich, dass eine rechtliche Beanspruchung ihn so weit beruhigen wird, dass ich funktionieren kann.

Hinzu kommt, dass wir dadurch die Pläne verlangsamen oder stoppen, die Lucky Lou für sie im Sinn hatte. Wir wissen nicht einmal, warum Lucky Lou Maisy heiraten will, aber er kann sie nicht heiraten, wenn sie bereits verheiratet ist.

Nicht, dass ich vorhabe, ihn in ihre Nähe zu lassen.

Als ich in den Spiegel blicke, funkeln meine Augen blau. Ich kann nicht leugnen, dass mein Bär begeistert von dem ist, was gleich geschehen wird.

Selbst wenn unsere Ehe nicht echt sein wird.

Ich brauche noch eine Dosis Mondkur, will jedoch vor meinen Brüdern keine Spritze herausholen. Keiner von ihnen weiß, dass ich mich in den letzten sieben Jahren selbst behandelt habe, um nicht wild zu werden oder meine Gefährtin zu beanspruchen.

„Wie geht es Maisy?", erkundige ich mich.

„Sie ist fast fertig. Das Kleid, das Lana gefunden hat, passt ihr." Darius hält inne. „Sie hat eine Menge Energie."

Vampirblut stellt das mit einem an. Ich habe selbst Medizin mit dem potenten Blut von Unsterblichen hergestellt. Ich habe sie an Daisy getestet, natürlich mit ihrer Erlaubnis, weshalb ich weiß, dass sie bei Menschen funktioniert.

„Wer bewacht sie?"

„Axel."

Ein Knurren grollt in meiner Brust. Axel ist mit Maisy in ihrem Abschlussjahr zum Prom gegangen. Ich hörte, dass Daisy das arrangierte, weil Maisy nicht gehen wollte. Das hindert meinen Bären allerdings nicht daran, Axel das Herz rausreißen zu wollen, weil er in ihrer Nähe ist.

Darius hält eine Hand hoch. „Teddy ist auch dort, aber sie wollte Axel. Sie fühlt sich bei ihm wohl."

Ich knurre noch mehr. Das gefällt mir nicht. Überhaupt nicht. Axel sagt, dass er nur ein Freund von Maisy ist, aber mein Bruder könnte hinter seiner ruhigen Fassade eine Schwärmerei für meine Gefährtin verbergen. Warum sollte er ihr sonst so nahekommen?

„Ich habe ein Update zu Allen", sagt Darius. „Während du bei Maisy warst, sind wir zu seinem Apartment gegangen, konnten ihn allerdings nicht finden. Kylie sagt, dass Lucky Lou Allens Handy mit Anrufen bombardiert und ihn beschuldigt, Maisy mitgenommen zu haben. Allen hat vermutlich Angst und ist auf der Flucht. Er hat kein Geld, um weit zu kommen, weshalb er sich wahrscheinlich irgendwo versteckt. Sollen wir ihm nachgehen?"

„Später. Ich will euch alle als Zeugen hier haben. Das hier muss legitim aussehen."

Darius stellt meine Logik nicht infrage. Lucky Lou hat keine Ahnung, wer ich bin oder dass ich sieben Brüder habe. Selbst mit einem einzigen Zeugen würde die Hochzeit real genug aussehen, um unseren Zwecken zu dienen.

Doch ich will meine Brüder hier haben. Es lässt sich nicht leugnen, dass ich möchte, dass diese Hochzeit real ist. Ich will, dass meine Gefährtin durch menschliche Gesetze an mich gebunden ist, obwohl die Ehe nur auf dem Papier real ist. Obwohl es das Richtige wäre, Maisy gehen zu lassen, sobald sie in Sicherheit ist.

Einige Tage lang werde ich so tun, als hätte ich alles, was ich will.

„Seid ihr bereit, loszulegen?" Ein alter weißer Kerl in einer Anzugjacke, die mit goldenen Pailletten besetzt ist, steckt den Kopf in das Ankleidezimmer. Seine buschigen Koteletten und schütteres Haar sind schwarz gefärbt, damit er wie Elvis aussieht. Er entdeckt mich und deutet mit dem Finger. „Oh ja, da ist der Windhund."

Mein Bär empört sich. *Hund?*

„Wer sind Sie?", fragt Darius.

„Ich bin der Offiziant. Wir werden dieses Liebesboot geschmeidig durch den Kanal lenken. Zieh deine *Blue Suede Shoes* an und wir sehen uns am Altar." Der falsche Elvis klackert mit den Zähnen, richtet eine Fingerpistole auf mich und verschwindet.

„Huh." Darius wirft mir einen Blick von der Seite zu. „Was hast du noch mal darüber gesagt, dass die Hochzeit legitim aussehen muss?"

„Halt die Klappe."

* * *

MAISY

Meine Hände zittern, als ich die weiße Spitze an den Ärmeln meines Hochzeitskleids zurechtziehe. Ich weiß nicht, wie Lana es geschafft hat, doch das Kleid, das sie gefunden hat, passt mir wie angegossen. Sie musste garantiert einen Haufen Gefallen einfordern, um einen Las Vegas Designer um 03:00 Uhr aufzuwecken und dazu zu bringen, mir das hier zu schicken.

Ich kann nicht fassen, dass ich gleich in Vegas in einer

Elvis Kapelle heiraten werde. Es ist zu verrückt, um auch nur darüber nachzudenken, weshalb ich es nicht tue.

Das Gute ist – ich fühle mich fantastisch. Was immer Matthias mir gegeben hat, jagt Energie durch meinen Körper. Ich blicke in den Spiegel und sehe, dass meine Haut leuchtet, als hätte ich eine Woche in einem Wellness-Resort verbracht. Ich schwöre, sogar meine Haare glänzen stärker.

All diese Energie sorgte dafür, dass mein Videotelefonat mit Daisy glatter verlief. Ich schwöre, sie war Sekunden davon entfernt, zusammenzubrechen und zu schluchzen. An einem Punkt umarmte Everest sie, der in seiner riesigen Bärengestalt in unserem Wohnzimmer hockte. Daisys Stimme zitterte und man sah ihr jedes ihrer zweiundneunzig Jahre an.

Ich wusste nicht, wie ich ihr beibringen sollte, dass ich heiraten werde, und zwar Matthias. Also hielt ich meinen Bericht vage. Ich erzählte ihr, dass es mir gut ging und sie schlafen sollte. Sie sah aus, als hätte sie die letzte Nacht kein Auge zugetan.

Ich habe das Gefühl, als hätte ich zwischen gestern um 14:00 Uhr und jetzt mehrere Leben geführt.

Jemand klopft an die Tür des Ankleidezimmers. „Wie läuft's?", erkundigt Axel sich.

„Gut." Ich versuche, die Knöpfe in meinem Rücken zu erreichen, doch meine Arme sind zu kurz. „Ehrlich gesagt, kannst du mir helfen?"

Die Tür öffnet sich und offenbart Axel in einem schwarzen Smoking. Ich keuche. „Du siehst wie James Bond aus."

„Allerdings mache ich meine eigenen Stunts." Er schwingt seine Haare nach hinten, sodass sie wie ein glänzender Umhang um seine Schultern fallen, und mustert mich von oben bis unten. „Maisy, du siehst wunderschön aus."

„Danke." Ich erröte. Obwohl wir bloß Freunde sind, bin

ich mir bewusst, wie gut Axel aussieht. Alle in meinem Abschlussjahr schwärmten für ihn. Sogar Missy, obwohl sie immer so tat, als würde sie ihn nicht mögen. „Kannst du die Knöpfe für mich schließen?" Ich kehre Axel meinen Rücken zu und er schließt die Knöpfe geschickt. Ich kann nicht fassen, wie gut mir dieses Kleid steht. Der Ausschnitt ist breit, sehr schmeichelhaft und lässt beinahe die Schulter frei.

Ich streiche den Satinrock glatt und drehe mich zu ihm um. „Wie sehe ich aus?"

„Perfekt."

„Die Drillinge haben mir das hier besorgt." Ich zeige ihm die kleine Plastiktiara mit einem kurzen weißen Netz als Schleier. Das ‚Bride-to-Be'-Schild, das vorne aufgeklebt wurde, hat sich an einer Seite gelöst und darunter steht ‚Happy New Year'.

„Ich glaube, da geht noch mehr. Hier." Er zieht ein schwarzes Samtkästchen aus seiner Tasche und öffnet es, wodurch er eine funkelnde Diamanthalskette enthüllt.

„Oh mein Gott", keuche ich. Die Halskette sieht wie etwas aus, was ein Promi auf dem roten Teppich tragen würde. Oder eine Prinzessin auf einem Ball. Ich bin keine Prinzessin … Ich bin nicht einmal Cinderella. Ich bin eine der Mäuse, die herumhuschen, Klemmbretter halten und sicherstellen, dass die Räder nicht vom Kürbis fallen. „Axel, das kann ich nicht annehmen."

„Das kannst du." Axel ist ruhig, aber stur, und wenn er etwas will, bekommt er seinen Willen. „Es ist ein Geschenk von Matthias. Ich schätze, er hat eine Bank überfallen oder so etwas." Er zwinkert. „Dreh dich um." Er legt die Kette um meinen Hals und schließt sie. „Perfekt. Sie passt zum Ring", fügt er hinzu und ich erröte noch heftiger.

Ich kann nicht fassen, dass Matthias mir Diamanten gekauft hat. Ein echter Diamantring und eine Halskette mit den Papieren, die das bestätigen – kein Cubic Zirkonia oder so etwas. Woher *hatte* er das Geld für diese Schmuckstücke?

Ich kann nicht fassen, dass ich ihn wirklich heirate. Ich meine, er tut es, um mich vor dem verrückten Plan irgendeines Kriminellen zu schützen, doch wozu hat sich mein Leben entwickelt?

Einige Räume entfernt knistert ein Mikrophon und die Stimme eines Mannes erklingt: „Ladies und Gentlemen, ich möchte Sie in der kleinen Las Vegas Chaple of Love willkommen heißen. Lasst uns beginnen."

„Wer ist das?", frage ich.

„Elvis." Axel grinst. Er legt seine Hand in meinen Rücken, führt mich aus dem Ankleidezimmer und wir gehen beide zur Kapelle.

Die Drillinge begrüßen uns an der Tür. Ich erinnere mich daran, als sie schlaksige junge Kerle mit Händen und Füßen waren, die zu groß für ihre dünnen Glieder wirkten. In den letzten Jahren haben sie ihre Schlaksigkeit verloren. Sie sind größer als all ihre Brüder mit Ausnahme von Everest und so groß und breitschultrig, dass ich die Kapelle hinter ihnen nicht sehen kann. Sie sehen auch alle gut aus.

„Wer führt dich zum Altar?", fragt Hutch.

„Ich werde das tun", meldet Canyon sich freiwillig. Bern legt eine Hand auf seine Brust und schubst ihn zurück.

„Maisy?" Bern sieht mich an. „Du entscheidest."

„Axel", antworte ich. „Du warst mein Promdate, also weißt du, wie es geht."

Er schenkt mir ein Lächeln und bietet mir seinen Arm an. Ich ergreife ihn.

„Wir werden die Brautjungfern sein", verkündet Bern. Ehe ich mich versehe, halten sie alle zueinander passende Sträuße mit künstlichen lilafarbenen Blumen in den Händen. Woher haben sie all diese Sachen?

Hinter den Drillingen beginnt in der Kapelle der Hochzeitsmarsch zu spielen. Die Drillinge rangeln einen Moment lang miteinander, wer als Erster geht, doch dann reihen sie sich auf und verschwinden den Gang hinab.

Daraufhin sind Axel und ich dran. Am Altar wartet Matthias mit Darius und Teddy als Trauzeugen an seiner Seite auf mich. Die Zwillinge sehen beide in schwarzen Smokings identisch gut aus, doch Matthias stellt sie alle in den Schatten.

Und ich? Ich trage ein Designerkleid und Diamanten, die tausende Dollar wert sind, und werde gleich meinen langjährigen Schwarm heiraten. Nicht einmal in meinen wildesten Träumen hätte ich mir diesen Moment ausdenken können.

Axel spürt anscheinend, wie angespannt ich bin, denn er beugt sich zu mir.

„Es ist keine große Sache", raunt er. „Es ist nur zur Show, richtig?"

„Richtig." Ich lache zittrig. Das hier wird mich schützen. Es ist der einzige Grund, aus dem wir es tun.

Doch als er mit mir zum Altar schreitet, fühlt es sich nicht so an, als wäre es nur Show.

Es fühlt sich echt an.

* * *

MATTHIAS

Manche Momente fühlen sich wie Jahre an. Meinen ersten operativen Schnitt zu machen, die Hand eines sterbenden Patienten zu halten, meiner Mom die Nachricht bezüglich ihrer Krankheit zu überbringen – diese Momente schienen sich über Jahrzehnte zu erstrecken.

Am Altar auf meine Traumfrau zu warten, während ein falscher Elvis eine übertriebene Version von ‚Blue Suede Shoes' singt, dauert ein Leben lang. Dabei frage ich mich die ganze Zeit, ob sie ihre Meinung geändert hat. Ob sie statt-dessen Axel heiraten will.

Es ist nicht echt, rüge ich mich. Der Ring ist echt. Der Papierkram ist echt, aber das sind die einzigen Dinge bei dieser Hochzeit, die echt sind. Ich habe Maisy nicht einmal gefragt, ob sie mich heiraten will – ich habe es ihr mitgeteilt.

Sie sollte mir nicht vertrauen. Wenn es nach mir ginge, würde ich sie für immer an mich binden.

Wenn sie das hier abblasen würde, müsste ich gehen, und ich weiß nicht, ob ich das könnte. Es ist gut, dass fast all meine Brüder hier sind, denn sie wären alle nötig, um die Raserei meines Bären aufzuhalten.

Dann kommt Maisy herein und all meine Sorgen sind wie weggeblasen. Das weiße Kleid und die Diamanten werfen Licht auf ihr hübsches Gesicht. Ihre blauen Augen funkeln stärker, als es ein Diamant jemals könnte.

Ich habe das Gefühl, als wäre ich in einem Film, bei dem alles genau so im Drehbuch steht, wie es mein Bär gerne hätte.

Mit Ausnahme von einem Detail – ihre Hand ruht auf Axels Arm. Ich beobachte ihn aufmerksam, um zu sehen, ob er einen Funken Reue zeigt, als er sie mir übergibt, doch sein Gesichtsausdruck ist vollkommen neutral. Da Maisy vor mir steht, kann ich mich auf nichts anderes als sie konzentrieren.

„Hey du", flüstert sie mir zu.

„Du", sage ich, weil ich meine Sprechfähigkeiten verloren habe.

Sie rümpft die Nase und schenkt mir ein niedliches Grin-sen. „Warum war Cinderella schlecht im Fußball?"

Ich lächle. „Warum?"

„Weil sie immer den Ball verpasst hat."

Ich lache leise. Meine Brust zieht sich zusammen. Sie ist so niedlich, so süß, so verdammt unschuldig. Ich sollte das hier nicht tun.

Der falsche Elvis bricht den Bann. „Ist das die Braut? Kleines, du bist umwerfend. *Ah-ah-ah I'm all shook up*." Er beginnt, mit den Hüften zu kreisen und zu stoßen.

Teddy neigt sich zu uns. „Möchtest du, dass wir ihn umbringen und in einem flachen Grab verscharren?", fragt er mit knirschenden Zähnen.

Ich kann den Blick nicht von Maisy abwenden. „Es ist okay."

Die Drillinge lieben es anscheinend, nach ihrem breiten Grinsen zu urteilen.

„Bist du bereit?", frage ich Maisy.

Sie lächelt. „Tun wir es."

Der falsche Elvis beginnt, über Liebe und Ehe zu schwafeln. Der Großteil der Rede besteht nur aus dem Liedtext von ‚Love me Tender'. Ich kann es ertragen, weil es mir erlaubt, dicht neben Maisy zu stehen. Ich kann Axels Geruch an ihr riechen. Ich streiche die weichen Haarwellen von ihren nackten Schultern, um seinen Geruch mit meinem zu ersetzen.

Kein anderer, schwöre ich mir. Kein anderer wird sie ab jetzt berühren. Nur ich.

Oh fuck. Mein Bär beginnt, an die Oberfläche zu gelangen.

All diese nackte Haut – es gibt nicht genug Mondkur auf der Welt, um mich daran zu hindern, sie zu streicheln.

Ich weiß, dass es keine Hochzeitsnacht geben wird. Ich werde die Ehe nicht vollziehen. Ich habe nicht das Recht, sie auszuziehen und am ganzen Körper zu lecken. Ich habe keine Ahnung, wie ich das überleben werde. Meine Fangzähne schmerzen, sind scharf und bereit, sie zu markieren.

Ich brauche sie so dringend. Es tut weh, zu atmen, wenn sie nicht bei mir im Raum ist, und jetzt, da ich sie berührt habe, weiß ich nicht, was ich tun werde, wenn ich sie gehen lassen muss. Wenn ich darüber nachdenke, werde ich sie über meine Schulter werfen, zum Ankleidezimmer tragen und markieren. Ich werde ihr reizendes Kleid in Fetzen reißen.

Ich brauche mehr Mondkur, um die nächsten vierundzwanzig Stunden durchzustehen.

Momentan muss ich nur die nächsten fünfzehn Minuten ertragen, ohne Elvis umzubringen.

„Was ist schwarz und weiß und schwingt sich durch den Urwald?", flüstere ich Maisy zu.

Ihre Augen funkeln, als sie mein Gesicht nach der Antwort absucht.

„Tarzan und Jane auf Hochzeitsreise."

Ihr kleines Lächeln ist alles. Die Drillinge, die mit ihrem Gestaltwandlergehör ein Flüstern hören können, schnauben alle.

Endlich ist es an der Zeit für die Eheversprechen.

„Jetzt sag ‚Darling, leg deine Hand in meine'", weist mich der falsche Elvis an und ich wiederhole die Worte, während ich Maisys Hand ergreife. Sie ist so klein und weich in meiner.

„Und sag, ‚Okay, Kleines, du machst mich besser, du bist die Sonne in meinem Himmel, du bist mein Augenstern und ich will keinen Tag mehr ohne dich an meiner Seite verbringen."

Während ich tief in Maisys Augen blicke, wiederhole ich das lächerliche Eheversprechen und habe das Gefühl, als würde ich Shakespeare zitieren. Ich spüre das Versprechen mit meinem ganzen Wesen. Es sind die Worte, die ich so lange Zeit sagen wollte. „Ich werde dir die ganze Welt geben. Ich habe dir bereits mein Herz gegeben. Und heute schwöre ich, mit dir zusammenzubleiben, bis dass der Tod uns scheidet."

„Matthias."

Allein meinen Namen von Maisys Lippen zu hören, sorgt

dafür, dass sich mein Herz anfühlt, als würde es aus meiner Brust hüpfen.

„Love me tender, love me true. Solange du an mir festhältst, können wir es bis zum Ende schaffen."

Wenn ich doch nur an ihr festhalten könnte.

Elvis lässt die Hüften kreisen. „Mh hmm. Das ist wirklich gut. Jetzt steck ihr diesen Ring an und sag ihr, dass sie nun nichts als deine Frau ist."

Axel reicht mir den Ring. Ich umschließe ihn mit meiner Hand, um Axels Geruch mit meinem zu ersetzen, bevor ich ihn auf den Finger meiner Braut schiebe.

Meine Braut.

Meine Ehefrau.

Maisy.

Mein.

Maisy nimmt den Ring aus Weißgold, der mein Ehering sein wird. Ihre Hände zittern, weshalb ich ihr helfe, den Ring auf meinen Finger zu schieben.

Elvis leckt sich über die Lippen. „Kraft des mir vom Staat Nevada verliehenen Amtes und des Geists des Rock and Roll darfst du deine Braut küssen. Danke, vielen Dank."

Zur Hölle, ja, ich werde meine Braut küssen. Ich werde sie küssen, bis sich ihre Zehen krümmen.

Natürlich nur, damit es echt aussieht.

Nicht, weil ich ihren Mund dringender schmecken muss, als ich atmen muss.

Ich umfasse ihr perfektes Gesicht mit den Händen. Sie atmet scharf ein. Ich kann hören, dass unsere beiden Herzen schneller schlagen. Dann schlagen sie im Einklang.

Ich senke den Kopf, bereit, ihren Mund grob und versaut zu erobern wie der Heide, der ich bin, nur um mich zu stoppen, kurz bevor ich ihre Lippen berühre.

„Darf ich dich küssen, Maisy?", raune ich.

Sie hört zu atmen auf.

Ich höre zu atmen auf.

Ich habe ihr Angst gemacht. Fuck. Sie ist viel zu eingeschüchtert, um überhaupt zu wissen, wie …

Maisy presst ihre Lippen auf meine.

Ich erstarre kurz und genieße die Empfindung. Genieße ihr Einverständnis. Nein, nicht nur ihr Einverständnis – ihr Begehren.

Beim Schicksal, wie soll ich mich jemals zurückhalten?

Es spielt keine Rolle. Ich werde es nicht tun. Ich ändere die Position meiner Hände von dem sanften Griff um ihr Gesicht zu einer festen Hand in ihrem Nacken und stürze mich in das entscheidende Bärenmanöver. In den sengenden Kuss, der dafür sorgen wird, dass ihr Höschen klatschnass wird und sie nach mehr bettelt.

Ich halte ihren Kopf fest, damit ich die gesamte Kontrolle habe. Meine Lippen streichen einmal über ihre. Zweimal. Dann taucht meine Zunge zwischen ihre Lippen, um ihren Mund zu ficken.

Sie stöhnt an meinem Mund. Ich sauge das Geräusch auf.

So ist's richtig, Schönheit. Ich werde dir beibringen, wie sich ein echter Mundfick anfühlt.

Ich sauge an ihren Lippen, schabe mit den Zähnen über sie und tauche mit der Zunge wiederholt in ihren Mund. Ich lege einen Arm um ihren Rücken und reiße ihren Körper eng an mich, damit ich sie verschlingen kann.

Zu spät fällt mir ein, dass sie vermutlich noch nie geküsst wurde.

Sie ist Maisy. Meine zarte, zerbrechliche Gefährtin. Meine süße, umwerfende Frau.

Ich weiche zurück und lasse sie los. Meine Augen leuchten garantiert. Mein Bär ist direkt an der Oberfläche.

Ich mustere ihr Gesicht und erwarte, dass sie verängstigt ist. Nervös. Erledigt.

Ihre Augen bleiben geschlossen, ihre Lippen geteilt. Ihr Kopf ist nach hinten geneigt, als wolle sie mehr.

Fick. Mich.

Ich gebe ihr mehr. Noch eine Runde Dominanz durch Küssen. Die komplette Beherrschung. Absolute Eigentümerschaft. Ich zeige Maisy mit jeder Zungenbewegung in ihrem Mund, wie sehr sie mir gehört.

Als wir uns dieses Mal voneinander trennen, stößt sie ein leises protestierendes Wimmern aus. Als wolle sie nicht, dass es vorbei ist.

Ich bin so was von am Arsch.

Ich brauche mehr Mondkur. Jetzt.

Meine Brüder jubeln und applaudieren.

„In Ordnung, in Ordnung, lasst uns ein Foto von dieser *Hunka Hunka Burnin' Love* machen. Lächeln!", weist uns der Fake-Elvis an und sein Assistent beginnt, so schnell auf die Kamera zu klicken, dass die Blitze uns blenden.

Der Fake-Elvis fängt an, ,You give me fever' zu singen komplett mit den typischen Elvis-Bewegungen. Die Drillinge fallen mit einem unkonventionellen Cancan ein, bei dem sie ihre Füße in die Luft treten, wodurch ihre Kilts hochfliegen.

Ich packe Maisys Hand und wir rennen los, um dem Chaos zu entkommen.

Meine Brüder begleiten uns aus der Kapelle, wobei sie ohne Unterbrechung singen, lachen und reden.

„Ehefrau", sage ich, denn ich will die Freude darüber empfinden, dass ich sie so nennen kann. *Gefährtin*, grollt mein Bär zufrieden, weil ich sie gerade in meinen Armen hatte.

„Ehemann." Sie grinst mich an und ich habe das Gefühl, als könnte ich fliegen.

KAPITEL ZEHN

Maisy

Matthias hebt mich hoch und setzt mich in den Partybus.

„Trefft gute Entscheidungen", ruft Hutch.

„Nutzt Kondome!", sagt Canyon. Er und Bern drängen sich an Darius vorbei, um die Tür zu öffnen, und werfen eine Handvoll bunter Kondompäckchen in den Bus.

Ich lache, weil sie es witzig anstatt peinlich machen. Jetzt weiß ich, warum die Leute Vegas lieben. Alles ist erlaubt.

Axel schiebt sie aus dem Weg und knallt die Bustür zu, woraufhin Teddy losfährt.

Mein neuer Ehemann sitzt ausgestreckt neben mir auf der Rückbank. Er will sich nicht so breitmachen, ist jedoch so groß, dass er den Großteil der Rückbank einnimmt und seine langen Beine in den Gang strecken muss.

Mein Ehering ist ein neues, befriedigendes Gewicht an meinem Finger. Der Diamant funkelt und ist der Beweis dafür, dass die letzte halbe Stunde kein Traum war.

Wenn der Ring das nicht beweisen würde, so würde es das geschwollene, gut geküsste Gefühl in meinen Lippen tun. Mein neuer Ehemann hat mich um den Verstand geküsst. Ich kann nicht aufhören, zu lächeln oder meine Lippen zu berühren.

Matthias runzelt die Stirn und nimmt meine Hand, um meinen Mund zu mustern. „Habe ich dir wehgetan?“

„Nein“, lache ich. Wie kommt er auf die Idee? Er würde mir niemals wehtun. „Es war nur ...“

„Was?“

„Es war mein erster Kuss“, gebe ich zu.

Er sieht verblüfft aus. Realisiert er erst jetzt, was für eine Spätzünderin ich bin? Zweiundzwanzig Jahre alt und ungeküsst.

„Maisy.“ Er stöhnt, sein Kopf fällt auf seine Brust und plötzlich mache ich mir Sorgen.

„Ist das okay? War es ein schlechter Kuss?“ Ich weiß, dass er jede Frau haben kann, die er will. Er wurde vermutlich schon eintausendmal von Partnerinnen geküsst, die viel mehr Können besitzen als ich.

„Nein. Nein, du warst perfekt. Komm her.“ Er zieht mich auf seinen Schoß und ich wehre mich nicht. Ich habe es satt, gegen meine Gefühle anzukämpfen oder schüchtern zu sein. Die letzten zwölf Stunden waren die grauenvollsten Stunden meines Lebens.

Warum sollte ich nicht mit meinem neuen Ehemann herummachen? Ich will diesen Mann schon seit Jahren berühren. Ich verändere meine Position, um mich rittlings auf seine Taille zu setzen.

Seine Augen schimmern blau. „Was machst du?“ Seine Stimme ist rau und kratzig.

„Ich übe mit meinem Ehemann das Küssen.“

Kurz glaube ich wegen seines gequälten Gesichtsausdrucks, dass er es hasst, doch dann drückt er seine Lippen auf meine und küsst mich wieder. Es ist unglaublich. Himmlisch. Er packt meinen Hinterkopf für seine Plünderung und teilt meine Lippen mit seiner Zunge.

Unter meinem Schoß spüre ich die Wölbung seines Schwanzes, der hart wird.

Er ist erregt.

Ich schaukle mit den Hüften und reibe mich an ihm.

„Fuck, Maisy." Matthias' Hände spannen sich an meinen Hüften an. Sein Knurren klingt unmenschlich. Seine Augen leuchten blau.

Heißt das, dass er angetörnt ist? Von *mir*?

Wegen dieser Ermutigung neige ich mich für einen weiteren Kuss zu ihm, wobei ich meine Zunge dieses Mal so einsetze, wie er es getan hat. Ich beginne zaghaft und schiebe nur die Spitze zwischen seine Lippen, dann werde ich mutiger. Die Wölbung seines Schwanzes presst sich warm und hart nach oben, direkt zwischen meine Beine.

Ich schaukle mit den Hüften nach vorne und reibe mich an ihm. Mein Höschen ist sofort klatschnass. Oh Gott – was, wenn ich eine feuchte Stelle auf Matthias' Smokinghose hinterlasse?

Matthias' Nasenflügel blähen sich. „Maisy." Seine Finger spannen sich so stark um meine Hüften an, dass sie blaue Flecken hinterlassen werden. Anspannung schwingt in seiner Stimme mit, als hätte er Angst, die Kontrolle zu verlieren.

Ich weiß nicht, wie das bei Bärengestaltwandlern funktioniert. Vielleicht haben sie nur in Bärengestalt Sex?

Oh Gott, ist es mit einem Menschen überhaupt möglich?

„Maisy", würgt er hervor. Seine Hände wandern von meinen Hüften, packen meinen Hintern und ziehen mich fester auf seinen Schwanz.

„Können wir?", flüstere ich.

Der Ausdruck von Furcht huscht wieder über sein Gesicht. „Können wir was?"

Mein Gesicht wird heiß, doch ich lenke mich von meiner Scham ab, indem ich mich wieder an seinem

Schwanz reibe. „Ich weiß nur nicht, wie es funktioniert." Meine Brüste befinden sich in seinem Gesicht und sein Blick wandert zu ihnen. „Kannst du Sex mit einem Menschen haben?"

Seine Atmung geht schwer, seine Brust hebt und senkt sich, als hätte er an einem Wettrennen teilgenommen. Er nutzt die Hände an meiner Taille, um meine Hüften einen Zentimeter von seinem Schwanz wegzuheben.

Ich führe ihn in Versuchung – das merke ich.

„Wir haben keinen Sex." Er klingt erstickt. Ein wenig wütend.

Ich wäre verletzt, wüsste ich nicht, dass er mich will. Ich bin zwar unerfahren, mir in dieser Sache jedoch sicher.

Ich küsse ihn erneut und schiebe meine Zunge zwischen seine Lippen.

„Au!" Ich weiche zurück, als es in meiner Unterlippe brennt.

„*Maisy.*" Matthias' Entsetzen ist so groß, dass er mich von seinem Schoß hebt und auf den Sitz neben ihm setzt. „Ich habe dich geschnitten …" Er wischt mit dem Daumen über meine Lippe und Blut löst sich. „Meine Fangzähne. Fuck."

Ich realisiere, dass seine Fangzähne auf Bärenlänge ausgefahren sind. Ich keuche.

„Wir können nicht." Er sieht wie die Verkörperung des grimmigen Arztes aus, der schlechte Nachrichten überbringt. „Siehst du? Deswegen können wir es nicht tun. Ich bin nicht sicher für dich, Schönheit."

Meine Pussy zieht sich zusammen, als wäre sie enttäuscht. Ich versuche, den Schmerz abzuwenden. Es ist keine Zurückweisung, erinnere ich mich.

Dennoch packt mich das vertraute Gefühl, unwürdig zu sein. Es ist das Gefühl, das ich mit all den kleinen und großen Zurückweisungen verbinde, die ich von meinen drogensüchtigen Eltern erhielt. Ich weiß aus der Therapie, dass dies nichts mit meinem Wert zu tun hatte, sondern mit ihrer Unfähigkeit, vernünftige Eltern zu sein.

„Fuck, Maisy. Ich will es tun. Das weißt du, oder?"

Ich nicke, das Gefühl bleibt jedoch bestehen. Manchmal weiß man im Kopf, dass etwas wahr ist, doch das ändert nichts an dem alten vertrauten Gefühl.

„Komm her." Matthias zieht mich in seine Arme und positioniert sich seitlich auf der Partybank, sodass sein Rücken an der Seitenwand lehnt und seine Beine entlang der Bank ausgestreckt sind.

Er wiegt mich auf seinem Schoß und zieht meinen Kopf an seine Schulter. Er umfasst meinen Kopf mit seiner großen Hand. Ich spüre das kühle Metall seines Eherings an meiner Wange und rieche den beruhigenden Duft seines köstlichen Rasierwassers. „Ich will dir nur nicht wehtun, Schönheit. Du bist besonders für mich."

Ich bin besonders für ihn.

Könnte es sein, dass meine Teenager-Fantasien wahr werden? Dass er immer an mir interessiert war und darauf wartete, dass ich erwachsen werde?

Ob es wahr ist oder er nur so tut, weiß ich nicht, aber ich entscheide mich, ihm zu glauben.

Die Gefühle der Zurückweisung und Unwürdigkeit verschwinden und verwandeln sich in ein Gefühl der Sicherheit. Des Umsorgt-Werdens.

Der Liebe.

Das erscheint mir albern, da die Ehe nur zur Show ist und wir einander kaum kennen, doch ich entscheide mich, auch das zu glauben.

Die Medizin, die Matthias mir verabreicht hat, hat in ihrer Wirkung nachgelassen und ich bin plötzlich erschöpft, da ich die ganze Nacht wach war.

Ich drücke mein Gesicht an Matthias' Hals und atme seinen männlichen Geruch ein.

„Schlaf, Maisy", murmelt er. „Ich hab dich."

KAPITEL ELF

Maisy

Ich wache den zweiten Tag in Folge in einem fremden Bett auf. Dieses Mal weiß ich jedoch, dass ich in Sicherheit bin, noch bevor ich meine Augen aufschlage. Ich rieche Matthias' Geruch überall. Bei der Erinnerung daran, wie er mich letzte Nacht in seinen Armen hielt – nun, theoretisch gesehen heute Morgen, aber ich nenne es letzte Nacht, da ich zwischen damals und jetzt geschlafen habe – kribbelt es noch immer in meinem ganzen Körper.

Ich fühle mich nach wie vor fantastisch. Die Sonne steht hell und hoch am Himmel. Ich befinde mich in einem hellen, sauberen Zimmer, das in hellbraunen und hellblauen Farben dekoriert ist, was zu dem blauen Wasser passt, das vor dem großen Erkerfenster funkelt.

Ich trage den Ehering und die Diamanten, bin jedoch in einen flauschigen Bademantel gewickelt. Das Hochzeitskleid hängt beim Schrank.

Ich schätze, ich bin gestern Nacht auf Matthias' Schoß eingeschlafen. Er hat mich anscheinend hierhergetragen und ins Bett gebracht.

Die andere Bettseite ist noch gemacht, hat jedoch eine große plattgedrückte Stelle, als hätte dort ein riesiger Bärenmann gelegen. Er lag auf den Decken wie ein Gentleman.

Vielleicht werde ich heute den Mut aufbringen, ihn zu bitten, mich zu entjungfern. Oder vielleicht werde ich zumindest herausfinden, warum er solche Angst hat, dass er mir wehtun wird.

„Guten Morgen." Matthias kommt mit zwei blauen Tassen mit dampfendem Kaffee herein.

„Ist es noch Morgen? Es war Morgen, als ich eingeschlafen bin."

„Es ist elf Uhr." Er reicht mir eine Tasse.

„Für mich?" Ich nehme sie mit einem Seufzen entgegen.

„Er ist nicht so gut wie der Kaffee, den du machst, aber ich dachte, ich würde den Tag damit beginnen, meine Pflicht als dein Ehemann zu erfüllen."

Oh. Mein. Gott. Er nennt sich selbst meinen Ehemann. Ich meine, er *ist* rechtlich gesehen mein Ehemann, aber er tat das nur, um mich vor dem Plan meines Dads zu retten. Allerdings möchte ich jetzt, dass das hier nie endet.

Ich werde mich diesem Mann definitiv an den Hals werfen. Das setze ich auf meine Liste an Neujahrsvorsätzen. „Danke, Ehemann." Ich grinse in an.

„Jederzeit, Ehefrau."

Ich klopfe neben mir auf das Bett und er nimmt Platz. Sein Gewicht sorgt dafür, dass das Bett um ihn herum nach unten sinkt und ich werde zu ihm geneigt.

„Hast du gut geschlafen?" Er betrachtet mich, als wolle er sich vergewissern, dass ich nicht umkippen werde.

„Ja. Wo sind wir?"

„Lake Las Vegas, nur ein kurzes Stück außerhalb der Stadt. Ich wollte nicht weit fahren. Ich muss dich überwachen für den Fall, dass du eine negative Reaktion auf die Medizin zeigst, die ich dir gegeben habe."

„Ich fühle mich großartig. Besser als großartig, um ehrlich zu sein." Ich fühle mich wahnsinnig glamourös, während ich im Bett einer Villa liege und ein Vermögen in Diamantform an meinem Finger und um meinen Hals trage.

Das nenne ich mal ein Glow-up.

Mit einem Anflug von Schuldgefühlen erinnere ich mich an mein echtes Leben. „Hat Daisy angerufen?"

„Noch nicht. Sie schläft wahrscheinlich noch. Everest ist bei ihr und Wren und Paloma haben versprochen, sie heute zu unterhalten."

Das sorgt dafür, dass ich mich besser fühle. „Ich werde sie später per Video anrufen, wenn sie wach ist. Sind deine Brüder auch hier?"

„Sie sind noch in der Stadt und behalten die Lage dort im Blick", antwortet er vage und ich bohre nicht nach.

Ich sollte mich vermutlich nach Lucky Lou und meinem Dad erkundigen, will es aber nicht tun. Ich will einfach nur einige Stunden lang so tun, als sei alles in Ordnung.

„Wir sind hier sicher."

„Es ist, als wären wir in den Flitterwochen", necke ich ihn, mein Gesicht wird jedoch heiß.

„Das stimmt." Seine Mundwinkel biegen sich nach oben und sein gutes Aussehen macht mich vorübergehend sprachlos. Er trägt seine Brille nicht und obwohl er mit dem schwarzen Gestell unfassbar heiß aussieht, gerate ich ins Schwärmen, als ich sein Gesicht aus dieser Nähe und ungestört betrachten kann.

Ich realisiere, dass er noch spricht.

„Pardon?"

„Ich sagte, es kommt wahrscheinlich nicht oft vor, dass du nicht im Café arbeiten musst."

„Nein", antworte ich. „Ich leite den Laden heutzutage praktisch. Daisy ist noch die Eigentümerin und wir haben tolles Personal, aber …"

„Du bist diejenige, die alles am Laufen hält. Das habe ich bemerkt. Du hilfst Daisy auch bei all ihren Gemeindeprojekten. Wie dem Winterfest."

Er … hat das bemerkt? Er hat *mich* bemerkt?

Die verträumte Teenagerin in mir kreischt: *Ich wusste es! Ich bedeute ihm etwas. Ich bin ihm wichtig.*

Ich verdränge sie, bevor ich mich blamiere.

„Fang bloß nicht mit dem Winterfest an", sage ich lässig, um meine Nervosität zu überspielen.

Matthias gluckst.

„Das musst gerade du sagen. Du arbeitest ständig. Wenn du nicht im Krankenhaus Dienst hast, arbeitest du freiwillig in der Praxis."

„Schuldig." Er hebt die Hände. „Ich verschreibe einen freien Tag. Einen echten Urlaub. Ärztliche Anordnung."

„Ja, Sir." Ich salutiere frech.

Seine Augen blitzen blau auf. Es ist nur ein kurzer Moment, die Farbänderung ist jedoch so frappierend, dass es mich verblüfft. Dass ich ihn *Sir* nenne, lässt ihn nicht kalt. Genauso wie bei all den herrischen Helden in den Büchern, die ich liebe.

Doch er spricht weiter, als sei nichts passiert. „In Ordnung, kleine Ehefrau. Was möchtest du in unseren Flitterwochen tun?"

* * *

MATTHIAS

Meine umwerfende Frau wird mein Tod sein. Wir sind erst seit wenigen Stunden verheiratet und das Erste, was sie nach dem Essen tun will, ist … im Pool schwimmen.

Mit *mir*.

Heute Morgen im Partybus verlor ich beinahe die

Kontrolle. Maisy rieb ihre süße Pussy an meinem Schoß. Der Geruch ihrer Erregung machte meinen Bären wild.

Ich wollte sie auf die Bank des Buses drücken und mich zwischen ihren Beinen verlustieren. Ich wollte sie dazu bringen, meinen Namen zu schreien, während ich meine Zähne in ihrer Schulter versenkte und sie für immer als die Meine markierte.

Doch das wäre falsch. So falsch. Ihr erster Kuss war am Altar! Sie ist zwar rechtlich gesehen volljährig, aber noch so unschuldig.

Und ich will alle möglichen versauten Dinge mit ihr tun. Ich habe einige verstörende Dinge über mich selbst herausgefunden, als ich während des Medizinstudiums versuchte, Dampf abzulassen. Ich fand heraus, dass ich gerne Schmerzen zufüge. Ich liebe das Geräusch eines Lederstreifens, der auf Haut knallt. Ich höre gerne den schmerzerfüllten Schrei einer gefesselten Sub. Ich muss grob spielen. Ich habe mir vorgestellt, wie ich all diese Dinge mit Maisy tue … was falsch ist.

So falsch.

Maisy verdient diese Art der Behandlung nicht. Sie ist nicht bereit für mich oder meinen Bären.

Ich traue mir in ihrer Gegenwart nicht.

Ich wickle ein Band um meinen Arm, damit die Ader hervorragt, bevor ich mir eine betäubende Dosis Mondkur spritze, eine Badehose anziehe und nach draußen gehe.

Lana hat eine ganze Garderobe liefern lassen, weshalb Maisy etwas zum Anziehen hat. Doch als sie in einem winzigen gelben Bikini mit weißen Punkten aus dem Haus kommt, der ihren Kurven schmeichelt, verliere ich beinahe die Beherrschung. Sie hat die Diamanthalskette abgelegt, trägt allerdings noch ihren Ehering.

Wie sie es tun sollte. Wenn sie wirklich die Meine wäre, würde ich ihr befehlen, nichts außer kaum vorhandenen

Dessous und ihrem Ehering zu tragen, wenn wir zu Hause sind. Das würde bedeuten, die Heizung aufzudrehen und ein Vermögen an Heizkosten auszugeben, doch das wäre es wert.

Ihre Schultern sind nach vorne gezogen, als sie an dem Bikinibändel zupft, als würde sie sich wünschen, er hätte mehr Stoff. Sie ist vermutlich nervös, weil sie normalerweise nicht so viel Haut zeigt.

„Maisy", knurre ich.

Ihre blauen Augen fliegen zu meinen, als hätte mein Ton sie beunruhigt.

Ich versuche, die Lust runterzudrehen. Das Verlangen. Das Begehren, sie nach unten zu drücken und zwischen ihren Beinen zu lecken, bis sie schreit. Ich räuspere mich. „Du siehst zum Anbeißen aus", sage ich.

Uups. So viel dazu, dass ich mich zurückhalten werde. *Nett* wäre eine bessere Wortwahl gewesen. Doch es stimmt, ich will sie auffressen. Sie verzehren.

Sie flüstert: „Danke."

Dann betrachtet sie mein Outfit. Ich trage nagelneue Boardshorts, die ich im Poolhaus gefunden habe. Meine Freunde Lucius und Selene bewahren dort Badekleidung für Gäste auf.

Ich bin ein Gestaltwandler, weshalb es für mich kein Problem ist, nackt zu sein. Maisy hat mich jedoch wahrscheinlich noch nie oberkörperfrei gesehen.

Sie bekommt jetzt viel zu sehen und mein Bär bemerkt selbstgefällig, die roten Flecken auf ihren Wangen. Den Geruch ihrer Erregung.

Oh, fuck – dieser Geruch. Wie soll ich nur die Beherrschung wahren?

„Ist das Blut an deinem Arm?" Sie deutet auf die Innenseite meines Ellenbogens, wo ein Bluttropfen von meiner Mondkur-Injektion zurückgeblieben ist.

Ich wische ihn weg. „Vermutlich ein Mückenstich", lüge

ich. Ich will sie nicht aufregen. Ihre Mutter starb vor ihren Augen an einer Überdosis.

Dann räuspert sie sich und wendet den Blick ab – zum See, dem Himmel, dem Pool. Sie schaut überallhin, nur nicht zu mir. „Ähm, ja, du siehst auch nett aus. Mehr als nett."

Ich realisiere, dass ich ihr Dekolleté anstarre und mir vorstelle, ihre fleischigen Hüften zu packen und an mich zu ziehen. Wie wäre es wohl, diese harten Nippel zu zwicken und ein wenig an ihnen zu zupfen? Maisy mit einer Mischung von Schmerz und Lust zum Wimmern zu bringen?

Nein!

Nope. Nein. Auf keinen Fall. Kommt nicht infrage. Ich darf nicht so über Maisy nachdenken.

Letzte Nacht war *ihr erster Kuss*. Ihr. Erster. Kuss.

Also ist sie nicht einmal *annähernd* bereit für die Flut aus Aggression und Lust, die ich auf sie loslassen würde, wenn ich mich nicht beherrschen würde.

Ich muss mich in den Griff kriegen. „Also … ich könnte dir eine Führung durch das Haus geben."

„Das wäre schön", murmelt Maisy.

Die Villa ist im Antikenstil designt mit korinthischen Säulen und ausgeglichenen Verhältnissen. Sie ist etwas weniger kitschig als die umliegenden Gebäude wegen der kleinen Details wie den importierten Marmorböden und Mosaikfliesen um den Pool herum. Sogar der Garten wurde geschmackvoll angelegt und so, dass man viel Privatsphäre hat.

„Diese Villa ist genial", stellt Maisy fest.

Wir schauen uns nicht an, dabei will ich nichts anderes tun, als sie zu betrachten.

„Sie gehört einem Freund von mir." Lucius, der Vampirkönig von Tucson, ist nur mit wenigen befreundet, doch er hat eine Ausnahme für mich gemacht, da ich seine Gefährtin behandelt habe.

Lucius' Seelengefährtin Selene ist ein Wesen, das Legenden trotzt. Lucius kontaktierte mich und bat mich, einige diskrete medizinische Tests an ihr durchzuführen, um sicherzugehen, dass sie gesund ist. Die Gestaltwandlergemeinde hat einen Mangel an Ärzten, die über die neuesten medizinischen Verfahren informiert sind, und es gibt noch viel weniger, die die Art von Forschungen betreiben wie ich. Ich kam seiner Bitte nach und ernannte sie zur gesündesten Person auf dem Planeten. Und das will etwas heißen, denn Lucius ist unsterblich.

Seitdem ist Lucius zu einer Art Gönner geworden. Dass er meine Forschungen finanziert, erlaubte mir, all meine Studentendarlehn abzubezahlen und das Geld beiseitezulegen, mit dem ich heute Morgen Maisy den Ring und die Kette kaufte.

Unsere Partnerschaft hat viele Früchte getragen. Lucius erteilte mir die Erlaubnis, Experimente mit seinem Blut zu machen. Experimente, die dazu führten, dass ich das heilende Serum für die Krankheit meiner Mom entwickelte, das ich gestern Nacht auch Maisy verabreichte. Er ist mein größter Spender, womit er den Gefallen privater medizinischer Versorgung mehr als bezahlt hat. Und jetzt hat er uns einen sicheren Unterschlupf zur Verfügung gestellt. Ich muss ihm und Selene zum Dank ein Geschenk schicken.

Ich reiche Maisy meine Hand. „Wollen wir, Ehefrau?" Ich kann sie nicht Gefährtin nennen, aber mein Schwanz wird jedes Mal hart, wenn ich sie Ehefrau nenne. Auch wenn es nur vorübergehend ist.

„Okay, Ehemann", kichert sie.

Es ist ein Spiel für sie. Ein Witz. Das ist gut. Ich kann ihr nicht die Wahrheit darüber sagen, was sie mir bedeutet. Über all die versauten, verschlagenen Dinge, die ich mit ihr tun will.

* * *

MAISY

Er hält meine Hand, seine Finger sind um meine geschlungen wie die eines beschützenden Bären-Daddys. Allerdings möchte ich, dass er vom Bären-Daddy zum Bären-Liebhaber wird. Ich will, dass er mich so küsst wie gestern Nacht. Als wollte er mich verzehren. Als sei ich sein Grund zum Leben. Nicht, dass ich etwas gegen die Bären-Daddy-Energie habe.

Ich finde einen Mann, der älter und höchst kompetent ist, heiß.

Zumindest redete ich mir das ein, als meine Schwärmerei für Matthias in meinen Teenager-Tagen begann. Ich war fünfzehn Jahre alt, als ich die Pubertät durchlief – eine Spätzünderin. Das bin ich vermutlich noch immer angesichts dessen, dass ich gerade im Alter von zweiundzwanzig Jahren mein erstes Date und meinen ersten Kuss hatte. Wer hätte gedacht, dass beides in derselben Woche geschehen würde, in der ich heiratete?

Das Universum arbeitet auf unergründliche Weise, schätze ich.

„Warte", sagt er. „Wir vergessen etwas." Nach wie vor meine Hand haltend führt er mich zu einem kleinen Gebäude neben dem Infinity-Pool.

Die Fliesen im Poolbereich sind unglaublich. Das bunte Mosaik erinnert mich an ein antikes römisches Badehaus, ist jedoch in Blau- und Grüntönen gehalten und schimmert wie der Schwanz einer Meerjungfrau.

Matthias geht zu einem Schrank neben der Bar und

öffnet ihn, wodurch er hundert verschiedene Sonnencremesorten enthüllt.

„Wow, dieses Haus ist gut bestückt."

„Lucius ist altmodisch. Es ist ihm wichtig, ein guter Gastgeber zu sein." Er nimmt eine Flasche Sonnencreme heraus und drückt ein wenig in seine Hand. „Schmier dich ein, Schönheit."

Ich beiße mir auf die Zunge. *Mach ja keinen versauten Witz.* „Richtig. Sonnencreme ist wichtig."

Matthias beginnt, die Creme auf seiner muskulösen Brust zu verteilen, und es ist wie ein Porno. Ich kann bloß dastehen und ihn anstarren.

Denk nicht daran ... denk an etwas anderes. Etwas Nicht-Sexyes.

„Hautkrebs", platze ich heraus.

Matthias zieht eine Augenbraue hoch.

„Der ist schlimm", erkläre ich, denn anscheinend verliere ich Gehirnzellen, wenn ich mich in der Nähe meines frisch angetrauten Ehemannes befinde. Ich hole tief Luft und stoße sie wieder aus. „Deswegen tragen wir Sonnencreme." Ich konzentriere mich darauf, Sonnencreme am ganzen Körper aufzutragen.

„Du hast ein paar Stellen übersehen." Er dreht mich zu sich um und verreibt winzige Mengen Sonnencreme auf meiner Nase und Stirn. Seine Berührung ist so sanft, doch als er fertig ist, atme ich trotzdem schwer. „Und ... ich glaube, genau hier." Seine Fingerspitze hinterlässt einen Tupfen Creme zwischen meinen Brüsten.

Wir schauen ihn beide an.

Hat er Angst, mich dort zu berühren? Er ist doch Arzt? *Und* mein Ehemann? Ich meine ... es gibt keinen Grund, schüchtern zu sein.

Ich stelle mich dumm. „Wo?"

Seine Augen begegnen meinen und er zieht eine Braue

hoch. Es ist ein strenger Blick – als wüsste er, dass ich mich danebenbenehme, und er würde mir eine Chance geben, mein Handeln zu überdenken.

Mmmh. Bären-Daddy will mich übers Knie legen. Ich erinnere mich daran, dass er erregt wirkte, als ich ihn *Sir* nannte.

Vielleicht ist er kinky, genau wie die Helden aus meinen Liebesromanen. Als zweiundzwanzigjährige Jungfrau, die nie geküsst wurde, hatte ich viel Zeit zum Lesen. Und dazu, mir Dinge … vorzustellen.

Schmetterlinge flattern in meinem Bauch.

Oh mein Gott, ich würde *sterben*, falls er kinky wäre. Als wäre er für mich nicht schon so heiß wie ein Wildfeuer.

Er führt seine Fingerspitzen zu dem Klecks Sonnencreme zwischen meinen Brüsten und streicht ihn zur Seite auf meinen Busen.

Ich halte vollkommen still, warte und hoffe, dass er weitermacht.

„Hast du dich entlang deines Bikinis eingecremt?" Seine Stimme klingt belegt. Kratzig. Beinahe gequält.

Meine Pussy verkrampft sich. Mein Puls flattert in meiner Kehle.

„Ähm … nein." Meine Stimme klingt atemlos.

Doch dann wird er zum zugeknöpften Arzt. Er nimmt mir die Sonnencremeflasche ab und spritzt etwas Creme auf seine Finger, ehe er sie entlang meines Busens aufträgt. Oder an meiner Buseninnenseite. Wie immer dieser Teil genannt wird. Seine Finger gleiten unter das dreieckige Bikinioberteil, allerdings auf selbstsichere, geschäftsmäßige Art.

Dennoch törnt es mich an. Ich ziehe meine Unterlippe zwischen meinen Zähnen durch und verkneife mir ein Stöhnen. Ich bin mir ziemlich sicher, dass der Zwickel meiner Bikinihose gerade klatschnass geworden ist.

Matthias' Nasenflügel weiten sich. Ein Muskel an seinem

Kiefer zuckt. Seine Augen blitzen blau auf. Dann ändert sich sein Verhalten plötzlich wie beim Altar und im Partybus. Er schiebt seine gesamte Hand unter mein Bikinioberteil und drückt meinen Busen grob, während er mich rückwärts gegen die Wand des Poolhauses drängt.

Ich keuche schockiert.

Er packt mich im Genick und seine Lippen krachen auf meine. Ich klammere mich an seine Unterarme und erwidere seinen Kuss.

Er zieht und rollt meine Brustwarze zwischen seinen Finger, während seine Zunge in meinen Mund peitscht.

Es ist so köstlich. So leidenschaftlich. Alles, was ich mir jemals mit Matthias zu tun erträumt habe.

Ich wimmere und meine Knie knicken ein.

„Böses Mädchen." Seine Stimme ist ein Knurren, als er meine Brustwarze etwas fester zwickt. „Du solltest den Bären nicht reizen."

„Oh!" Ich schreie bei der Empfindung auf. Es tut nur ein wenig weh, überrascht mich jedoch. Seine Reaktion überrascht mich.

Er unterbricht den Kuss sofort und ich starre mit großen Augen zu ihm auf.

Seine Augen leuchten laserblau. Er wischt sich mit dem Handrücken über den Mund und sieht halb wild aus. „Dreh dich um." Es ist ein Befehl, dunkel und herrisch.

Es flattert erneut in meinem Bauch.

Ich wende mich langsam von ihm ab.

„Hände an die Wand."

Oh. Mein. *Gott.* Ich schreie innerlich vor Aufregung.

Das hier passiert wirklich. Sexy Spaß mit meinem Bären-Arzt. Meinem Bären-Daddy. Dem Mann, der in den letzten sieben Jahren meines Lebens Teil all meiner Fantasien war. Der einzige Mann, an den ich jemals gedacht habe, wenn ich mich selbst berührte.

Seine Hand landet auf meinem Hintern. Ich zucke zusammen und stoße einen leisen Schrei aus. Ich hatte auf weitere Hiebe gehofft, doch er quält mich, indem er bloß Creme mit langen entspannenden Bewegungen auf meinem Rücken verteilt.

Ich strecke meinen Po raus und wackle leicht mit den Hüften. Vielleicht wird er mir erneut den Hintern versohlen.

Er spritzt mehr Sonnencreme auf seine Handfläche und lässt seine Hände an den Seiten meines unteren Rückens entlanggleiten, bevor er beide Hände in mein Bikinihöschen taucht und meinen nackten Po umkreist.

Ich laufe in meinem Bikini aus. Ich will meine Finger zwischen meine Beine führen und mich berühren, denn meine Pussy pocht, doch er knurrt mit dieser tiefen, herrischen Stimme: „Jetzt bin ich dran."

Er reicht mir die Sonnencreme, die er benutzt. Es ist eine Creme, die speziell für schwarze Haut konzipiert wurde. Sie riecht fantastisch.

„Ähmmm, ich komme nicht dran."

„Das stimmt, Kleine." Er feixt auf mich herab, bevor er sich auf einen Hocker setzt. Warum ist alles, was er tut, so mühelos sexy? Ich sterbe hier.

„Ich bin nicht klein, ich bin eine Probiergröße", scherze ich.

Sein Glucksen füllt den Raum. „Macht mich das zu einer Familienpackung?"

Was immer du tust, denk NICHT daran, eine Familie mit ihm zu haben.

„Nein, du bist perfekt", antworte ich, bevor ich darüber nachdenke. „Das heißt, äh, ich meine, perfekt dafür, Dinge im obersten Regal zu erreichen."

Ich bin eine Idiotin. Es gibt keine Hoffnung für mich.

Doch Matthias scheint das zu gefallen.

Ich versuche, es zu überleben, meine Hände über seine

hübsche Rückenmuskulatur gleiten zu lassen, um sie mit Sonnencreme zu bedecken. Ich reibe über das ausgeprägte V am Ansatz seiner Wirbelsäule und er stößt ein leises Grollen aus, das sich unter meinen Handflächen wie ein Mini-Erdbeben anfühlt. Ich reiße meine Hände zurück aus Angst, ihn irgendwie verärgert zu haben.

„Vorsicht, Liebes", warnt Matthias. „Mein Bär mag es, wenn du ihn berührst."

Ich erhasche einen kurzen Blick auf die Ausbeulung seiner Shorts und realisiere, dass der Mann es auch mag.

Ich gehe geradewegs zum Pool, doch Matthias packt meine Hand. „Wir müssen fünfzehn Minuten warten, bevor wir ins Wasser gehen, damit die Sonnencreme Zeit hat, zu wirken." Er führt mich zu der Liege im Wintergarten.

Ich breite mein Handtuch aus und lege mich hin, fühle mich jedoch sofort unwohl. Wie kann ich sexy aussehen, wenn meine Brüste zu meinen Achseln rutschen? Ich verändere meine Position so, dass meine Arme meine Brüste hochdrücken, doch so sehe ich bestimmt wie ein Zinnsoldat aus. Und jetzt realisiere ich, dass Matthias mich wahrscheinlich die ganze Zeit beobachtet hat. Ich strecke die Arme über meinen Kopf und tue so, als würde ich gähnen. Super elegant. „Ich schätze, wir sollten über meinen Dad sprechen."

„Das müssen wir nicht tun."

Ich seufze. „Nein, ich will wissen, was los ist." Welcher Zeitpunkt und Ort eignen sich besser für dieses Gespräch, als Freizeit in einem luxuriösen Wintergarten an einem umwerfenden sonnigen Tag?

„Meine Brüder haben versucht, ihn aufzuspüren, doch er ist verschwunden. Er ist nicht in seinem Apartment erschienen. Wir glauben, dass er vor Lucky Lou auf der Flucht ist."

Lucky Lou. Mein Vater Allen versuchte, mich in die Ehe mit einem Mann namens Lucky Lou zu verkaufen. Wie viel schmutziger kann die Geschichte werden?

Ich schaue mich um. Ich lebe aktuell mein Moodboard, also bringt Lou vielleicht *tatsächlich* Glück.

„Wenn wir ihn finden, möchtest du dann mit ihm sprechen?"

Das fühlt sich wie eine Fangfrage an. „Will ich mit dem Säufer sprechen, der mir nichts als Kummer bereitet hat? Ich weiß es nicht. Ich verstehe einfach nicht, warum er es getan hat. Ich … wollte früher eine Beziehung zu ihm."

„Du hast ein freundliches Herz."

„Ich schätze, ich glaubte immer, dass er eines Tages aufwachen und realisieren würde, dass er eine Tochter hat. Dass er mich will."

„Nichts, was dein Dad tut, hat mit dir oder deinem Wert zu tun. Er ist ein Langzeit-Drogenabhängiger. Diese Art von Drogenmissbrauch verursacht Schäden am frontalen Cortex. Und falls er jemals eine Überdosis eingenommen hat, hat er möglicherweise eine Gehirnverletzung erlitten."

„Ich weiß. So ist meine Mom gestorben." Ich beiße mir auf die Lippe. „Sorry, ich ruiniere unsere Flitterwochen."

Er rutscht näher, sodass sich unsere Schenkel berühren, und nimmt meine Hand. Er berührt mich immer öfter und ich liebe es.

Darüber hinaus brauche ich es.

„Das könntest du nie tun. Ich fühle mich geehrt, dass du sie mit mir verbringst."

Ich wische über meine Augen. Ich weine nicht, ich bin bloß … ein wenig emotional. „Ich bin mir sicher, Patienten tun das oft. Dir ihr Herz ausschütten", sage ich schnell.

„Nicht wirklich. Ich glaube, ich schüchtere die Leute ein. Deswegen trage ich eine Brille – sie erinnert mich daran, mich von meiner besten Seite zu zeigen."

„Ich habe mich gefragt, was mit deiner Brille passiert ist. Also brauchst du sie eigentlich nicht?"

„Nein, sie ist nur eine Requisite."

Ich lache laut auf und stelle mir vor, wie er seine Brille aufsetzt, bevor er einen Untersuchungsraum betritt. „Wie Clark Kent. Du bist Superman."

Kopfschüttelnd zieht er mich hoch und führt mich zum Pool, womit wir aktiv das Thema meiden.

Doch ich lasse es nicht fallen. Als ich im Pool bin, schwimme ich ein wenig. Das Wasser wird anscheinend beheizt und die Wintersonne ist in Las Vegas warm, weshalb es sich schön anfühlt.

Matthias schwimmt einige Bahnen und ich kann beobachten, wie sein riesiger Körper geschmeidig und so schnell wie ein olympischer Sportler durch das Wasser gleitet. Irgendwann beendet er seine Bahnen, schüttelt das Wasser aus seinem Gesicht und findet in meiner Nähe eine Stelle zum Entspannen.

„Du bist wie Superman, weißt du", informiere ich ihn erneut. „Du bist zu meiner Rettung gekommen. Sobald ich dich in diesem Hotelzimmer sah, wusste ich, dass ich in Sicherheit war."

„Du *bist* in Sicherheit", sagt er. „Ich werde nie wieder jemandem erlauben, dich zu berühren."

„Du hast gestern Nacht neben mir geschlafen."

Er wendet den Blick ab. „Ich wollte dich nicht aus den Augen lassen. Ich hätte nicht …"

„Nein, ich bin froh, dass du es getan hast." Ich schwimme dicht zu ihm.

Ein Muskel an seiner Wange zuckt. Er neigt sich nicht von mir weg, aber sein ganzer Körper ist angespannt. „Ich bin zu alt für dich."

Ich blinzle. Versucht er, mir eine Abfuhr zu erteilen? Doch nein – ich *weiß*, dass er sich zu mir hingezogen fühlt. Er hätte mich nicht so geküsst, wie er es getan hat, wenn er nicht so empfinden würde wie ich.

„Mir ist egal, wie alt du bist. Ich wollte mit dir auf ein

Date gehen." Ich gehe ein Risiko ein und erzähle ihm mehr. „Ich hätte in einer Million Jahren nicht gedacht, dass ich das tun könnte. Doch auf die Liste der Neujahrsvorsätze schrieb ich dieses Jahr ‚Auf ein Date gehen' und ich stellte mir vor, ich würde dieses Date mit dir haben. Ich weiß, dass du möglicherweise nicht so für mich empfindest …"

„Das tue ich", unterbricht er mich. Aus irgendeinem Grund sieht er jedoch unglücklich aus. Anstatt dass wir uns freuen, dass wir beide am jeweils anderen interessiert sind, benimmt er sich, als sei es ein Problem.

„Maisy, wie ich letzte Nacht sagte, will ich dich."

„Oh. Das ist … gut, oder?"

„Nein."

Ich warte, doch er führt seine Antwort nicht aus.

„Es ist gut", beharre ich.

Der Muskel an seinem Kiefer zuckt erneut. „Ich bin zu al…"

„Du bist nicht zu alt für mich."

„Ich spiele grob im Bett. Ich bin ein Bär, Maisy. Du bist ein Mensch. Du bist jung und unschuldig. Fuck, du wurdest vor letzter Nacht noch nie geküsst."

Schmerz durchfährt meine Brust. Dennoch klammere ich mich an sein Geständnis, so wie ich es auch gestern Nacht tat – er will mich.

Ich will ihn auch. Ich muss ihn nur überzeugen, dass ich nicht so jung und unschuldig bin, wie er denkt.

„Ich weiß, dass du Frauen gewohnt bist, die erfahrener sind, aber …"

„Das ist es nicht", unterbricht er mich. „Maisy, ich bin gefährlich."

Ich recke das Kinn. „Nicht für mich."

„*Vor allem* für dich."

Ich denke über die letzten zwölf Stunden nach. Dass er

die Kontrolle übernommen hat. Dass er mich um jeden Preis beschützt hat.

In Bad Bear war er mir gegenüber freundlich, jedoch reserviert. Was er mir über die Fake-Brille erzählt hat, bringt mich auf den Gedanken, dass er eine Rolle spielt. Und zwar nicht, um alle zu manipulieren, sondern um uns zu beschützen. Selbst in Gegenwart seiner Familie hält er immer etwas zurück. Er ist immer beherrscht.

Wie wäre es wohl, ihn dazu zu bringen, die Kontrolle zu verlieren?

Das sind die Gedanken eines bösen Mädchens, aber … ich will ein böses Mädchen sein. Ich bin fast gestorben, um Himmels willen. Ist es nicht an der Zeit, um das zu bitten, was ich will?

Anstatt zu fragen, strecke ich die Hand aus und wische einige Wassertropfen von seiner Schulter. Der Muskel wölbt sich unter meiner Handfläche. „Du machst mir keine Angst."

„Vorsicht", grollt er. „Ich beiße." Er grinst mich kurz an und zeigt mir weiße Zähne. Seine Fangzähne sehen etwas länger als üblich aus. Ist das sein Bär?

„Du wirst mir nicht wehtun."

„Sei dir da nicht so sicher."

Ich denke an den Hieb, den er mir verpasst hat. Wie er meine Brustwarze gezwickt hat. Ist das die Art von Schmerz, die er meint?

„Vielleicht will ich … das." Ich lasse meine Hände über seine Seiten gleiten, um sie auf seine Hüften zu legen. Ich bin dreist.

„Was willst du?"

Ich lecke mir über die Lippen.

Er starrt sie an, als wolle er mich erneut küssen.

Warum haben wir so viel Zeit damit verschwendet, uns nicht zu küssen?

Ich gehe auf die Zehenspitzen. Er ist so viel größer als

ich – breiter, alles. Ich muss ihn zu mir nach unten ziehen, doch er beugt sich freiwillig nach unten.

„Ich will, dass du mein Erster bist", flüstere ich an seinen Lippen.

Sein Atem weht gegen meinen Mund, dann reißt er mich in seine Arme und wir küssen uns, als bräuchten wir die Luft aus der Lunge des anderen zum Überleben.

Er hält mich, als wöge ich nichts. Ich habe mich nie klein oder zierlich gefühlt, doch bei ihm tue ich das. Er gibt mir das Gefühl, sexy zu sein, und das macht mich mutig. Ich klammere mich an seine Schultern und reibe mich an seinem Waschbrettbauch. Ich reibe mich an ihm. Meine Hüften bewegen sich unbefangen. Ich bohre meine Nägel in seinen Rücken und stöhne in seinen Mund.

Ich bin außer Kontrolle, wild.

„Maisy … wir können nicht."

„Ich will es, Matthias." Ich umfasse sein Gesicht. „Als mich diese Männer entführten, hatte ich Angst, ich würde sterben, und die eine Sache, die ich wusste, war, dass ich nicht ohne das hier sterben wollte. Ohne mit dir zusammen zu sein. Ich werde nicht als Jungfrau sterben. Und ich will *definitiv*, dass ich mein erstes Mal mit dir habe. Bring es mir bei."

„Fuck", flucht Matthias und seine Augen leuchten in einem elektrisierenden Blau. Er reißt mein Bikinioberteil nach unten und entblößt meine Brüste. „Du hast darum gebeten."

KAPITEL ZWÖLF

Maisy

Matthias schiebt mich rückwärts zur Pooltreppe, wobei seine Hände meine Brüste kneten und umfassen. Mich hat noch nie jemand so berührt. Normalerweise wäre ich schüchtern, weil ich im Freien oberkörperfrei bin, doch Matthias knurrt genau das, was ich hören muss.

„Niemand wird dich jemals so sehen." Er drückt eine Brustwarze zwischen seinen Fingerknöcheln und presst seine Lippen an mein Ohr. „Niemand wird dich anfassen. Nur ich. Du wurdest für mich gemacht."

Ich komme beinahe allein von diesen Worten zum Orgasmus.

„Matthias", hauche ich.

„Du willst, dass ich es dir beibringe, Kleines?" Er setzt mich auf eine der Stufen und lässt seine Hände meine Schenkel hinauf gleiten.

„Ja, Matthias."

„Ja, Sir", korrigiert er mich.

Oh mein Gott! Ich wusste es! Er ist kinky!

„Ja, Sir."

„Wirst du brav für mich sein?"

Ich nicke.

„Ich muss noch ein *Ja, Sir* hören." Er hebt mich an der Taille hoch, dreht mich um und stellt meine Füße auf die zweite Stufe.

„Ja, Sir."

„Beug dich vornüber und zeig mir deinen Hintern, mein braves Mädchen."

Oh Gott. Er wird mir wieder den Hintern versohlen! Ich bin unfassbar aufgeregt.

Ich beuge mich vornüber und biete dem versauten Arzt meinen Hintern an.

„Hände auf den Beckenrand." Er reißt mir die Bikinihose vom Körper. Ich meine damit nicht, dass er sie nach unten zieht, ich meine damit, dass er sie *zerreißt*, um sie mir abzunehmen.

Wow.

„Zeig mir deinen Hintern, meine süße kleine Frau." Er umfasst meinen Po, dann schlägt er ihn, woraufhin ich keuche. Es tut nicht weh, aber das Geräusch schockiert mich.

Ich bin ein großes Mädchen. Meine Brüste sind eine Handvoll und mein Hintern und Bauch sind riesig. Matthias gleitet mit den Händen über meinen Körper und streichelt jeden Zentimeter Haut, als sei ich die perfekte Göttin, die aus dem Meer aufgetaucht ist, und als wolle er mich verehren, indem er mich berührt.

Ausnahmsweise bin ich einmal nicht befangen. Ich werde von etwas Größerem, Hübscherem und Überwältigendem auf die bestmögliche Weise verzehrt. Meine Neuronen erleiden in seiner Nähe immer einen Kurzschluss, aber momentan ist das ein Vorteil. Ich muss nicht nachdenken, denn Matthias hat mich. Er hält mich fest. Er sorgt für mich.

Er schlingt seinen Unterarm um meine Taille und zerrt mich wieder ins Wasser. Ich entspanne meine Glieder und lasse das Wasser über mich schwappen. Er manövriert mich so, wie er mich haben will. Ich erlaube ihm, mit mir zu tun, was er will, denn er ist der Herr über meinen Körper.

„Ich werde dafür sorgen, dass du dich so gut fühlst, Schönheit.“

„Ja, ja.“

Er drängt mich zur Wand in der Nähe und positioniert mich mit dem Gesicht von ihm abgewandt. „Leg deine Hände auf den Beckenrand.“

Es ist leicht, zu tun, was er sagt. Ich packe den Beckenrand und starre auf den See hinaus. Wir befinden uns in einem tieferen Bereich des Pools, weshalb ich den Boden nicht berühre, doch ich fühle mich sicher, als müsste ich nur seine Befehle befolgen und dann würde sich alles prima ergeben.

Er hält meine Hüften mit seinen großen Händen fest und drückt mich dichter an die Wand. Das ist der Moment, in dem ich realisiere, dass er mich vor einem Wasserstrahl positioniert hat.

„Jetzt spreiz deine Beine, Maisy-Mädel.“

Das tue ich und keuche, als der Wasserstrahl die empfindliche Stelle zwischen meinen Beinen trifft. „Oh, Gott.“ Ich drücke mich nach hinten, doch er ist direkt hinter mir. Er ist größer als ich, weshalb er in diesem tiefen Wasser stehen kann, ich allerdings nicht. Das bedeutet … dass ich nicht wegkomme.

Die Intensität nimmt zu. Die Stimulation meiner empfindlichsten Stelle fühlt sich zuerst an, als wäre sie zu viel, dann erfüllt sie mich mit einer chaotischen, ruhelosen Energie. Ein Wasserfall tost, rauscht und ist direkt auf meinen Kitzler gerichtet.

„Oh mein Gott, Matthias … ich kann nicht …“

„Du kannst, Schönheit“, knurrt er und drückt sich an

mich. Sein langer, harter Schwanz befindet sich genau in der richtigen Höhe, um gegen meine Pobacken zu drücken.

Zitternd lehne ich mich nach hinten an ihn. Das nenne ich mal zwischen Baum und Borke stecken. Seine Wand aus Muskeln ist so hart wie ein Baum und sein riesiger Schwanz drückt sich wie ein gewaltiger Ast an mich.

Ich presse mich nach hinten, während ich meine Beine weiter spreize und dem Wasserstrahl erlaube, mich zu stimulieren. Es ist so intensiv, dass es nicht lange dauern wird, bis ich zum Orgasmus komme.

Vor allem nicht, da Matthias mir ins Ohr raunt: „Das ist es, du bist mein braves Mädchen. Zeig mir, wie du dich gehen lässt.“

„Es ist so viel“, keuche ich.

„Du kannst es ertragen.“ Er fixiert mich mit seinen Hüften und befreit dadurch seine Hände. Eine zupft an meinen Brustwarzen, während sich die andere um meine Kehle legt. „Ich will sehen, wie du explodierst. Kannst du das für mich tun?“

Ich nicke.

„Bist du nah dran?“

Ich mache einen Laut, der mehr ein atemloses Stöhnen als ein *Ja* ist, aber er versteht es.

Seine Hand um meine Kehle spannt sich an. „Bitte mich um Erlaubnis, zu kommen.“

Was? Meine Erregung verstärkt sich, was ich nicht für möglich gehalten hätte.

„Bitte, bitte“, bettle ich, bevor ich darüber nachdenken kann. „Ich will kommen.“

„Von nun an kommst du nicht ohne meine Erlaubnis zum Orgasmus.“

Oh. Mein. Gott. „Okay“, hauche ich, doch er neigt meinen Kopf nach hinten, damit ich seinen strengen Gesichtsausdruck sehen kann. Und der strenge Master Matthias ist mein neuer Lieblings-Matthias.

„Nein, Süße. Wenn ich dich zum Kommen bringe, nennst du mich *Sir*."

* * *

Matthias

Es gibt niemanden, der umwerfender ist als meine Gefährtin. Sie ist in einer Jogginghose sexyer als jeder Pornostar.

Doch halbnackt in meinen Armen, während sie nach einem Orgasmus bettelt? Ich bin so zufrieden, dass ich genauso gut im Himmel sein könnte.

Vielleicht hat mein Herz am Altar zu schlagen aufgehört und ich bin im Paradies.

Sie kommt in meinen Armen, die Wangen rot gefärbt und die Augen wild. Mein Schwanz ist so hart, dass ich mich direkt in sie rammen könnte, wenn ich sie im richtigen Winkel neigen würde. Ich würde geradewegs ins gelobte Land gelangen.

Doch nein. Ich muss warten, denn sie ist nicht bereit. *Ich will, dass du mein Erster bist.* Denn meine kleine Schönheit ist Jungfrau.

Beim Schicksal, ich werde sie *verzehren*.

Ihre Schreie hallen über den See. Sie bettelt mich jetzt an, fleht mich an, die Lust zu beenden. Ich werde diesen Pool umfangreich nutzen, glaube allerdings nicht, dass sie für eine Orgasmusfolter bereit ist.

Sie liegt schlaff in meinen Armen und erlaubt mir, ihr Gewicht im Wasser komplett zu tragen. Ich sage ihr jetzt, wie brav sie ist, wie prächtig, dass ich noch nie etwas so Reizendes gesehen habe. „Was für ein Geschenk du doch für mich bist." Ich streichle ihre Brüste und spiele mit ihren harten Nippeln. Ich will sie beißen.

Später.

Ich hebe Maisy hoch, trage sie aus dem Becken und lasse das Wasser von uns strömen. Der Wintergarten, der den Pool überblickt, verfügt über robuste Liegen, die das Wetter aushalten könnten, weshalb ich mir keine Sorgen mache, dass sie nass werden.

Ich lege Maisy im Wintergarten auf eine Doppelliege und spreize ihre Beine, um sie zu untersuchen. Ihre Mitte ist rosa und geschwollen, und das nicht nur von dem Orgasmus, sondern auch von dem Druck. Ich bin versucht, sie mit gespreizten Gliedern an die Liege zu fesseln und zu lecken, aber … das ist alles neu für sie. Ich muss langsam machen. Ich muss sanft sein.

Also trockne ich sie ab und lege mich neben sie. Die Liege ist groß und für zwei Leute gebaut, knarzt jedoch unter meinem Gewicht. Ich ziehe sie halb auf mich und streichle ihre feuchten Haare, bis sie zu mir hoch blinzelt.

„Wie fühlst du dich?"

„Das war …" Sie schnaubt, als gäbe es keine Worte.

„Gut."

„Möchtest du, dass ich dich *Sir* nenne?"

Ich stöhne und mein Schwanz zuckt in meiner Shorts. Ihre Augen werden groß. „Das habe ich gespürt", murmelt sie.

Mein Schritt schmerzt, als wäre ich verprügelt worden.

„Musst du kommen … Sir?"

Ich werde in meiner Shorts kommen, wenn sie sich noch einmal über die Lippen leckt.

„Bald", antworte ich. „Ich will mich vergewissern, dass es dir gut geht."

„Mir geht's gut. Mir geht's besser als gut."

Ich umfange ihre Wange. Ihre Haut ist heiß vor Erregung, beinahe fiebrig. „Möchtest du noch ein wenig spielen?"

„Ja, bitte, Sir."

Ich werde mich nicht zurückhalten können.

„Geh auf die Knie", befehle ich leise.

Ihr Blick trübt sich erneut. Sie nickt und gleitet von der Liege. Ich setze mich auf und bringe mich so in Position, dass mein Schwanz herausragt und meine Beine sich zu beiden Seiten von ihr befinden.

Ich nehme eine Handvoll ihrer feuchten Haare und führe sie näher. Der Teppich ist hier dick, weshalb ihre Knie nicht verletzt werden, selbst wenn ich sie lange Zeit knien lasse. Jedes Zimmer in diesem Haus wurde mit dieser Art von Sexspiel im Sinn dekoriert. Der Dom in mir weiß das zu schätzen.

Sie atmet schwer und starrt auf meinen Schwanz. Also halte ich ihre Haare weiterhin fest und sage ihr, was sie tun soll.

„Mach deine Hände hinter deinen Rücken." In der Position wird ihr Oberkörper zur Schau gestellt.

Ich rufe mir ins Gedächtnis, dass ich mit einem Menschen, nicht mit einem Gestaltwandler spiele. Maisy wird Blutergüsse bekommen. Wichtiger ist jedoch, dass sie emotional zerbrechlich ist. Sie könnte zerbrechen.

„Du kannst jederzeit eine Pause machen. Selbst wenn ich dir gerade einen Befehl gegeben habe. Ich will dich nicht an deine Grenzen bringen."

Sie leckt sich abermals über die Lippen, woraufhin mein Schwanz schmerzhaft pocht. „Oh, das ist okay. Ich will es."

Beim Schicksal, sie ist perfekt für mich.

„Ich weiß, Schönheit. Doch es ist okay, wenn du mir sagst, was du brauchst."

„Ich habe das hier noch nie zuvor getan."

Sie bringt mich um, aber ich werde glücklich sterben. „Ich

liebe es, dass ich dein Erster bin." Ihr Erster, Letzter, *Einziger*. „Du kannst mich nicht enttäuschen. Du bist bereits perfekt."

Das scheint sie zu entspannen. Ihre Schultern senken sich. Ich ziehe ihren Kopf an den Haaren nach unten.

„Pack die Wurzel und küss die Spitze, Maisy."

Sie gehorcht.

„Jetzt nutze deine Zunge." Ich erschaudere vor Lust, als sie von mir kostet und mit der Zunge um meinen Schlitz gleitet. Ich will kommen, aber vor allen Dingen will ich zusehen, wie ihre kleine rosa Zunge meine riesige Latte entlangleckt.

„Nimm die komplette Spitze in den Mund, Schönheit, und sauge."

Ihre Lippen teilen sich und die warme, feuchte Hitze ihres Mundes umhüllt meine Schwanzspitze.

„Streck deine Zunge in den Schlitz", befehle ich, denn ich liebe die Stimulation meiner Urethra. Meine Hüften rucken von der Liege. „Jetzt mach den Mund ganz weit auf. Nimm mich zuerst in deiner Wange auf."

Sie lernt schnell und treibt mich in den Wahnsinn. Der Schleier zwischen meiner Vernunft und meinen Instinkten wird immer dünner. Obwohl ich mir die Mondkur gespritzt habe, bevor wir in den Pool sind, brauche ich mehr.

Meine Finger spannen sich in ihren Haaren an und meine Nase bläht sich. Ihr Blick ist auf mein Gesicht geheftet und sucht nach Bestätigung. Anscheinend sieht sie, welche Wirkung sie auf mich hat, denn sie bewegt den Kopf schneller.

Die Nägel ihrer freien Hand bohren sich in meinen Schenkel.

„So ist's richtig, Schönheit. Grabe deine Nägel rein. Du kannst mir nicht wehtun. Ich mag ein wenig Schmerz." Genauso wie sie, denn jedes Mal, wenn ich an ihrem Kopf ziehe, saugt sie fester. Ihre Wangen höhlen sich aus.

„Jetzt nimm mich gerade in deinem Mund auf. Mach langsam und entspann deine Kehle." Ich gleite langsam in ihren Mund, bis ich gegen ihren Rachen stoße. Sie hustet und ich weiche zurück, doch sie stürzt sich wieder auf mich, als könne sie nicht genug kriegen.

„Das ist mein braves Mädchen. Ich werde dich zu meiner perfekten kleinen Schwanzlutscherin machen. Meine süße kleine Ehefrau. Du wirst an meiner Seite so anständig aussehen. Niemand wir je vermuten, dass du für mich die perfekte kleine Schlampe bist."

Ich beobachte ihre Reaktion auf meinen Dirty Talk. Ihre Brust hebt und senkt sich schneller. Sie mag es, meine kleine Schlampe zu sein.

Doch mir gefällt es am besten, sie ein braves Mädchen zu nennen.

„Ich werde kommen", warne ich sie. „Und es ist dein erstes Mal, also entscheidest du. Möchtest du es auf deiner Haut oder willst du es schlucken?"

Sie weicht zurück und leckt über ihre geschwollenen Lippen. Ihre perfekten, prallen, schwanzlutschenden Lippen. „Was immer du möchtest, Sir."

Dayum. Ich habe sie mir so vorgestellt, jedoch nie geglaubt, dass es so bald passieren würde. So schnell.

„Mmmmh, dann will ich beides. Entspann dich, Schönheit, mach deinen Kopf locker." Ich nehme ihren Kopf in beide Hände und halte ihn still, während ich die Hüften im richtigen Tempo bewege. Sie erlaubt mir, ihren Mund zu benutzen. Meine Eier kribbeln. „Ich komme", warne ich sie und explodiere in ihrem Mund. Ich ziehe mich zurück, sodass nur noch die Spitze auf ihrer Zunge ruht und sie mich schmeckt. Sie bewegt ihre Zunge und streichelt meine empfindliche Eichel. Ich weiche ganz zurück und spritze auf ihre Lippen, ihre Wangen und ihre Brust.

„Meine Fresse, Maisy." Ich beuge mich vor, küsse sie sanft

und schmecke mein eigenes Aroma. Dann reibe ich mein Sperma in ihre Haut und bringe sie dazu, die Reste von meiner Hand zu lecken. Sie macht das gut, schnellt mit der Zunge vor und schenkt mir dieses atemlose leise Stöhnen, als würde sie es lieben, sodass ich bereit bin, erneut zu kommen, als sie schließlich fertig ist.

Ich lehne mich zurück und genieße es, sie auf den Knien zu sehen. Ihre Hände ruhen auf meinen Schenkeln und sie blickt zu mir auf.

„Was sagst du, wenn ich dir mein Sperma gebe?"

Sie sieht verwirrt aus, doch dann kapiert sie schnell. „Danke, Sir." Sie schenkt mir ein sexy Lächeln.

Meine jungfräuliche Braut ist nicht ganz so unschuldig, wie ich befürchtet habe. Das muss an all den Liebesromanen liegen, die sie ständig mit sich herumschleppt.

„Danke für dein Sperma."

KAPITEL DREIZEHN

Maisy

Nachdem er gekommen ist, verschwindet Master Matthias und Bären-Daddy kehrt zurück, um mit mir auf der Liege zu kuscheln.

„Bist du okay, Schönheit? War das zu viel?“ Er streichelt meine Haut.

Ich brauche eine Sekunde, bis ich meine Stimme finde. Ich komme noch immer von dem High runter, das unser erstes gemeinsames Mal bei mir ausgelöst hat. „Es war viel. Aber nein … ich habe es gemocht.“

„Du weißt, dass ich dich respektiere, selbst wenn ich dich vor mir knien lasse, oder?“

Meinen Lippen entwischt ein leises Lachen. „Ja.“

„Das sind nicht die Flitterwochen, die du dir vorgestellt hast.“

„Nein.“ Ich klinge benommen, weshalb ich ihm ein kleines Lächeln schenke. „Es ist besser.“

Er macht sich Sorgen, dass er mir wehtun könnte. Ich werde ihm beweisen, dass ich alles ertragen kann, was er mir gibt. Ich bin gerade heftig gekommen, genauso wie er. Daran, dass sich sein Schwanz gegen meinen Hintern drängt, erkenne ich jedoch, dass er bereits mehr will. Er berührt mich federleicht und streichelt meine Arme und meinen Rücken, das sorgt allerdings bloß dafür, dass meine Pussy schmerzt. Er hat noch nicht mit mir geschlafen und obwohl ich ein wenig Angst vor dem Monster in seiner Shorts habe, brauche ich es. Ich greife zwischen uns, um seinen Schwanz zu streicheln, doch er hält mich auf.

„Später. Ich muss dich füttern." Er hebt mich hoch und stellt mich auf die Füße, bevor er sich vorbeugt, mir in den Po beißt und aufsteht.

Matthias schickt mich zum Duschen, während er Tapas für uns bestellt. Ich komme in einem Bademantel aus dem Badezimmer und finde ein gesundes Buffet an kleinen Gerichten vor, von denen wir den ganzen Tag lang naschen können. Ich dachte, wir würden eine Pause von dem Sexzeug machen, aber er findet einen Weg, das Essen erotisch zu gestalten, indem er mich auf seinen Schoß setzt und füttert. Er packt meine Handgelenke, als ich versuche, den Gefallen zu erwidern.

„Wenn du das noch einmal tust, werde ich dir die Hände hinter dem Rücken fesseln."

„Soll das eine Drohung sein?", frage ich spielerisch. Ich hatte keine Ahnung, dass ich so dreist sein kann. Ich begrüße die lüsterne, sexy Göttin in mir.

„Vorsicht, freche Gören werden bestraft."

Ja, bitte.

Ich rutsche auf seinem Schoß herum und massiere seinen harten Schwanz. „Droh mir nicht mit Spaß."

Er schüttelt den Kopf, seine Mundwinkel biegen sich jedoch nach oben. „Ich werde dich später bestrafen. Du musst essen. Und wir sollten wahrscheinlich über Tabus sprechen."

„Tabus?"

„Ja, Schönheit. Was du magst, nicht magst. Und du solltest ein Safeword wählen."

Ich lehne mich auf seinem Schoß zurück, um sein Gesicht zu mustern. Er meint das todernst. „Das kommt mir so … förmlich vor."

„Das ist zu deinem Schutz", grollt er. Ich lege meine Hände auf seinen nackten Oberkörper. Er ist noch immer oberkörperfrei und ich weiß das zu schätzen.

„Ich mag dich. Ich will tun, was du willst."

Er streicht eine Haarsträhne hinter mein Ohr. „Du bist eine Sub, Maisy. Es ist noch wichtiger, dass du bei jemandem wie mir Grenzen setzt."

„Der große böse Bär", knurre ich spielerisch.

„Genau."

„Was, wenn ich mir nicht sicher bin, was ich mag? Denn … ich bin neu. Ich habe nicht …" Meine Kehle schnürt sich zu. Mist, er weiß bereits, dass ich unerfahren bin. Ich will es nicht aussprechen.

Was, wenn ich schlecht darin bin? Er war vermutlich mit Dutzenden Partnerinnen zusammen, die alle erfahrener waren als ich.

„Worüber denkst du nach?", will er wissen und als ich das Kinn senke, legt er einen Finger darunter und hebt meinen Blick sachte zu seinem. Ich kann spüren, wie mich seine großen braunen Augen mustern. Ich widerstehe dem Drang, zu zappeln.

„Ich weiß nicht, ob ich gut darin sein werde", flüstere ich.

Er antwortet mir nicht sofort, sondern reibt nur mit den Händen über meine Arme. Sein Seufzen erschüttert mich. „Maisy, ich möchte, dass du mir zuhörst und mich wirklich hörst, wenn ich Folgendes sage. Dass du im Bett schlecht bist … das ist nicht möglich. Ich will dich seit einer Ewigkeit. Ich habe von dir in meinen Armen geträumt. Wenn wir den

Rest der Nacht nur kuscheln, wird das bereits meine wildesten Fantasien übertreffen."

Ein Schauder der Erkenntnis durchläuft mich.

Es waren keine Teenager-Fantasien. Ich hatte recht. Ich wusste irgendwie intuitiv, dass etwas zwischen uns war. Wir sind füreinander gemacht.

Ich sitze mit seinen Worten da, und das nicht nur, weil er mir befohlen hat, ihm gut zuzuhören. Ich verarbeite alles und kann bereits spüren, dass sich meine Überzeugungen ändern.

Denn er lügt nicht. Ich glaube ihm. Matthias plappert nicht. Er wirft nicht mit Worten um sich. Ich weiß nicht, ob er immer so selbstsicher ist, wenn es um seine Optionen geht, doch er ist ein Mann seines Wortes.

Ich denke schlecht von mir, Matthias allerdings nicht. Nun, Matthias ist der klügste Mann, den ich kenne. Vielleicht ist es an der Zeit, dass ich ihm glaube.

KAPITEL VIERZEHN

Maisy

Die Sonne steht tief am Himmel, als ich mein Videotelefonat mit Daisy beende. Sie sah etwas besser, aber noch blass
aus. Ich verspreche, sie jeden Tag anzurufen, bis ich nach Bad
Bear zurückkehre. Sie will mich offensichtlich eher früher
als später bei sich haben, stellt mir jedoch keine Fragen dazu.
Ich habe ihr erzählt, was Matthias mir gesagt hat, nämlich,
dass er mich überwachen muss, um Symptome rechtzeitig zu
bemerken, und sie hat das akzeptiert.

Ich erzählte Daisy nicht von der Hochzeit, weil ich nicht
möchte, dass sie sich zu sehr freut und denkt, dass es echt ist.
Wir werden die Ehe ohnehin bald auflösen. Sie ist nicht echt.
Ich will die Scham nicht ertragen müssen, dass Daisy die Ehe
für etwas hält, was sie nicht ist.

Ich führte auch ein Gespräch mit Paloma und Wren, die
mich auf den neuesten Stand brachten. Das Café hat eine
Handvoll Teilzeitkräfte sowie Ryan und Jenny, unsere zwei
Vollzeit-Angestellten. Sie können das Café am Laufen halten,
während Daisy und ich fort sind.

Nachdem ich den Anruf auf dem Balkon beendet habe,

gehe ich ins Schlafzimmer zurück und sehe einen cremefarbenen Zettel, der an ein Kissen geklebt ist. Es ist eine handgeschriebene Nachricht auf seidigem Kartonpapier und der herrische Ton in einer energischen, scharfen Handschrift macht deutlich, wer sie geschrieben hat.

Meine wunderschöne Frau,

Geh ins Schlafzimmer und ziehe das Outfit auf dem Bett an. Dann folge den Anweisungen der nächsten Nachricht

Sei mein braves Mädchen und ich werde dich belohnen.

—Dein Ehemann und Sir

Meine Pussy pocht, nachdem ich die Nachricht gelesen habe.

Während des gesamten Mittagessens brannte ich darauf, zu kommen, doch Matthias ließ mich kurz vor einem Orgasmus brodeln, während wir einige Ideen für eine Session besprachen und uns auf Safewords einigten (Rot für Stopp, Grün für Weitermachen, aber er wird auch innehalten und sich erkundigen, ob alles okay ist, wenn ich sage, dass er aufhören soll).

Ich konnte das Ganze während meines Telefonats größtenteils ignorieren und danach war Matthias beschäftigt und ich soll nicht ohne seine Erlaubnis kommen.

Ein braves Mädchen zu sein, steigert meine Erregung nur

noch. Ich mag es, Anweisungen zu folgen. Und ich mag es definitiv, belohnt zu werden.

Auf dem Bett liegt ein rotes Kleid neben einer zweiten handgeschriebenen Nachricht. Ich lasse den Bademantel zu Boden fallen und ziehe das Kleid an, nur um zu realisieren, dass es weniger Kleid und viel mehr ein sexy Babydoll-Nachthemd ist. Der seidige Stoff gleitet über meine Haut und gibt mir das Gefühl, ein Dessous-Model zu sein. Es gibt keinen BH oder Höschen, nur das Babydoll-Oberteil.

Kurz verspüre ich einen Anflug von Furcht. Wer bin ich, dass ich etwas so Verführerisches trage?

Dann erinnert mich der funkelnde Stein an meinem Ringfinger daran. *Ich bin Matthias' Frau.*

Dennoch bin ich nervös, als ich die Treppe nach unten tapse, um die Anweisungen der zweiten Nachricht zu befolgen.

Meine geliebte Braut,

Folge den Rosenblütenblättern zu einem geheimen Dungeon. Ich werde auf dich warten.

Dein Ehemann

Geheimer Dungeon? Das Ganze wird real!

Eine Spur aus weißen Blütenblättern beginnt am Fuß der Treppe und führt mich durch einen Flur.

Bei jedem Schritt wirbelt der Rock des Babydoll-Nachthemds um meine Schenkel und erinnert mich daran, dass ich ansonsten nackt bin. Bei meinen Neujahrsvorsätzen ging es darum, meine Komfortzone zu verlassen, und hier bin ich. Praktisch nackt und so feucht, dass ich meine Schenkel kurz zusammenpressen muss.

Am Ende des Flurs steht ein Bücherregal. Es gibt noch eine Nachricht, die mich anweist, ein Buch beiseite zu schieben – eine Sammlung an Liebesgedichten – und an dem goldenen Hebel dahinter zu ziehen. Ich tue das und das gesamte Bücherregal schwingt zur Seite, um eine Geheimtür zu enthüllen.

Gänsehaut überzieht meinen Körper. Ich folge der Spur Rosenblütenblätter – jetzt sind sie rosa – eine endlos lange Treppe hinab.

Eine letzte Nachricht wartet auf einem Sockel auf mich. Sie lehnt an einer Vase, in der sich eine einzige rote Rose befindet.

Süße Ehefrau,

NIMM diese Rose zwischen deine Zähne. Am Fuß der Treppe krabble zu mir, wenn du es wagen willst.

Dein Sir

ICH MUSS INNEHALTEN und mich auf meine Atmung konzentrieren, damit ich nicht hyperventiliere. Ich befinde mich in einem weitläufigen Raum, der von einem Kerzenleuchter und Kerzen erhellt wird, die in Armleuchtern flackern. Es gibt große Möbelstücke aus poliertem Holz, die besser zu einem mittelalterlichen Kerker passen würden als in ein modernes Zuhause.

Das hier ist das Spielzimmer. Das Kerzenlicht verleiht ihm eine außerweltliche Atmosphäre, was gut passt, da ich mich auch nicht wie ich selbst fühle. Ich fühle mich wie die Protagonistin einer Fantasiegeschichte, die durch ein Portal krabbelt und dahinter ein neues Leben findet.

Matthias ist auf der anderen Zimmerseite. Wir sind allein. Es sind nur wir beide hier. Und das macht es einfach, zu tun wie geheißen, weshalb ich auf Hände und Knie sinke. Ich krabble durch den Raum und folge der Spur aus roten Rosenblütenblättern. Der Teppich ist dick und flauschig, aber es ist trotzdem eine Herausforderung. Gedanken huschen durch meinen Kopf – das hier ist albern, ich sehe wahrscheinlich dumm aus, warum tue ich das? Doch dann stelle ich mir vor, dass Matthias sagt: *Brave Mädchen erhalten eine Belohnung.*

Ich weiß, warum ich das hier tue. Weil er es mir befohlen hat. Und ihm zu gehorchen, sorgt dafür, dass meine Pussy unfassbar feucht wird. Meine Innenschenkel sind klebrig und jegliche Scham, die ich empfand, wird von dem hämmernden Pochen in meiner Pussy verschluckt.

Dennoch ist es eine Erleichterung, als Matthias' nackte Füße in Sicht kommen und ich mich auf die Knie aufrichten kann. Ich halte den Kopf gesenkt und genieße das Gefühl der Unterwerfung. Mein Kopf wird still.

Ich bin die Seine, er will mich und alles ist in Ordnung.

Er nimmt mir die Rose aus dem Mund, lässt sie über mich gleiten und streichelt mich mit den Blütenblättern.

„Braves Mädchen", raunt er und streicht mit der Rose über meine Lippen. Ich könnte allein davon kommen. Er geht in die Hocke und zieht meinen Kopf an den Haaren zurück, damit er mich küssen kann.

„Du bist jetzt die Meine, Maisy." Er spricht die Worte, als wären sie bedeutsam, dann hebt er meine Haare und legt eine Halskette um meinen Hals. Die Diamanten funkeln und passen zu meinem Ring.

Oh mein Gott! Er gibt mir ein Halsband. Ich bin offiziell seine Sub. Ich habe davon gelesen. So heiß!

„Krabble zum Bett."

Er wartet, dass ich die Führung übernehme. Ich setze eine Hand vor die andere und spüre, wie die Luft über meine nackte Pussy streicht. Das Nachthemd ist zu meiner Taille hochgerutscht und ich zeige ihm beinahe alles. Anstatt mich zu schämen, wiege ich meine Hüften hin und her.

Ich werde mit einem Stöhnen belohnt. „Du krabbelst so wunderschön." Er streicht mit der Rose über meine Kehr-seite, woraufhin ich innehalten und meine Finger in den cremefarbenen Teppich bohren muss, damit ich nicht an Ort und Stelle komme.

Etwas klatscht gegen meine Oberschenkel. Der Rosen-stiel. Er hat mich mit dem Rosenstiel geschlagen.

„Ich habe nicht gesagt, dass du innehalten sollst."

Oh wow. Yummy. Ich wackle beim Krabbeln mit den Hüften und hoffe auf einen weiteren Hieb, doch er kommt nicht.

Irgendwie gelange ich zum Bett. Er hilft mir hoch und hält meine Hand, als sei ich eine Lady und keine Sub, die gerade für ihn über den Boden gekrabbelt ist. Ich schätze, ich bin beides.

„Du bist umwerfend", informiert er mich. Er ist es eben-falls. Er ist wieder oberkörperfrei und zeigt all seine Brust-muskeln. Eine schwarze Lederhose sitzt tief auf seinen Hüften.

Ich bin plötzlich wahnsinnig eifersüchtig auf jede Frau, mit der er jemals gespielt hat.

Er drückt mich mit dem Rücken aufs Bett und zieht den Saum des Babydollkleids hoch, um meine nackte Mitte zu enthüllen. „Mmmh." Er streicht mit dem Daumen leicht über meine Schamlippen und ich erschaudere.

Ich will mehr. So viel mehr.

Er zieht den Mittelfinger über die Spalte und teilt meine unteren Lippen. Ich bin feucht – so feucht – weshalb er mit der Bewegung Feuchtigkeit von meinem Eingang zu meinem Kitzler zieht. Er umkreist diesen schnell und dann tippt er ihn an.

„Zeig mir, wie du dich selbst verwöhnst, Maisy."

Mein Blick sucht seinen. „Ähm, ich bin mir nicht sicher. Ich tue es nicht oft."

Er zieht eine Braue hoch. Er ist im Master Matthias Modus und ich liebe es. „Wie bringst du dich zum Kommen?"

Ich denke an all die Male, bei denen ich mich zum Kommen gebracht habe. Jedes Mal stellte ich mir einen Moment wie diesen mit ihm vor. „Ich, ähm, reite ein Kissen."

„Dreh dich um", befiehlt er.

Ich gehorche und er schlägt mir umgehend auf den Po.

„Oh!" Ich zucke zusammen.

„Was sagst du, wenn ich dir einen Befehl gebe?" Er schlägt auf die andere Pobacke.

„Danke, Sir!", rufe ich und versuche, es richtig zu machen. „Ich meine, ja, Sir."

„Braves Mädchen. Heb deine Hüften hoch." Das tue ich und er schiebt ein Kissen unter sie und zwischen meine Beine.

Er verpasst meinem Hintern mehrere Hiebe, die allerdings leichter ausfallen als zuvor. „Das ist ein Braves-Mädchen-Spanking", erklärt er. „Um deine erogenen Zonen zu stimulieren und dir zu helfen, loszulassen."

Ich unterwerfe mich und bin erleichtert, dass ich ihn nicht enttäuscht habe. Die Schläge brennen und sind warm, aber nicht schmerzhaft. Er hat recht, sie stimulieren meine Pussy und meinen Anus.

„Das ist es, Schönheit", schnurrt er und unterbricht das Spanking, um meinen Hintern zu kneten und zu massieren. „Du bist ein braves Mädchen, nicht wahr?"

„Ja, Sir."

Seine Finger tauchen zwischen meine Beine. Es erscheint mir unmöglich, aber ich bin jetzt noch feuchter und er zieht meine Feuchtigkeit zu meinem Kitzler und umkreist die geschwollene Perle. „Worüber denkst du nach, wenn du dich zum Kommen bringst?", fragt er.

Ich stöhne. Ich habe die Fähigkeit verloren, zu sprechen. Es fühlt sich zu gut an.

Doch Matthias schlägt mir dieses Mal scharf auf den Po.

„Sorry, Sir! Ich, ähm …" Werde ich das wirklich zugeben? Scheiß darauf, warum nicht? „Ich denke an dich."

* * *

MATTHIAS

Ich erstarre, als mein Bär brüllend an die Oberfläche schießt. Die Wirkung der Mondkur verfliegt schnell. Ich sollte nicht so früh mehr davon brauchen, allerdings rechnete ich auch nicht damit, dass sie mir all ihre Geheimnisse anvertrauen würde.

Meine Fangzähne sind so spitz, dass sie wehtun. Ich bin bereit, sie hier und jetzt brutal zu beanspruchen. Meine Zähne in ihrem Fleisch zu versenken und für immer als die Meine zu beanspruchen.

Sie denkt an mich.

Aus biologischer Sicht ergibt das Sinn. Mein Bär erkannte sie an ihrem Geruch als meine vom Schicksal vorherbestimmte Gefährtin. Sie ist keine Gestaltwandlerin, aber auf irgendeiner Ebene hat ihr Körper seinen Master anscheinend erkannt. Ich vermute schon lange, dass ich sie so wuschig machte und aus der Bahn warf, als sie noch eine

156

Teenagerin war, weil ein Teil von ihr wusste, dass wir zusammengehören.

Sobald ich meinen Bären wieder im Griff habe, krabble ich über meine reizende Gefährtin und verteile eine Spur aus Küssen entlang ihrer Schulter, während meine Finger unter ihre Hüften greifen. Ich umfasse sie zwischen den Beinen und obwohl sie Jungfrau ist, heißt ihr Körper meinen Mittelfinger willkommen.

„Du denkst an mich, Schönheit?" Meine Stimme ist ein dunkles Grollen direkt neben ihrem Ohr.

Ich will sie so dringend ficken, dass es wehtut. Doch ich kann nicht. Nicht, bis sie bereit ist. Nicht, bis ich mir vollkommen sicher bin, dass ich es nicht vermasseln, die Beherrschung verlieren und sie verletzen werde.

„Ja", haucht sie. „Das habe ich immer getan."

Oh, fuck. Meine langen Fangzähne streifen ihre Schulter. Obwohl ich ihren Zimt- und Karamellduft einatmen möchte, ziehe ich den Kopf weg, um die Versuchung zu meiden, sie aus Versehen, aber vorsätzlich zu markieren. Ich schaukle mit den Hüften gegen ihren Hintern und positioniere die Wölbung meines Schwanzes zwischen ihren Beinen, während mein Handballen auf ihren Kitzler drückt. Mit dem Zeigefinger gleite ich in sie rein und raus, dehne ihren Eingang und trainiere sie, meinen Schwanz aufzunehmen.

„Tue ich das in deinen Fantasien?" Ich knabbere an ihrem Ohr und ziehe daran.

Ihre Schenkel beginnen, unter meinen zu zittern. Sie ist fast bereit, zu kommen.

„Ähm…"

„Erinnerst du dich an die Regel, die ich dir gab, Schönheit?"

„Hmm?" Sie wackelt mit den Hüften. Ihre Innenschenkel schließen sich um mein Handgelenk.

Ich spreche mit strenger Stimme. „Du darfst nicht ohne meine Erlaubnis kommen."

„Oh." Sie hört auf, sich an mir zu reiben, ihre Innenschenkel beben allerdings immer noch, als würde sie vergeblich versuchen, sich zu entspannen.

Ich beschließe, sie weiterhin am Rande eines Orgasmus zu halten, und ändere die Position, bevor sie kommt.

Zeit für ein wenig Schmerz.

Ich stemme mich von ihr und ziehe das Kissen unter ihren Hüften hervor. „Dreh dich um, Süße. Ich werde dir helfen, dich daran zu erinnern, dich zu benehmen."

Maisy dreht sich um. Ihre Wangen sind gerötet, ihre blonden Haare fallen über ihr Gesicht. Ihre Augen sind glasig und geweitet. Mein Weibchen befindet sich in den Fängen der Lust.

Ich nehme ihre Knöchel und hebe ihre Hüften in die Luft, wodurch ihr Hintern entblößt wird. Ich schlage sie nicht hart. Es ist eher ein leichtes Kitzeln, um all ihre Nervenenden zu aktivieren.

Sie keucht, zappelt und stößt leise Schreie und ein Wimmern aus, wegen denen ich beinahe in meiner Hose komme. Trotz meiner Freude darüber, sie zu beherrschen, verspüre ich nicht den Drang, ihr echte Schmerzen zuzufügen. Ich bin nur an ihrer Lust interessiert.

Bei all den Malen, als ich für Männchen und Weibchen den Dom spielte, hatte ich kein einziges Mal Sex mit meinen Subs. Ich erlaubte ihnen nie, mich beim Kommen zu sehen. Ab dem Moment, in dem ich realisierte, das Maisy die Meine war, hob ich meine Orgasmen für sie auf.

Anscheinend hat Maisy das Gleiche getan. All diese Zeit war ich der Einzige für sie. Vielleicht ist sie gar keine Spätzünderin oder so unschuldig, wie ich dachte. Vielleicht hat sie all die Zeit bloß auf ihren einen wahren Master gewartet.

Mich.

Als ihr Hintern eine perfekte rosa Färbung hat, höre ich auf und massiere sie. Meine Hand gleitet in einem Kreis über ihre prallen Pobacken.

Ich spreize ihre Beine. „Beug deine Knie, Schönheit.“

Sie gehorcht und ich drücke ihre Knie zu ihren Schultern, hebe sie hoch und spreize sie für mich.

„Ich muss von meiner Frau kosten.“

Ich senke den Kopf zwischen ihre Beine und lecke in sie. Ihr Beckenboden zieht sich zusammen und ihre Schenkel schließen sich bei der Empfindung ruckartig. Ich halte sie geöffnet, nehme mir Zeit und fahre ihre Schamlippen mit der Zunge nach.

Sie wimmert und zittert.

Ich schnipse gegen ihren Kitzler und ihre Hüften zucken nach oben. Als ich meine Lippen auf ihre kleine Perle drücke, um an dieser zu saugen, kreischt sie und hebt ihre Hände zu meinem Kopf.

„Matthias … Sir … oh mein Gott.“

„So ist's richtig, Schönheit.“ Ich hebe den Mund bloß, um sie knurrend zu loben, weil sie ihre Lust hinnimmt, bevor ich mich wieder an die Arbeit mache und an ihren Schamlippen sauge.

Als sich ihr Beckenboden erneut zusammenzieht, sage ich: „Du willst etwas in dir haben, nicht wahr, Süße?“

„Äh hm … ja, Sir“, stöhnt sie.

Ich lecke meinen Zeigefinger ab und dringe damit in sie. Ihr Kanal ist eng und meine Finger sind dick, doch sie nimmt ihn auf. Ich tauche bis zum letzten Fingerknöchel in sie. „Braves Mädchen. Du nimmst ihn so tief auf, Maisy. Bereit für zwei?“

„Ja, Sir.“ Sie beherrscht das Stöhnen des lüsternen Luders perfekt.

Mein Schwanz pocht schmerzhaft und drängt sich gegen den Reißverschluss der Lederhose, die ich im Schrank von

Lucius' Spielzimmer gefunden habe.

Fuck.

Ich weiß nicht, wie lange ich noch mit meiner süßen Ehefrau spielen kann, bevor ich die Kontrolle über den Bären verliere.

Ich führe zwei Finger in sie ein und krümme sie nach oben, um ihre innere Wand zu streicheln. Ich finde ihren G-Punkt – die Stelle, wo sich das Gewebe anspannt und unter meinen Fingern kräuselt – und massiere ihn.

Sie dreht durch, stöhnt und zappelt mit den Beinen, während ihr Becken nach oben ruckt.

„Musst du kommen, Maisy-Girl?"

„Ja! Ja, bitte! Ja, Sir!", schreit sie.

Ich pumpe meine Finger und stelle sicher, dass ich ihren G-Punkt jedes Mal mit den Fingerspitzen treffe. Sie verspritzt ihre wundervolle Erregung und schluchzt: „Bitte … bitte. Ich brauche es!"

„Komm für mich, Schönheit." Ich bewege meine Finger unablässig. „Halte die Luft an, während ich bis drei zähle", befehle ich, denn die Luft anzuhalten kann den Beginn eines Orgasmus beschleunigen. „Eins … zwei … drei." Ich drücke meine Finger in sie, verharre dort und streichle ihren G-Punkt.

Maisy schreit, ihre Pussy verkrampft sich um meine Finger herum und ihre Beine zittern. Sie ist umwerfend. Prachtvoll.

Mein.

Mein!

Fuck, das ist mein Bär, der an die Oberfläche kommt. Ich atme scharf ein und wieder aus.

Noch nicht, befehle ich ihm.

Noch. Nicht.

Obwohl sie eindeutig Sexunterricht von ihrem frisch angetrauten Ehemann erhalten möchte, ist sie noch jung und verletzlich. Sie ist von ihrem Kindheitstrauma beschädigt aus der Zeit, bevor Daisy das Sorgerecht erhielt.

Wenn ich sie jetzt beanspruche, würde ich eine junge Frau ausnutzen, die in ihrem Leben nicht genug Aufmerksamkeit erhalten hat und leicht zu manipulieren ist.

Ich sollte es nicht tun. Es ist nicht richtig. Eines Tages, vielleicht nicht morgen, aber vielleicht in zehn Jahren, könnte sie aufwachen und realisieren, dass sie reingelegt wurde und nun mit einem dominanten Männchen verpaart ist, das viel mehr ist, als sie verkraften kann.

Maisy fällt wieder aufs Bett, erschöpft von ihrem Orgasmus, woraufhin ich meine Finger rausziehe und ablecke.

„Ich bin gleich wieder zurück, Schönheit."

„Okay", murmelt sie verschlafen.

Mein Bär knurrt wütend darüber, dass ich sie verlasse.

Halte. Dich. Zurück.

Ich muss zu meinem Arztkoffer und mir noch eine Dosis Mondkur verabreichen.

Fuck. Ich dachte, ich käme damit zurecht, meine Gefährtin anzufassen, doch es wird allmählich unmöglich.

KAPITEL FÜNFZEHN

Matthias

Ich lasse Maisy schlafend zurück, um mir eine weitere Dosis Mondkur zu spritzen. Es ist mitten in der Nacht, aber ich traue meinem Bären nicht, wenn meine süße Frau neben mir schläft.

Während ich auf den Beinen bin, überprüfe ich mein Handy. Lucius hat nach Sonnenuntergang angerufen, was die Zeit ist, zu der er aufsteht.

Ich rufe ihn sofort zurück, was eine Höflichkeit ist, die der uralte Vampir verdient. Nachdem ich ihn auf den neuesten Stand gebracht habe, bietet er seine Hilfe an. Ich versichere ihm, dass ich auf sein Angebot zurückkommen werde, wenn ich mehr darüber weiß, wie wir mit Allen und Lucky Lou verfahren werden.

„Und wie findest du die Villa am See?" Lucius lenkt das Gespräch auf ein schöneres Thema. Sein Akzent ist schwächer geworden, doch er klingt immer noch altertümlich. Weil er das ist.

„Es ist fabelhaft. Und danke, dass du mir von dem Spielzimmer erzählt hast. Wir haben es gründlich genutzt."

„Kein Grund, mir zu danken." Er klingt zufrieden. Er liebt es, ein guter Gastgeber zu sein. „Ich bin froh, dass du Spaß hast. Ich bin mir sicher, deine neue Frau hat es ebenfalls genossen."

„Dafür habe ich gesorgt. Sie schläft momentan, andernfalls würde ich sie dir vorstellen."

„Hast du sie bereits erschöpft?" Lucius leitet den besten Dungeon an der Westküste – Club Toxic. Ich habe allerdings noch nicht dort gespielt. Ich habe kein Weibchen mehr angerührt seit dem Tag, an dem ich realisierte, dass Maisy die Meine ist.

Ich spähe ins Schlafzimmer, in dem Maisy noch immer schläft. „Kein Kommentar."

Er gluckst. „Ich bin mir sicher, du trainierst sie so, wie du es möchtest."

Schuldgefühle packen mich. Ich schaue noch einmal zu Maisy. Ihre Augenlider flattern, was ein Zeichen für REM-Schlaf ist. Ihre Lippen sind von meinen Küssen geschwollen und unter der Decke ist auch ihre Vulva geschwollen.

Ich habe sie vermutlich zu sehr an ihre Grenzen gebracht. Sie wollte es, ist jedoch so unerfahren. Ich hätte langsamer vorgehen sollen.

Sie liebte es. Sie kam heftig. Aber … ich kann das Gefühl nicht abschütteln, dass ein normaler Freund sanfter mit seiner neuen Partnerin umgegangen wäre, die noch Jungfrau ist.

Mein Bär knurrt bei dem Gedanken, dass ein anderer sie berührt. Er tigert im Hintergrund herum und wartet darauf, dass mir die Kontrolle entgleitet, damit er sich auf meine Frau stürzen und sie markieren kann. Meine Fangzähne pochen wegen des Bedürfnisses, in Maisys süßer Haut zu versinken.

Beim Schicksal, ich habe gerade erst eine Dosis Mondkur genommen. Brauche ich eine Doppeldosis?

Lucius spricht noch, weshalb ich mich wieder auf ihn konzentriere.

„…nehme an, sie ist deine Gefährtin?"

„Das ist sie, ja."

„Was für ein Glück wir doch haben, dass uns das Schicksal die perfekte Partnerin zur Verfügung stellt. Und du hast sie so früh in deinem Leben gefunden."

Ich versteife mich und denke, dass er davon spricht, dass ich vor sieben Jahren herausfand, dass Maisy meine Gefährtin ist.

Dann fällt mir ein, dass er es nicht weiß. Niemand weiß es. Und es ist ein Geheimnis, das ich zu wahren beabsichtige, sogar vor meiner Frau.

Lucius seufzt, als würde er sich an das Jahrtausend erinnern, das er auf seine Gefährtin warten musste. Ich weiß nicht, wie alt er tatsächlich ist, bin jedoch dankbar, dass ich Maisy in meinen Zwanzigern gefunden habe. Selbst wenn ich die Mondkur erfinden musste, um nicht wild zu werden. Sieben Jahre sind nichts im Vergleich zu eintausend, aber sie wäre das Warten wert.

„Es gibt etwas, worüber ich mit dir sprechen muss. Ich werde mehr Hämoglobin von dir brauchen. Mindestens einige Liter." Ich hasse es, um so viel zu bitten, aber ich muss die Mondkur herstellen.

„Für deine Patienten?" Lucius weiß, dass ich Menschen und Gestaltwandler mit Präparaten behandelt habe, die aus seinem Blut hergestellt wurden. Er weiß nicht, dass es sich dabei um Daisy und meine eigene Mutter gehandelt hat.

„Für mich." Ich kämpfe gegen meine Gefühle der Verzweiflung an und erkläre ihm die Mondkur.

Lucius schweigt danach einige Zeit und verdaut diese Information. Ich kämpfe gegen den Drang an, etwas zu sagen und anzunehmen, dass er wütend oder angeekelt ist, weil ich sein Blut für meine eigene Medizin benutze.

„Diese Paarungskur … funktioniert sie?"

„Bisher hat sie funktioniert." Ich bohre meine Nägel in die Handfläche und bemerke, dass mir Krallen gewachsen sind. Ich muss mich konzentrieren, damit sie wieder einfahren.

Mein Bär ist so nah an der Oberfläche.

„Das ist außergewöhnlich." Lucius klingt nicht ehrfürchtig, allerdings ist sein Ton immer ziemlich trocken. „Ein medizinischer Durchbruch."

„Ja." Ich bin erleichtert, dass er so denkt. „All das wurde durch dein Blut ermöglicht."

„Du sollst bekommen, was du brauchst", verkündet er, als wäre es ein königlicher Erlass. „Ich werde einige Monde brauchen, um diese Menge an Blut zu sammeln."

Ich zucke zusammen. Ich habe nur noch wenige Dosen Mondkur und es wird einige Tage dauern, bis ich mehr brauen kann. „Ich brauche es sobald wie möglich."

„Ich werde mein Bestes geben. Es steht mir nicht zu, doch darf ich fragen … ist es klug, wenn ein Gestaltwandler die Paarung aufschiebt?"

Ich schließe die Augen und reibe mir über die Stirn. Als ich die Augen öffne, leuchten sie mir aus dem Badezimmerspiegel blau entgegen.

„Du musst mir vergeben, dass ich diese Frage stelle, Matthias. Selene und ich betrachten dich als Freund und als solcher liegst du mir am Herzen. Uns. Deswegen frage ich, ob diese Mondkur sicher ist."

„Nein." Meine Stimme ist Bären-rau. „Aber ich brauche sie."

„Warum?"

„Meine neue Gefährtin ist ein Mensch. Zerbrechlich."

„Ah ja, ich verstehe. Du hast Angst, ihr wehzutun. Zu weit zu gehen."

Es scheint so simpel zu sein, wenn er es auf diese Weise zusammenfasst. Es ist so viel mehr. Ein Leben ohne Maisy.

Zu wissen, dass ich ihr wehgetan habe … und dass ich es verdiene, allein zu sein.

Ich balle meine Faust, die zittert, wie ich jetzt erst bemerke. „Denkst du …“

Doch bevor ich ihn um Rat bitten kann, wie man mit einer zerbrechlichen, menschlichen Sub umgeht, stößt Maisy einen leisen, gequälten Laut aus. Ich beende schnell das Telefonat.

Als ich an ihre Seite renne, zappelt sie in den Laken.

„Schhh, Schönheit, es ist okay.“ Ich schlage die Decke zurück, um sie zu befreien. Sie wacht schlagartig und mit weit aufgerissenen Augen auf. Ihr Herz rast.

Als sie mich sieht, schrickt sie zurück.

„Maisy, ich bin es. Matthias.“

„Matthias“, wispert sie und klingt gebrochen.

Ich setze mich dicht zu ihr und greife nach ihr. „Darf ich dich halten?“

Sie nickt und ich ziehe sie in meine Arme. „Ein Albtraum?“

„Ich war wieder in dem Casino-Hotel. Die Tür öffnete sich, aber es war mein Dad. Du kamst nicht … es war zu spät.“ Sie erschaudert und seufzt.

Ich halte sie einfach nur fest und lasse sie in die Gegenwart zurückkehren. „Ich bin jetzt hier, Schönheit. Niemand wird dich jemals wieder verletzen.“

Ich spüre, wie sie unter meinem Kinn mit dem Kopf nickt.

„Bist du bereit, wieder zu schlafen?“

„Ich glaube schon. Was ist das Gegenteil von Frühlingserwachen?“

„Was?“

„Spät rechts einschlafen.“

Ich lache leise. „Das ist mein Mädchen. Komm her.“ Ich lege sie aufs Bett und warte, bis sie sich bequem auf die Seite und mir zugewandt hingelegt hat. Auf dem Nachttisch liegt ein Seil, weshalb ich ihr Handgelenk nehme und einen schlichten *Single Column Tie* knote. Ich fixiere das Seil so locker, dass sie es die ganze Nacht lang tragen kann, und mache im Licht der Taschenlampe meines Handys die Nagelbettprobe.

Dann mache ich eine Schlaufe und schiebe diese über meine Hand. „So. Jetzt kannst du nicht entkommen. Und falls jemand versucht, dich mir wegzunehmen, werde ich es wissen." Ich werde aufwachen, lange bevor ein Eindringling das Schlafzimmer findet, aber ich merke, dass sie das Seil beruhigt, denn sie entspannt sich.

„Danke, Daddy", flüstert sie und schläft ein.

Mein Schwanz wird steinhart.

Nein. Nein, das hat sie nicht gesagt.

Ich habe nie auf Daddy-Dom-Spiele gestanden. Bevor ich wusste, dass Maisy meine Gefährtin ist, war ich eher ein Sadist. Dass sie mich Daddy nennt, erregt mich jedoch.

Gah. Wie auch immer, ob Sadist oder Daddy-Dom, ich bin ein Perverser. Ich sollte meine versauten Kinks nicht meiner süßen, unschuldigen Gefährtin aufdrängen. Dass sie mich Daddy nennt, kann ich nicht als ihr Okay auffassen, sie zu beanspruchen und all die versauten Dinge mit ihr zu tun, die mir einfallen.

Nein, ich muss mich noch zurückhalten. Ich muss weiterhin die Mondkur nehmen.

Ich muss die Kontrolle bewahren.

KAPITEL SECHZEHN

Matthias

Am nächsten Morgen wache ich mit Maisy in meinen Armen auf. Mein Mund ist an die Kurve ihres Halses gepresst.

Nur die Diamanthalskette bewahrte sie davor, von mir markiert zu werden. Die Kette, die ich ihr wie ein Halsband umlegte in der Hoffnung, dass es meinen Bären als Ersatz-Beanspruchung zufriedenstellen würde.

Ich löse mich von ihr, bevor ich das Undenkbare tue.

Ich brauche mehr Mondkur, *jetzt*.

Meine harsche Bewegung schüttelt Maisy durch. Sie wacht auf und sieht benommen aus. Sie trägt nichts als die Diamantkette und alles in mir sehnt sich danach, ins Bett zurückzukehren und ihren weichen Körper in meine Arme zu nehmen.

„Matthias?" Sie blinzelt, klingt allerdings nicht verängstigt, wie sie es tat, als sie mitten in der Nacht aufwachte.

„Ich bin hier, Schönheit. Schlaf weiter." Ich balle meine Hände zu Fäusten und meine Arme zittern vor Verlangen, zu ihr zu gehen. Stattdessen gehe ich zum Bad, um mir noch eine Dosis Mondkur zu spritzen.

Eine doppelte Dosis.

Dieses Mal brennt das Serum in meinen Adern. Es fühlt sich an, als würde sich Eis in meinem Körper ausbreiten. Scharfe Schmerzen schießen durch meine Aorta. Ich packe mein Herz und zwinge es Kraft meiner Gedanken, weiterzuschlagen. *Mögliche Nebenwirkung: Arrhythmie.* Ich muss mir das notieren.

Maisy ist noch wach, als ich ins Schlafzimmer zurückkehre.

„Wie fühlst du dich, Liebes?" Ich schlüpfe neben ihr ins Bett und lege einen Arm um ihre Taille.

Sie streckt sich. „Ich fühle mich großartig, Doktor. Möchtest du mich untersuchen?"

Dem Schicksal sei Dank, dass ich gerade erst eine Dosis Mondkur genommen habe, sonst würde ich sie jetzt nach unten drücken und mit meinem Schwanz und meinen Zähnen beanspruchen.

„Oh, ich werde an meiner kleinen Ehefrau eine Menge Untersuchungen durchführen", necke ich sie und streichle leicht über ihren Bauch, um ihren Busen zu umfangen. Ihr Buttertoffee- und Zimtduft ist eine Sucht, von der ich nicht geheilt werden möchte.

Sie dreht sich zu mir um. „Weshalb wolltest du Arzt werden?"

Ich streiche ihr die Haare aus dem Gesicht. „Meine Eltern starben bei einem Autounfall, als ich jung war. Winnie ist meine Adoptivmutter … das wusstest du vermutlich."

Sie nickt, die großen blauen Augen auf mein Gesicht geheftet.

„Ich fühlte mich so machtlos. Du hast bestimmt etwas Ähnliches erlebt, als deine Mom starb."

Mitgefühl füllt ihren Blick und sie nickt erneut. „Ich sah

zu, wie es passierte“, krächzt sie. „Ich rief 911, aber es war zu spät.“

„Fuck.“ Ich ziehe ihren Körper an meinen. „Das ist so schrecklich. Du weißt, dass es nicht deine Schuld ist, oder?“

Sie nickt. „Daisy hat mich sofort zur Therapie geschickt, was geholfen hat.“ Sie legt ihre Hand auf meine Brust. „Also was ist mit dir passiert?“

Ich räuspere mich. „Gestaltwandler verfügen über umfassende Heilkräfte. Es ist schwer, uns zu töten. Doch der Tod meiner Eltern hat mir die Furcht eingejagt, noch jemanden zu verlieren, den ich liebe. Winnie … oder meine Brüder. Also dachte ich, dass, Medizin zu studieren und zu verstehen, mir erlauben würde, jegliche derartige Situation zu kontrollieren, falls es jemals wieder dazu kommen sollte.“

Maisys Lippen zucken. „Du hast eine kontrollierende Seite, oder?“

Ich wackle mit den Augenbrauen. „Darauf kannst du einen lassen.“

„Ich lernte Flachwitze auswendig und du wurdest Arzt.“

„Deine Bewältigungsstrategie war viel weniger kostspielig und zeitaufwendig“, informiere ich sie trocken.

„Aber du liebst deinen Job.“

Ich lächle. „Das tue ich.“ Ich zucke mit den Achseln. „Ich helfe gerne Leuten.“ Ich wackle erneut mit den Augenbrauen. „Und ich habe gerne das Sagen.“

Maisys Lächeln ist anzüglich. Sie reagiert auf meine Dominanz, als wäre sie dafür gemacht worden.

Doch ich hoffe beim Schicksal, dass ich ihr nicht zu viel von meinem Kink und meinen Sehnsüchten aufgedrängt habe. Sie ist empfänglich dafür, doch woher kann sie wissen, was sie will, wenn ich ihr Erster bin? Ich traue mir und meinen Sehnsüchten selbst nicht vollständig und ich habe viel mehr Erfahrung als sie.

Ich küsse sie auf die Stirn. „Jetzt bleibst du hier und ich

bringe dir Frühstück ans Bett. Ich muss meine Frau füttern, damit sie die Energie hat, mit meinen Forderungen mitzuhalten."

Maisys Nippel werden hart und der Geruch ihrer Erregung bringt mich zum Knurren, doch ich zwinge mich, sie im Bett zurückzulassen.

Ich mache gerade Kaffee in der Küche, als ich höre, dass ein Motorrad vor das Haus fährt. Ich wusste, dass einer meiner Brüder heute nach uns sehen würde, mir war allerdings nicht bewusst, dass es Axel sein würde. Bei seinem Geruch mahle ich mit dem Kiefer. Ich habe ihm noch immer nicht vergeben, dass er sich mit Maisy angefreundet hat.

Ich komme ihm im Wohnbereich in der Nähe der Tür entgegen. Er hebt das Gesicht und schnuppert. Ich muss nicht erklären, was wir getan haben. Er kann es riechen. Der süße Geruch von Maisys Erregung parfümiert die Villa.

Ich warte darauf, dass er das kommentiert, doch er fragt bloß: „Wie läuft's?"

„Gut. Maisy ruht sich aus. Wie ist Vegas?"

„Wir halten uns versteckt. Die Drillinge sind enttäuscht, dass sie noch nicht in die Casinos dürfen. Sie wollten, dass wir ihnen falsche Ausweise geben, damit sie an die Glücksspielautomaten können, doch Darius hat sie aufgehalten."

„Das ist vermutlich zum Besten."

„Canyon nahm ihm das Versprechen ab, sie für ihren Geburtstag wieder hierherzubringen. Hutch und Bern üben bereits das Karten-Zählen."

Ich schüttle den Kopf bei dem Gedanken, dass die Drillinge an ihrem einundzwanzigsten Geburtstag nach Vegas gehen.

„Wir überwachen Lucky Lou und seine Männer noch. Bist du bereit, gegen sie vorzugehen?"

„Noch nicht. Aber bald. Lasst uns zuerst Allen finden und dann kümmern wir uns um sie." Lucky Lou und seine Handlanger haben nicht mehr lange zu leben. Sie haben Maisy angefasst. Sie müssen bezahlen.

„Verstanden." Er zögert, als würde mir nicht gefallen, was er als Nächstes sagen muss. „Ich würde gerne mit ihr reden, bevor ich gehe."

„Sie macht ein Nickerchen."

„Ich werde warten." Er lehnt sich an die Sofalehne und verschränkt die Arme vor der Brust.

„Du missverstehst." Ich starre ihn nieder. Ich bin größer als er und mir nicht zu schade, meine Höhe einzusetzen, um ihn einzuschüchtern. Mein Bär will durch den Raum rasen und ihm den Kopf abreißen und ich will ihn rauswerfen, bloß weil er Maisys Geruch einatmet, weshalb es ein netter Kompromiss ist, meine Dominanz deutlich zu machen. Nur wegen der Mondkur verliere ich nicht die Kontrolle. „Ich will nicht, dass du meine Frau belästigst."

„Deine Frau", wiederholt er, als würde er sich fragen, ob ich das ernst meine. Seine Stirn legt sich in Falten, während er mir hart in die Augen starrt. Ich bin dominanter, weshalb er nach einem Moment den Blick senkt.

Doch er macht keinen Rückzieher. „Ich würde gerne mit Maisy sprechen und mich vergewissern, dass es ihr gut geht. Dass das hier …", er lässt den Finger kreisen, als würde er auf den Geruch von Sex hinweisen, der in der Luft hängt, „… okay ist. Denn sie hat sich zu nichts davon verpflichtet." Jetzt leuchten seine Augen hellgrün. Sein Bär ist draußen.

„Das weiß ich."

„Aber du fickst sie, als sei es echt. Weiß sie, was das hier ist? Weiß sie, dass sie deine Gefährtin ist?"

Meine Schuldgefühle reißen mit brutalen Fangzähnen an mir. „Das geht dich nichts an."

„Es *geht* mich etwas an. Ich will wissen, ob du dich dieser Beziehung und ihr verpflichten wirst oder ob du vergessen wirst, dass das alles passiert ist, sobald du wieder zu Hause bist."

„Was interessiert es dich?" Meine Augen sind hellblau. Er kann sehen, dass mein Bär außer Kontrolle ist. Ich bin wild.

Doch er steht seinen Mann. „Maisy ist meine Freundin. Wenn du sie verlässt, werde ich derjenige sein, der wieder alles in Ordnung bringen muss."

„Ist es das, worauf du wartest?" Ich nähere mich ihm. „Dass ich gehe, damit du zu ihr rennen und ihren Helden spielen kannst?"

Ich lasse ihn nicht antworten. Ich durchquere den Raum und schubse ihn zurück. „Welche Absichten hast du in Bezug auf meine Frau?", knurre ich. „Du bist mit ihr auf den Prom gegangen. All die Jahre hast du sie abgeholt und bist mit ihr durch die Gegend gefahren. Du hast ihr kleine Pausen vom Alltag gegönnt, wenn sie diese am meisten brauchte. Wie lange hast du sie beobachtet? Sie gewollt? Bist du scharf auf sie?"

„Nein." Er bleckt die Zähne. Wenn ich keine doppelte Dosis Mondkur genommen hätte, würde ich das als Drohung auffassen und ihm den Kopf abreißen.

Ich umkreise ihn und er dreht sich zu mir um, wobei seine Augen wegen seines Bären hell schimmern. „Warum bist du ihr dann nahegekommen? Wolltest du sie?"

„Nein!" Doch er presst die Lippen zusammen. Er hält etwas zurück und ich werde es aus ihm herauskriegen.

„Ich glaube dir nicht. Du hast mir gesagt, dass sie perfekt ist. Dass die Person, die mit ihr zusammenkommt, Glück hat."

„Das stimmt."

„Warum willst du sie dann nicht?"

„Weil ihre beste Freundin meine Gefährtin ist", knurrt er.

Ich starre ihn an, wobei sich meine Brust schwer hebt und senkt. Wir atmen beide schwer. „Wer?"

„Missy", blafft er, als wolle er es mir nicht verraten.

Mein Gedächtnis zeigt mir ein Bild von einer hochgewachsenen Blondine an Maisys Seite beim Winterfest. „Die Blondine."

„Ja." Axel stößt Luft aus. „Ich will Maisy nicht, weil Missy meine Gefährtin ist."

Meine Aggressivität verfliegt so schnell, dass ich beinahe taumle. Erleichterung durchflutet mich – ich muss Axel nicht umbringen, weil er auf meine Gefährtin scharf ist.

Und dann zerreißen mich Schuldgefühle. Was für eine Person bin ich, dass ich beinahe meinen eigenen Bruder verletzt hätte?

Ich brauche einen Augenblick, um zu Atem zu kommen. „Wie lange weißt du es schon?"

„Seit dem Prom."

„Also kämpfst du auch dagegen an."

Er sagt nichts. Sein Gesicht ist ein Bild puren Elends. Ich habe das auch erlebt. Allein über seine Gefährtin zu sprechen, muss die reine Qual sein.

„Mehr musst du nicht sagen."

„Maisys und meine Freundschaft ist echt", fügt er hinzu und versteift sich. Oben ist Maisy in Bewegung. Ich schüttle das Adrenalin ab und lockere meine Haltung.

„Jungs?" Maisy kommt gähnend die Treppe herab. Ihre Haare sind vom Schlaf zerzaust. Ich strecke einen Arm aus und zu meiner Freude kommt sie sofort zu mir und drückt sich an meine Seite.

„Hey, Axel", begrüßt sie ihn. „Worüber habt ihr beiden geredet?"

„Wir planen nur die Rückreise nach Bad Bear", lüge ich.

„Oh." Ihre Schultern fallen herab. „Alles Gute hat ein Ende."

* * *

MAISY

Ich versuche, Axel dazu zu bringen, zum Frühstück zu bleiben, doch er lehnt ab und sagt, dass er nach Vegas zurückmuss. „Maisy, wirst du mich rausbringen?", fragt er und ich spüre, dass Matthias sich versteift. Etwas ist zwischen den beiden vorgefallen.

Bevor ich fragen kann, was los ist, lässt Matthias mich los. „Geh nur", drängt er, obwohl ich hätte schwören können, dass er vor einer Sekunde noch nicht wollte, dass ich gehe. „Ich werde Omeletts machen."

„Lecker, danke."

Ich bringe Axel zur Tür. Er will mich nicht nach draußen gehen lassen, weil ich barfuß bin, obwohl mir in dem blauen Jogginganzug warm ist und der sonnige, fünfzehn Grad warme Vegas-Januar so viel wärmer ist als New Mexico.

„Geht's dir gut?", erkundigt Axel sich und mustert mich eindringlich. Ich bemerkte, dass er meine Diamanthalskette anstarrte, als ich in Matthias' Armen stand. Als wüsste er, dass es mehr als eine Halskette ist.

„Ja", antworte ich. „Mir geht's besser als gut." Ich widerstehe dem Drang, mich zu winden. Ich habe das Gefühl, als könne er die Male sehen, die sich unter meinem Jogginganzug befinden.

„Gut. Falls sich das ändert, gib mir Bescheid." Er lässt mich stirnrunzelnd zurück.

Denkt er, dass er mich vor Matthias beschützen muss? Matthias scheint das ebenfalls zu denken. Das weckt die Entschlossenheit in mir, zu beweisen, dass ich mit ihm klarkomme.

„Hey Hubby." Ich kehre in die Küche zurück und gebe Matthias einen Kuss. „Also reisen wir ab?"

„Morgen, auch wenn ich wirklich gerne mit dir hierbleiben würde …" Er sieht nicht glücklich darüber aus, dass wir nach Hause gehen müssen, und dadurch fühle ich mich besser.

Ein Anflug von Furcht trifft mich. Es wird gut sein, nach Bad Bear zurückzugehen, doch was wird mit Matthias und mir passieren? Werden wir noch ein Paar sein? Ich meine, wir sind rechtlich verheiratet, und er hat mir Sexunterricht gegeben, aber hat er vor, damit weiterzumachen, wenn wir wieder in Bad Bear sind? Oder wird alles vorbei sein?

„Ich schätze, Flitterwochen dauern nicht ewig."

Ich warte, dass er sagt, dass sie nicht vorbei sein werden, doch er ist ganz geschäftsmäßig.

„Wir müssen uns mit Lucky Lou und Allen auseinandersetzen. Wir haben Lucky Lou im Blick. Er sucht auch nach deinem Vater."

„Verstanden", antworte ich schnell, weil ich eine Erwachsene bin und damit klarkomme. „Was wirst du tun, wenn du ihn findest?"

„Das liegt an dir, Schönheit."

„Ich weiß es nicht!" Ich bin durcheinander. Ich will nicht, dass mein Dad verletzt wird oder in Schwierigkeiten ist, aber ich will ihn auch nie wieder sehen.

Kurz flammt ein blaues Licht in seinen Augen auf. „Was immer du willst, werde ich tun", grollt er.

Ich hole Kaffee für uns beide und warte darauf, dass er uns die Omeletts serviert. „Was war das mit Axel?", frage ich, weil ich keine Geheimnisse zwischen uns haben will. „Ihr wirktet beide angespannt."

Er legt seine Gabel ab und ein Muskel an seiner Wange zuckt. „Ich habe ihn gefragt, ob er in dich verliebt ist."

„Axel? In mich?"

„Kling nicht so überrascht. Du bist eine unbezahlbare Perle."

Ich wende den Blick ab, meine Augen brennen. Wow.

Okay. Vielleicht wird es nicht vorbei sein, wenn wir zurückgehen.

„Wir sind nur Freunde", erzähle ich ihm und berühre die Diamantkette, um mich zu vergewissern, dass sie noch da ist. „Wir stehen uns nicht wirklich nahe, aber … er scheint immer zum richtigen Zeitpunkt zu erscheinen. Hin und wieder fährt er in einem seiner Muscle-Cars oder einem Motorrad oder woran er gerade arbeitet vor und hupt. Und dann nimmt er mich auf eine Ausfahrt mit." Ich lächle, weil die Autofahrten mit Axel so eine nette Pause vom Stress meines Lebens sind. „Wir reden nicht viel. Wir hören nur Musik oder schauen uns die Aussicht an. Es ist schön. Wir tun das nur wenige Male im Jahr, aber … er scheint zu wissen, wenn ich traurig bin." Ich stoße ein selbstironisches Lachen aus. „Wahrscheinlich ruft Daisy ihn an."

„Nein, ich wette, er weiß einfach, wann du ihn brauchst. Er ist still, passt jedoch auf."

„Er war immer für mich da."

„Das hätte ich sein sollen", knurrt Matthias. Seine Augen leuchten blau und ich lerne allmählich, dass dies in Momenten geschieht, in denen sein Bär an die Oberfläche kommt. Seine Wut, Reue und unverfälschten Emotionen schimmern durch. „Ich hätte es sein sollen. Ich hätte mich nie fernhalten sollen. Ich habe so viel verpasst …"

Mein Herz schwillt an.

„Ich bin jetzt hier." Ich nehme seine Hand und reibe mit dem Finger über den goldenen Ring, den er als Ehering trägt. Er seufzt. Ich spüre seine Reue und verstehe sie. Wenn ich gewusst hätte, dass er Gefühle für mich hegt, hätten wir vielleicht schon früher miteinander ausgehen können.

Doch nein, ich war vermutlich nicht bereit. Ich bin mir nicht einmal sicher, ob ich jetzt bereit bin. Also hole ich tief Luft und erzähle ihm, was ich wirklich will. „Wir haben noch eine Nacht in Vegas. Warum machen wir nicht das Beste daraus? Wir könnten durch die Stadt streifen.“

„Nein.“ Er versteift sich. „Das ist nicht sicher.“

„Bitte.“ Ich schnaube. „Als könntest du mich nicht beschützen. Komm schon, Hubby, du schuldest mir ein Date. Ich habe unser geplantes verpasst.“

Er schüttelt den Kopf, doch ich merke, dass ich ihn mürbe mache. „Ich werde dir erlauben, mich anzuziehen, wie es dir gefällt“, trällere ich. „Ich werde meine Diamantkette tragen.“

Seine Augen leuchten blau. Ich hatte recht – sie bedeutet ihm etwas.

„Und nach dem Abendessen können wir hierher zurückkommen und die ganze Nacht im Spielzimmer verbringen. Wenn du mich genug erschöpfst, werde ich auf dem Heimflug schlafen.“

„Das ist eine schlechte Idee.“

Ich lächle, denn ich kann sehen, dass ich gewinne. „Bitte, Matthias. Ich will, dass die ganze Welt weiß, dass ich zu dir gehöre.“

Er stöhnt und schiebt seinen Stuhl zurück, bevor er mich aus meinem zieht und auf seinen Schoß setzt. „In Ordnung, Frau. Dazu kann ich nicht Nein sagen.“

KAPITEL SIEBZEHN

Matthias

Meine Frau strahlt geradezu, als ich ihr aus der Limousine helfe und sie ins Bellagio führe.

Vielleicht war das hier keine schlechte Idee. Ich nahm so viel Mondkur, wie es meine Adern erlaubten. Mein Arm schmerzt, doch das ist es wert.

Maisy trägt ein schulterfreies blaues Kleid, das zu ihren Augen passt. Mit ihren langen weißen Abendhandschuhen und den Diamanten, die um ihren Hals funkeln, sieht sie wie ein Filmstar aus. Die Leute schauen sich neugierig nach ihr um, als wir vorbeigehen, und starren sie an, als würden sie sich fragen, ob sie eine Berühmtheit ist.

Als wir uns an der Bar neben den Roulettetischen einen Drink besorgen, erzähle ich ihr das und sie lacht.

„Das ist so seltsam.“ Sie kräuselt die Nase. „Normalerweise ist meine Freundin Missy diejenige, die alle anstarren. Sie ist die Glamouröse.“

Der Barkeeper serviert uns unsere Drinks. Whisky für mich und Rosé-Champagner für sie. Ich lasse sie ein wenig an ihrem Getränk nippen, bevor ich frage: „Wie lange sind du und Maisy schon Freundinnen?"

„Seit der Highschool. Sie war das beliebteste Mädchen auf der Schule."

„Axel steht auf sie", vertraue ich ihr an.

„Was?" Ihre Stirn legt sich in Falten, dann nickt sie. „Ich schätze, das kann ich verstehen. Ich dachte einmal, dass da etwas zwischen ihnen war. Sie sind beim Prom beide verschwunden. Ich bemerkte es, weil er eigentlich meine Begleitung sein sollte. Und sie tut so, als könne sie ihn nicht ausstehen, erwähnt ihn allerdings oft."

„Vielleicht sollten wir Kuppler spielen", murmle ich. Es macht Spaß, sich mit meiner Frau zu verschwören, aber ich will Axel auch ein wenig quälen.

„Wie Daisy? Wir können sie gemeinsam auf dem Riesenrad einsperren."

„Klingt nach einem Plan." Ich streiche eine Locke aus ihrem Gesicht. Sie hat schimmerndes Make-up auf ihren Wangen verteilt, um sie rosa zu färben und hübsch funkeln zu lassen. Die Farbe erinnert mich an ihre gut gefickte Pussy.

Weiß sie, dass ich von ihr besessen bin? Dass es keine andere Frau für mich gibt?

Weiß sie, dass sie die Eine für mich ist?

Ich lehne mich näher zu ihr. „Noch eines. Ich bin mir sicher, dass Missy reizend ist, aber ich habe sie nie bemerkt. Ich habe immer nur dich gesehen."

* * *

MAISY

Matthias lehnt an der Bar und posiert, als sei er bei einem Fotoshooting. In seinem schwarzen Smoking sieht er wie ein Star auf der Kinoleinwand aus. Wie die Sorte gut aussehender Mädchenschwarm, der mit einer hochgewachsenen, majestätischen Femme Fatale flirtet.

Ich habe das Gefühl, als würde ich es nicht verdienen, an seiner Seite zu sein, doch er denkt es, weshalb ich die Schultern gestrafft halte.

„Die Highschool war schwer", erzähle ich ihm. „Da ich mich mit Allen auseinandersetzen musste … war mein Selbstwert am Boden. Ich war dankbar, dass Missy mich überhaupt bemerkt hat. Sie ist eine Schönheitskönigin, weißt du. Ihre Eltern zwangen sie, als Kind an allen möglichen Schönheitswettbewerben teilzunehmen. Und dann war sie immer der Star unserer Theateraufführungen. Ich schätze, ich habe mich daran gewöhnt, mich in ihrem Schatten zu verstecken."

„Kein Verstecken mehr." Er neigt mein Gesicht zu seinem. „Ich werde dich der ganzen Welt zeigen."

Er küsst mich mitten in dem Casino, woraufhin alle Kinnladen vor Eifersucht nach unten klappen. Er führt mich mit einer Hand in meinem Rücken zum Cirque du Soleil Theater.

„Möchtest du ein wenig Roulette spielen?", raunt er, doch ich schüttle den Kopf. Das Casino ist voll mit Leuten und der Gestank von Zigarettenrauch erinnert mich an Allen.

Matthias' Freund, dem das Haus gehört, in dem wir übernachten, hat ein Abo für das Theater, durch das man spezielle VIP-Vorteile erhält. Sie lassen uns früher ins Theater rein. Wir haben Plätze in dem Balkon direkt neben der Bühne. Als die Leute anfangen, ihre Plätze einzunehmen, warte ich darauf, dass weitere Leute kommen und sich auf die Sitze um uns herum setzen, doch niemand kommt.

„Ist das hier ein privater Balkon?", frage ich.

„Vielleicht. Oder vielleicht habe ich alle Eintrittskarten für diesen Balkon gekauft, damit ich dich für mich allein habe." Er streckt einen Arm entlang meiner Rückenlehne aus.

„Das ist das beste Date aller Zeiten", informiere ich ihn.

„Ich muss ein Geständnis ablegen. Ich habe dein Tagebuch gelesen, als du es in der Praxis liegen gelassen hast. Ich sah deine Liste an Symptomen und …" Er reibt sich über den Nacken. „Ich hätte es nicht tun sollen, doch du hattest Schmerzen und ich wollte helfen."

„Es ist okay." Ich lege eine Hand auf sein Knie. „Ich bin froh, dass du mir geholfen hast."

„Ich sah deine Liste mit Neujahrsvorsätzen. Sie fiel aus dem Tagebuch."

Ich denke an meine Liste. *Glow-up, auf ein Date gehen …* „Oh. Hast du sie gelesen?"

„Ja."

Ein heißer Ansturm von Scham verschließt mir die Kehle. Ich reibe über sie und wünsche mir, ich könnte die Röte wegwischen. Meine Finger berühren die Diamantkette und ich spiele mit einem der Juwelen, bis ich sprechen kann. „Als ich dich um ein Date gebeten habe … hast du deswegen Ja gesagt? Um mir zu helfen?" Ich habe Angst, die echte Frage zu stellen. *War es ein Mitleidsdate?*

„Nein." Seine Stimme wird tiefer. „Maisy, schau mich an."

Ich schüttle leicht den Kopf. Ich kann nicht. Ich wage es nicht für den Fall, dass er mich voller Mitleid ansieht.

Mit einem Knurren packt er meine Hand und legt sie auf seinen Schritt. „Spürst du das?"

Mein Mund teilt sich schockiert. Ich trage ein Kleid, er einen Smoking und hier ist er im Theater und drückt seinen harten Schwanz in meine Hand.

„Das hier bedeutet nicht, dass ich dir helfe", blafft er, als sei er wütend, doch ich weiß, dass er das nicht ist. Oder falls er es ist, dann ist er nicht auf mich wütend. „Das hier ist pure Lust. Das ist es, was ich für dich empfinde."

Ich nicke, kann ihn allerdings immer noch nicht anschauen. Er dreht sich zu mir um und zieht mich an seine

Brust, damit ich mein heißes Gesicht an ihm verbergen kann.

„Wir werden daran arbeiten", murmelt er. Er ist ein Krieger, der ein Schwert in die Hand nimmt, um meine inneren Dämonen zu erschlagen. „Es gibt keinen Grund, aus dem du schlecht von dir denken solltest."

„Okay", flüstere ich. Wenn Matthias mein Held sein möchte und gewillt ist, gegen meine eigenen Unsicherheiten zu kämpfen, bin ich absolut dafür. Manchmal brauche ich ein wenig Hilfe. „Danke."

„Keine negativen Worte mehr über dich, Schönheit. Ich werde es nicht erlauben."

Ja, Daddy. Ich beiße mir auf die Lippe.

Im Theater machen sich einige Akrobaten auf den Weg in die Gänge, um uns mit einer kleinen Showeinlage vor der eigentlichen Aufführung zu unterhalten. Die Hauptaufführung wird bald beginnen.

Matthias lässt mich los, damit ich mich sammeln kann. Nachdem ich die Feuchtigkeit aus meinen Augen gewischt habe, nimmt er meine Hand und drückt sie. Ich kann spüren, dass er mich fragen will, ob es mir gut geht, weshalb ich ihm zuflüstere: „Wo gehen Zombies am liebsten baden?"

„Im Toten Meer", antwortet er flüsternd.

Ich denke, dass das Thema damit beendet ist, doch als der erste Akt beginnt, kann ich noch immer spüren, dass er mich beobachtet.

Die Show ist unglaublich. Ich kann den Blick nicht von den Synchronschwimmern, den Verrenkungskünstlern oder den Akrobaten losreißen, die hoch über dem Pool ihre Show aufführen. Meine Nerven stehen jedoch unter Strom und sind sich meines Ehemannes neben mir bewusst. Er vibriert beinahe vor Energie. All seine Muskeln sind angespannt, als würde er die Wucht seiner Lust zurückhalten.

Nach der Hälfte des ersten Akts schiebt er seine Hand auf

mein Satin-bedecktes Knie. „Spreiz deine Beine, kleine Ehefrau."

Meine Pussy pocht und freut sich auf seine Berührung. Ich lehne mich leicht nach hinten und spreize meine Knie.

„Mein braves, gehorsames Mädchen. Schau dir weiterhin die Show an."

Ich richte meine Augen auf die Bühne, doch mein Blick trübt sich, als er meinen Rock hochhebt und einen Weg unter diesen findet. Zuerst streichelt er nur mein Knie, dann den Oberschenkel, doch bei einem der Höhepunkte der Show, als die Akrobaten auf einem Trampolin hüpfen, das sie neun Meter in die Luft befördert, bevor sie Saltos ins Wasser machen, nähern sich seine Finger meiner Pussy.

Mein Keuchen wird von den Oohs und Aahs der Zuschauer geschluckt.

Er streift meine Falten und macht ein Geräusch, als er spürt, wie feucht ich bin.

In der Pause erhalte ich eine kleine Atempause. Er lehnt sich zurück und zieht mein Kleid nach unten. „Möchtest du etwas essen oder trinken?"

Ich schüttle den Kopf.

„Wir essen zwar nach dieser Aufführung zu Abend, aber ich wollte etwas Süßes." Er leckt sich die Finger ab.

Ich ziehe den Kopf ein und er knurrt: „Versteck dich nicht vor mir. Zeig mir diese Röte, Schönheit, ich bin besessen von dir."

Ich reibe über meinen Arm und murmle: „Ich muss abnehmen."

„Absolut nicht. Ich verbiete es. Ich will all das." Er legt seine riesige Hand auf die Rundung meines Bauchs. „Weicher Bauch, weiche Schenkel. Ich werde sicherstellen, dass du gut isst. Ich werde jeden Abend für dich kochen. Du wirst eine Menge Obst und Gemüse essen und eine Menge Proteine und gesunde Fette. Omega-3s."

„Was ist mit meinem Omega 69er?" Ich klimpere mit den Wimpern.

„Das darf man auch nicht vergessen." Er grinst. „Ich werde dir eine Menge Leckerbissen geben. Aber ich weiß, welcher dein Liebling sein wird."

Ich blicke nach unten auf die Wölbung in seiner Smokinghose.

„Das stimmt, Schönheit. Ich esse regelmäßig Ananas."

Bei diesem Kommentar merke ich auf. „Ich habe gelesen, dass das den Geschmack von Sperma verändern kann. Es wird dadurch süß."

„Ich werde sicherstellen, dass ich gut für dich schmecke, denn du liebst es, meinen Schwanz zu blasen. Nicht wahr?" Oh, es macht mich heiß, wenn er mitten in einem gewöhnlichen Gespräch in den Dirty Talk verfällt.

Ich sage *Ja, Sir*, auch wenn es von dem Finger in meinem Mund gedämpft ist.

„Du wirst auch eine Menge Bewegung bekommen. Dein Körper ist ein Kunstwerk und ich werde es ausführlich bewundern. Und mich darum kümmern. Ich werde dich jeden Abend gründlich untersuchen."

Ich stöhne. „Wirst du die Brille tragen?"

„Ja, Maisy, ich werde die Brille nur für dich tragen." Er legt seine Hand erneut um meine Kehle und beugt sich vor, um mich zu küssen. Er riecht nach teurem Rasierwasser, Sandelholz und Ambra mit einer Note wildem Waldaroma. Mein gut aussehender Ehemann. Ich kann kaum fassen, dass er der Meine ist.

Der zweite Akt beginnt und er kniet sich vor mich. „Was machst du?"

„Vertraust du mir?"

Wir befinden uns in der Öffentlichkeit. Ich meine, wir sind auf einem Balkon, das Licht ist gedimmt und niemand kann wirklich etwas sehen, aber … „Ja?"

„Ich brauche ein *Ja, Sir*." Er nimmt meine Hand und küsst meine Fingerknöchel direkt neben dem Ehering. „Falls du dich dabei unwohl fühlst, werde ich mich wieder auf meinen Platz setzen und so tun, als hätte ich dir nicht befohlen, kein Höschen zu tragen, damit ich leichten Zugang zu dieser süßen Pussy habe."

Oh Gott. „Ja, Sir. Bitte." Ich spreize meine Knie.

Er schiebt meinen Rock wieder hoch. Sein heißer Atem trifft meine Falten und ich breche fast zusammen. „Ich werde zuerst meinen Nachtisch essen. Du wirst erst kommen, wenn ich es sage. Verstanden?"

„Ja, Sir."

Und so beginnt die Folter.

Er spielt mit meiner Pussy und leckt sie, als sei ich eine Schüssel mit Eiscreme und er hätte keinen Löffel. Ich presse die Zähne zusammen und versuche, nicht laut zu schreien.

Erst, als der letzte Akt beginnt, hebt er den Kopf.

„Ich will nicht, dass du dich zurückhältst. Du wirst für mich kommen."

Unten auf der Bühne machen die Akrobaten Schwalbensprünge aus einer todesverachtenden Entfernung in den Pool.

Ich bin nervös – ich will keine Szene verursachen. Ich kann nicht so tun, als würde es der köstlichen Folter nicht einen extra Kick verleihen, dass wir das hier in der Öffentlichkeit tun.

Er senkt den Kopf und leckt und leckt und leckt, womit er mich zum Höhepunkt treibt. Meine Lust erreicht den Gipfel und ich schreie, gerade als sich der Vorhang schließt, tosender Applaus aufbrandet und die Leute aufspringen.

KAPITEL ACHTZEHN

Matthias

„Das war eine geniale Show", schwärme ich. „Ich würde sie mir jeden Abend anschauen."

„Ich auch."

„Du hast sie nicht einmal gesehen."

„Was ich gesehen habe, war der schönste Anblick der Welt." Und ich werde ihn wieder sehen. Ich habe beschlossen, dass ich sie nicht gehen lasse, wenn wir nach Bad Bear zurückkehren. Ich werde sie jede Nacht zum Kommen bringen. Ich will den Altar ihrer Pussy jeden Morgen verehren und mich jeden Tag mit ihr davonstehlen, um über sie herzufallen. Die Art und Weise, auf die ich sie will, ist problematisch. Es ist jetzt schlimmer, da ich eine Kostprobe hatte. Und es ist nicht nur so, dass ich meinen Schwanz und meine Zähne in ihr versenken will. Ich will sie füttern. Sie baden. Sie tragen, damit ihre perfekten Zehen nie den schmutzigen Boden berühren müssen. Das kann nicht normal sein. Waren meine Brüder bei Lana und Paloma auch so?

Ich muss einfach die Mondkur stärker machen. Ich hatte mir eine Dosis gespritzt, bevor ich heute Nacht in die Limo stieg, doch es fühlt sich an, als hätte sie bereits ihre Wirkung verloren. Meine Glieder fühlen sich schwer an, aber meine Fangzähne sind glitschig und bereit.

Gefährtin Gefährtin Gefährtin muss muss muss markieren markieren markieren. Mein Bär brüllt mich ununterbrochen an.

Ich habe fast keine Mondkur mehr. Doch das ist in Ordnung, ich kann mehr Vampirblut besorgen, selbst wenn ich dafür zu Lucius fliegen und es ihm selbst abzapfen muss.

Sie ist noch immer atemlos, als ich sie zu einem Privatzimmer im Restaurant führe, das die Springbrunnen überblickt. Wir werden ein Candlelight-Dinner haben und dann werde ich es beenden, indem ich sie auf dem Tisch ficke, während das Wasser der leuchtenden Springbrunnen zu Debussy tanzt. Anschließend werde ich sie zur Villa bringen, ins Spielzimmer tragen und jedes Schlagwerkzeug an ihrem süßen Hinterteil testen. Ich werde eine weitere Dosis Mondkur nehmen müssen, um das tun zu können, doch zum Teufel damit, ich werde es für sie tun.

Markieren markieren markieren Gefährtin Gefährtin Gefährtin.

Ich ignoriere meinen Bären, aber meine Hand zittert, als ich ihr den Stuhl wie ein Gentleman rausziehe.

„Danke, dass du mir ein Date schenkst. Es ist perfekt."

„Das hier ist nur der Anfang. Wir werden zusammen sein. Du musst wissen, was ich bin, wer ich bin. Wenn wir zum Berg zurückkehren, werde ich mit dir auf die Wanderung gehen und dir meinen Bären zeigen."

„Das fände ich schön."

Vielleicht wird alles gut werden.

„Da du die Liste mit meinen Neujahrsvorsätzen gesehen hast, kann ich dir genauso gut von meinen Plänen für das Café erzählen."

„Pläne zum Ausbau?", frage ich, da ich mich an die Liste erinnere.

„Ja. Ich will hinten und an der Seite anbauen und einen Buchladen hinzufügen. Ich sah einmal eine Brauerei mit Bücherladen und das inspirierte mich. Am Tag werden wir ein Coffee-Shop mit Buchladen sein und dann bei Nacht ein Coffee-Shop mit einer Bar. Ich werde Autoren zu Signierstunden einladen und Platz für Gedichtlesungen, Spieleabende und Künstler wie Singer-Songwriter haben."

„Das klingt genial."

„Ich muss es Daisy noch vorschlagen und mich um die zweite Hypothek ihres Hauses kümmern, die sie aufnahm, als ich in der Highschool war. All meine Gehaltsschecks werden darauf verwendet, die Hypothek abzubezahlen."

„Maisy, ich hatte keine Ahnung, dass du all das auf dich nimmst."

„Erzähl es Daisy nicht … sie weiß nicht, dass ich zusätzliche Zahlungen leiste. Außerdem habe ich auf dem Gemeindecollege Kurse für Unternehmertum besucht und einen Geschäftsplan erstellt."

„Brauchst du Investoren? Du könntest mit Lana und Paloma sprechen. Sie haben eine Stiftung gegründet, die sich auf Mikrokredite für Geschäfte konzentriert, die Frauen gehören."

„Oh … ich weiß nicht. Ich könnte nicht … sie sind Milliardärinnen!"

„Sie wollen ihr Geld für Gutes einsetzen. Ihnen ist es auch ernst damit, in ihre Gemeinde zu investieren. Sie wollen ihre Kinder am Berg großziehen."

„Es braucht ein Dorf."

„Nicht einmal ein Dorf reicht, um mit Bad Bear Drillingen zurechtzukommen", brumme ich.

Maisy verdeckt meine Hand mit ihrer viel kleineren. „Du

hast geholfen, deine Brüder großzuziehen. Deswegen sind die Drillinge zu so tollen jungen Männern geworden."

„Sind sie das?" In meinem Kopf sind sie noch immer ungestüme Teenager, die nie erwachsen zu werden scheinen.

„Mach dich nicht schlecht. Wenn mir das nicht erlaubt ist, darfst du es auch nicht tun."

„Dann ja, sie großzuziehen, war hart. Mom war fantastisch, aber … es war viel. Und dann tauchte Everest auf und er brauchte eine Menge Fürsorge. Ich glaube nicht, dass er genug bekam."

Sie runzelt die Stirn. „Everest wirkt wie ein absoluter Schatz. Er kommt ständig vorbei und will im Coffee-Shop arbeiten."

„Er weigert sich, sich wieder in einen Menschen zu verwandeln."

„Ja, nun, das erschwert das Ganze. Everest ist jetzt erwachsen und darf seine eigenen Entscheidungen treffen. Gibt es Gestaltwandler-Therapeuten?"

„Ich bin ein Gestaltwandler-Arzt, also … wahrscheinlich schon."

„Es muss nicht alles dir zufallen, Matthias", sagt sie sanft. „Du bist ein guter großer Bruder. Ein Vorbild."

„Ich habe versucht, eines zu sein."

„Das bist du. Alle schauen zu dir auf. Ich glaube, niemand tut mehr für Bad Bear als du. Ich sehe dich bloß, wenn du auf dem Weg ins Krankenhaus bist. Oder wenn du direkt nach einer Schicht freiwillig in der Klinik arbeitest. Du arbeitest zu viel."

Ich schlucke. Ich muss ihr sagen, dass ich so viel gearbeitet habe, um sie zu meiden … um mich daran zu hindern, sie zu beanspruchen. Ich muss ihr sagen, dass sie meine Gefährtin ist.

Ich will nicht, dass sie für immer an mich gebunden wird, bevor sie bereit ist, bevor sie wirklich versteht, dass sie ein

Leben lang mein ein und alles ist. Sie hatte nur eine kleine Kostprobe davon, wie grob ich bin, und sie hat noch nicht einmal meinen Bären gesehen. Ich bin älter als sie und sie ist unerfahren.

„Es war viel. Und ... ich habe das nie jemandem erzählt, aber ... meine Mom war krank, wirklich krank. Sie weiß nicht einmal, wie krank. Ich versuchte, das Schlimmste vor ihr zu verbergen, damit ich ihr keine Angst einjagte.“

Maisys Augen runden sich. „Deine Mom ist krank?“

„Ihr geht es jetzt besser“, sage ich rasch, weil sie erschüttert aussieht und ich es nicht ertragen kann, sie aufgebracht zu sehen. „Ich musste sie in den Winterschlaf versetzen, um ihren Körper herunterzufahren, damit ich sie heilen konnte. Deswegen hat sie jahrelang geschlafen.“

„Oh mein Gott. Das ist so intensiv. Axel hat nie etwas erwähnt. Das ist schlimm.“

„Meine Brüder wissen es nicht. Ich habe es niemandem erzählt.“

„Also hast du diese Bürde ganz allein getragen? Matthias.“

Meine Kehle schnürt sich bei dem mitfühlenden Blick zu, den sie mir zuwirft.

Sie nimmt meine Hand auf dem Tisch und drückt sie. „Das ist so schrecklich. Auf deinen Schultern ruhten so viel Druck und Verantwortung. Du hättest die Bürde mit deinen Brüdern teilen sollen. Wenigstens mit Teddy und Darius – sie waren alt genug, um dir zu helfen.“

„Sie waren beide fort – Teddy hatte sich fürs Militär verpflichtet und Darius machte sein Glück an der Wall Street. Ich wollte sie nicht belästigen.“

Sie schüttelt den Kopf. „Wofür hast du noch die alleinige Verantwortung übernommen?“

Ich habe mich von dir ferngehalten. Ich habe meine vom Schicksal vorherbestimmte Gefährtin nicht markiert, die viel zu jung und zerbrechlich für mich war.

Ich öffne den Mund, um alles zu gestehen, doch der Kellner nähert sich. „Sir, entschuldigen Sie die Unterbrechung, aber ich habe eine Nachricht für Sie. Von Ihrem Bruder."

„Welchem?"

Der Kellner sieht panisch aus und ich winke ab. „Vergessen Sie das. Wie lautet die Nachricht?"

„Mir wurde aufgetragen, Ihnen auszurichten: *Allen Alarm*."

Fuck. Sie haben Maisys Vater gefunden.

„Er empfiehlt auch inständig, dass Sie Ihr Handy anschalten."

„Danke." Ich ziehe mein Handy heraus und sehe, dass ich zwanzig verpasste Anrufe und einen Haufen Nachrichten von all meinen Brüdern habe.

Ich drücke auf die Wahlwiederholung des jüngsten Anrufs. Es ist Teddys Handy, doch Darius nimmt ab. „Wir haben Allen. Was sollen wir mit ihm tun?"

„Klasse. Wo seid ihr?"

„Im Partybus, der in der Gasse hinter dem Paris Hotel geparkt ist. Ich habe eine Markierung gesetzt."

„Wartet auf mich. Ich will mich selbst mit ihm befassen." Ich beende den Anruf und schaue Maisy an. „Wirst du mich einen Augenblick entschuldigen?"

Maisy packt meine Hand. „Warte … nein. Was ist los?"

Ich zögere. Ich will sie damit nicht aufregen. Ich will nicht, dass dieser Mann jemals wieder in die Nähe seiner Tochter kommt.

„Mit wem willst du dich befassen? Ist es mein Dad?"

Fuck. Ich kann meine Gefährtin nicht anlügen. Ich nicke. „Ja. Sie haben ihn aufgegabelt."

Maisy lässt meine Hand los, steht auf und strafft die Schultern. „Ich will mit ihm sprechen."

Ich kann kaum das Knurren meines Bären zurückhalten.

Meine Lippen kräuseln sich und meine Fangzähne werden länger. Die Vorstellung, dass sich meine Gefährtin in Gefahr begeben wird, macht mich wild. „Nicht sicher." Mein Knurren klingt nicht einmal menschlich.

„Nein, Matthias", sagt Maisy bestimmt. „Ich muss das tun. Ich muss wissen warum."

Der Mut in Maisys Ton sorgt dafür, dass ich aufmerke. Sie klingt anders. Selbstsicherer. Erwachsener.

Ich nicke. „In Ordnung." Ich werfe einen Hundert-Dollar-schein auf den Tisch, um unsere Getränke zu bezahlen, und wir eilen aus dem Restaurant.

Maisy rafft ihre Röcke. Ich führe sie aus dem Restaurant und über die Straße. Wir lassen die Leute hinter uns, indem wir den gesperrten Gehweg einer Baustelle entlanglaufen und die verlassene Gasse dahinter betreten.

Am Ende der Gasse signalisieren die blitzenden Lichter des Partybusses dessen Anwesenheit.

Ein Kribbeln in meinem Nacken macht mich nervös. Ich schnuppere in der Luft nach einer Bedrohung, dieser Teil der Stadt ist jedoch so überfüllt, dass ich bloß hunderte Fremde und Zigarettenrauch rieche. Meine Băreninstinkte merken auf. Vielleicht hätte ich Maisy nicht herbringen sollen.

Ich verenge die Augen zu Schlitzen, um durch die geöff-nete Tür des Busses zu spähen. „Warte hier, Schönheit", murmle ich und erklimme die Stufen, um den Hals zu recken und Allen zu sehen. Teddy tritt ihm in die Rippen. Die Dril-linge sitzen auf den umliegenden Bänken, scrollen durch ihre Handys und essen Karamellbonbons. Allen liegt gefesselt auf dem Boden und blutet aus Mund und Nase, als hätten meine Brüder ihn bereits ein wenig in die Mangel genommen.

„Es ist okay …" Ich drehe mich um, da ich Maisy holen will, erstarre jedoch. Das Blut gefriert mir in den Adern.

Ein Mann hat Maisy in den Schwitzkasten genommen und hält eine Pistole an ihre Schläfe.

Mein Bär brüllt vor Zorn, doch irgendwie schaffe ich es, vollkommen reglos zu bleiben und mich nicht in meine Bärengestalt zu verwandeln. Ich habe Angst, dass eine plötzliche Bewegung zum Tod meiner Gefährtin führen wird.

„Du kommst mit uns", verkündet der schmierige Gangster, der es wagte, meine Gefährtin zu berühren. Zwei andere Schlägertypen flankieren ihn und halten ebenfalls Pistolen in den Händen. Ein kurzes Stück hinter ihnen steht Lucky Lou – der Mann, den ich zu töten beabsichtige, sobald ich die Pistole von der Schläfe meiner Gefährtin entfernen kann. Er hat eine Pistole auf mich gerichtet.

Meine Brüder hinter mir bemerken, was los ist, fluchen leise und ducken sich unter die Fenster.

„Du kommst zu spät zu unserer Hochzeit", sagt Lucky Lou zu Maisy.

Maisys Gesicht ist erbleicht. Ihre weit aufgerissenen blauen Augen heften sich auf meine, als würde sie auf Anweisungen warten. Als wüsste sie, dass ich sie retten werde.

Ihr Vertrauen ehrt mich und ich schwöre zigtausendfach, sicherzustellen, dass ich es mir verdiene, in dem ich jeden einzelnen dieser Mistkerle töte.

„Sie ist bereits verheiratet." Ich nutze meine kühle, autoritäre Arztstimme. „Soweit ich unterrichtet bin, ist Polygamie im Staat Nevada illegal."

„Sie ist nicht verheiratet", beharrt Lucky Lou.

„Doch, das bin ich." Maisy hält ihre Hand hoch, um ihren Ehering zu zeigen. „Ich habe vor zwei Tagen geheiratet."

Lou flucht. „Ich wusste, dass man diesem Abschaum Dankworth nicht vertrauen kann. Er hat uns aufs Kreuz gelegt."

Er nähert sich Maisy und ich springe die Stufen des Busses hinab, um leicht auf den Füßen zu landen, die Hände erhoben, als sei ich harmlos. Auf keinen Fall werde ich zulassen, dass dieser Mann meiner Gefährtin zu nahe kommt.

„Dankworth hat das nicht getan", erkläre ich ruhig. „Ich bin der Kerl, der dir einen Strich durch die Rechnung gemacht hat. Maisy ist jetzt meine Frau." Ich trete einen Schritt näher zu Maisy.

Wenn ich sie nur in Sicherheit bringen kann, kann ich all diese Kerle ausschalten, obwohl sie Pistolen haben.

„*Rühr dich nicht vom Fleck.*" Lucky Lou ruckt mit seiner Pistole in meine Richtung. „Also hast *du* mein Geld. Nun, du wirst es mir überschreiben."

„Welches Geld?", fragt Maisy.

„Dein Erbe", knurrt Lou.

Ich kann den verwirrten Ausdruck auf Maisys Gesicht sehen. Sie weiß auch nicht, wovon er spricht.

„Welches Erbe?", fragt sie.

„Das, das dein Ehemann kontrolliert, sobald du heiratest oder dreiundzwanzig Jahre alt wirst. Das, das mir dein Arschloch-Vater schuldet."

Also erhält Maisy ein Erbe dafür, dass sie heiratet, oder nachdem sie dreiundzwanzig Jahre alt wurde. Das erklärt die erzwungene Ehe. Und ihr Geburtstag ist nächsten Monat. Ihr Vater hat anscheinend versucht, die Kontrolle über das Geld zu erlangen, bevor sie diese erhielt. Allen Dankworth hatte einen Treuhandfonds, bevor er alles zum Feiern ausgab, weshalb seine Eltern vielleicht Maisy etwas hinterlassen haben.

Maisy dreht ein verwirrtes Gesicht zum Bus, als wolle sie Allen bitten, es selbst zu erklären.

„Ja." Lou wedelt mit dem Griff seiner Pistole zum Bus. „Hol Dankworth raus, damit er sich zu Maisys neuem *Ehemann* gesellen und zuschauen kann, wie ich sie quäle, bis ich bekomme, was mir gehört."

Ich trete noch einen halben Schritt näher zu Maisy, da ich

genau weiß, was passieren wird, sobald Lous Handlanger den Bus betritt.

Ich mache meinen Bären bereit. Ich bin schockiert, dass ich mich noch nicht verwandelt habe, da unsere Gefährtin in Gefahr ist. Mein Bär versteht anscheinend, dass mein Menschengehirn auf Höchstleistung funktionieren muss, um Strategien zu planen, wenn Pistolen involviert sind. Ich behalte die Pistole im Blick, die auf Maisys Schläfe gerichtet ist, und zähle in meinem Kopf runter. Drei … zwei … eins.

Der Partybus erzittert, als sechs Bären gleichzeitig brüllen.

Der Kerl, der Maisy festhält, blickt kurz in die Richtung des schaukelnden Busses, wo ein Mann schreit.

Ich springe, verwandle mich in der Luft und schlage die Pistole mit einer riesigen Bärentatze zu Boden.

Ich fange mir eine Kugel von Lou in der Schulter ein, als er brüllt: „Holt das Mädchen! Lasst sie nicht entkommen!"

Maisy gibt keinen Piep von sich. Sie führt etwas durch, was wie geübte Selbstverteidigung aussieht, bricht dem Kerl den kleinen Finger, der sie noch immer im Schwitzkasten hat, entwindet sich seinem Griff und stampft auf die Seite seines Knies, um ihn auszuschalten.

Ich reiße ihm den Kopf mit einem gewaltigen Schwung meiner Tatze ab und werfe ihn zu Lou, der, nach seinem entsetzten Gesichtsausdruck zu urteilen, kapiert hat, dass ich kein Mensch mehr bin. Ich bin ein Bär, der die zerrissenen Kleider eines Mannes trägt, und ich will Blut sehen.

Ich hebe meine Gefährtin an der Taille hoch und schütze ihren Körper, indem ich sie sachte über die Motorhaube des Busses werfe, während Lou seine Kammer in meinen Rücken entlädt. Sie versteht, rollt sich weiter und rutscht über die Haube, um sich auf der anderen Seite in Sicherheit zu ducken.

Meine Brüder platzen aus dem Bus und strömen mit

einem Brüllen in die Gasse. Ich hebe meine Schnauze zum Himmel, brülle und überlasse meinem Bären die Zügel. Der Geruch des Bluts und Urins der entsetzten Kriminellen steigt mir in die Nase. Meine Brüder scheinen zu verstehen, dass es mir zusteht, die Typen zu töten, denn sie fangen die Männer ein und lassen sie wieder gehen. Sie spielen mit ihnen, bis ich jeden Einzelnen von ihnen töte, indem ich meine Krallen in ihre Herzen bohre, ihre Köpfe von den Körpern trenne und ihr Blut über den Boden laufen lasse.

„Es ist vorbei." Teddy lässt eine Hand auf meine Schulter sinken. Er ist wieder in Menschengestalt.

Ich brülle und will sie alle noch einmal töten.

Sie. Fassten. Meine. Gefährtin. An.

„Ich weiß", sagt er, als würde er die Schimpftirade meines Bären hören. „Aber deine Gefährtin braucht dich jetzt. Verwandle dich zurück, Bruder."

Meine Gefährtin … braucht mich jetzt.

Meine Gefährtin! Ich drehe den Kopf, um Maisy zu finden.

„Matthias?" Sie kommt hinter dem Bus hervor.

Ich verwandle mich sofort zurück. „Maisy!"

Canyon reicht mir ein Handtuch und ich nutze es, um das gröbste Blut von meinem Gesicht und meinen Händen zu wischen, während ich zu ihr jogge.

Beim Schicksal, ich hoffe, sie hat jetzt keine Angst vor mir.

„Maisy, bist du okay?"

Sie rennt geradewegs in meine Arme. Fuck sei Dank. „Maisy. Du warst so mutig." Ich stehe da und wiege sie von einer Seite zur anderen, als müsste sie beruhigt werden. Tatsächlich bin ich derjenige, der beruhigt werden muss. Ich muss meine Gefährtin in den Armen halten. Wissen, dass sie in Sicherheit ist. Mich beruhigen.

Mein Bär will noch immer Blut. Ich weiß nicht, ob ich

jemals darüber hinwegkommen werde, dass ich sah, wie jemand eine Pistole an ihren Kopf hielt. Falls irgendjemand meine Frau anfasst, wird er nicht lange auf dieser Erde weilen.

„Wo hast du diese Moves gelernt?", frage ich und bemühe mich, normal zu klingen. Als hätte ich mich nicht gerade in eine Bestie verwandelt und vier Männer vor ihr hingerichtet.

Sie lacht leise. „Ich habe einen Selbstverteidigungskurs belegt." Sie neigt ihr Gesicht zu meinem. „Was ist das Lieblingsgetränk eines Kampfsportlers?"

Ich kann die Antwort erraten, lasse sie mir jedoch von ihr erzählen. „Was?"

„Kara-tee!"

KAPITEL NEUNZEHN

Maisy

„Lass mich dich untersuchen." Matthias trägt mich vom Partybus in die Villa.

Nachdem er Lucky Lou und seine Männer zerrissen hatte, brachte er mich in den Partybus, während seine Brüder rasch den Tatort säuberten.

Teddy sagte, dass sie verbreiten würden, dass ein Drogendeal schiefgelaufen ist. Axel erklärte, jemand namens Kylie würde Textnachrichten in Lucky Lous Handy einspeisen, sodass alles auf einen aktiven Zweig des Kartells in dieser Gegend hinweist, um den Behörden eine Spur zu liefern.

Allen war im Bus, zitterte und drehte durch, weil er gesehen hatte, wie sich Männer in Bären verwandelt hatten. Er hatte sich in die Hose gepinkelt. Es war widerlich. Ich realisierte, dass es nichts mehr gab, was ich von ihm wollte. Ich brauchte keine Beziehung zu ihm. Ich musste nicht glauben, dass er sich für mich interessierte.

Mir. War. Es. Einfach. Egal.

Was für eine Erleichterung. Meine erbärmliche Beziehung zu ihm hatte mein ganzes Leben getrübt. Es fühlte sich großartig an, dass das vorbei war.

Matthias fragte, wie ich mit ihm verfahren wollte, und ich sagte, dass ich ihn nie wieder sehen wollte. Jemals.

„Wenn es das ist, was du willst, Schönheit, betrachte es als erledigt. Er darf deine Luft nicht atmen", erwiderte Matthias.

Ich hörte, wie Teddy zu Matthias sagte, dass man Allen das Gedächtnis löschen musste. Ich wusste nicht, wie sie das bewerkstelligen wollten, fügte jedoch hinzu: „Kannst du sicherstellen … dass er niemandem mehr wehtut?"

Matthias nickte. „Dafür können wir sorgen."

Jetzt trägt er mich in das Badezimmer, das an unser Schlafzimmer angeschlossen ist, und stellt mich sachte ab. Wir sind beide mit Blut bedeckt. Er schaltet die Dusche ein.

„Ich muss dich untersuchen. Wenn er auch nur einen verdammten blauen Fleck hinterlassen hat …"

„Wirst du ihm den Kopf abreißen?" Ich versuche, das Ganze ins Lächerliche zu ziehen, indem ich meine Augenbraue hochziehe, denn wenn ich das nicht tue, werde ich wahrscheinlich hyperventilieren.

Ich sah gerade, wie sieben erwachsene Männer zu Bären wurden und Lucky Lou und seine Männer zerfetzten.

Er reibt sich übers Gesicht. „Es tut mir so leid, dass du das gesehen hast, Maisy."

„Nein, es ist okay. Ich wusste, dass du mich beschützen würdest, und das hast du getan."

Matthias küsst meine Stirn und dreht mich sachte, um den Reißverschluss meines Kleids zu öffnen. Es fällt als Pfütze zu meinen Füßen. Er öffnet meinen trägerlosen BH, der daraufhin ebenfalls zu Boden fällt.

Anschließend zieht er die Jogginghose aus, die ihm einer seiner Brüder gab, nachdem er sich verwandelt hatte. Dann hebt er mich mit dem Unterarm unter meinem Po hoch, sodass ich rittlings auf seiner Taille sitze. Ich bin ein großes

Mädchen – vollschlank – doch bei ihm fühle ich mich winzig.

Er betritt die Dusche, während er mich in den Armen hält, dreht sich langsam und lässt den Wasserstrahl auf uns beide prasseln. Er dreht sich immer wieder im Kreis, bis das Wasser klar abläuft und das Blut fort ist.

„Wirst du mich absetzen?", lache ich.

„Ich will es nicht tun." Seine Stimme ist rau vor Emotionen.

Ich atme die dampfige Luft ein und halte den Atem an. Es fühlt sich bedeutsam an, dass ich nach einem Leben, in dem ich mich ständig fragte, ob ich nicht liebenswert bin, plötzlich mit einem Mann verheiratet bin, der so tief für mich empfindet. Es ist seltsam und unglaublich, muss jedoch wahr sein. Hier bin ich, in seinen Armen. Fühle mich geliebt. Beschützt. Geschätzt.

Wie sind wir nur in wenigen kurzen Tagen hierhergekommen?

Ich will mich beinahe zwicken, um zu überprüfen, ob alles nur ein Traum ist. Vielleicht bin ich noch immer von dem Betäubungsmittel neben der Spur, werde durch den Frachtraum eines Lieferwagens geworfen und bin nie in Vegas aufgewacht. Habe nie den Mann meiner Träume geheiratet. Habe nie meinen ersten Kuss bekommen. Nie meinen ersten Blowjob gegeben. Wurde nie von Orgasmen umgehauen.

Doch nichts hat sich jemals so real angefühlt.

„Ich will Sex mit dir haben", informiere ich ihn.

Matthias fixiert mich an der Duschwand, senkt mich noch immer nicht auf die Füße und küsst meinen Busen. „Wir haben Sex gehabt." Seine Stimme ist unfassbar tief und kratzig.

„Ich will, dass du mich entjungferst."

Sein Bär stößt ein Knurren aus. Seine Zähne werden länger und seine Augen leuchten in einem strahlenden Blau.

Meine Brustwarzen ziehen sich zu harten Knospen zusammen. Die Stelle, wo meine nackte Pussy über seinen Bauch reibt, wird immer feuchter. Sein Schwanz wird länger und hebt sich, um meinen Hintern zu berühren.

„Worauf wartest du?" Ich weiß, dass ich ihn reize. Das tue ich absichtlich. Ich muss nicht mit Samthandschuhen angefasst werden.

Er stößt noch ein Knurren aus. Mein Bären-Daddy verliert die Kontrolle.

Ich liebe es.

Er schüttelt das Wasser von seinem Fuß und tritt aus der Dusche. Ich lecke die Wassertropfen von seinem Hals, bevor ich ihm einen Liebesbiss verpasse.

Er brüllt.

Wow. Er schnappt sich ein Handtuch und trägt mich ins Schlafzimmer. Wir fallen aufs Bett, wobei er auf mir landet und sein geöffneter Mund über meinen Busen gleitet, während sich seine Hüften zwischen meinen Beinen niederlassen. Ich spüre die lange Erhebung seines Schwanzes, der direkt an meiner Pussy ruht. Ich schaukle mit den Hüften, um mich daran zu reiben, und Matthias stöhnt.

Das ist es. Ich werde Sex haben. Nun, wie er sagte, hatten wir Sex, aber ich werde Penetration erleben.

P in V.

Das Ganze. Mein erstes Mal mit dem Mann meiner Träume, genau so, wie ich es mir immer vorgestellt habe.

Ich greife zwischen unsere Körper, um seinen Schwanz festzuhalten. Sein Knurren würde mir Angst machen, wenn ich nicht wüsste, dass es ihm gefällt. Ich kann das daran erkennen, dass sein Schwanz in meiner Hand zuckt, dicker und länger wird.

Ich führe ihn zu meinem Eingang.

Matthias macht den Eindruck, als versuche er, etwas zu sagen, doch ich höre bloß ein Knurren. Ich lächle und ziehe ihn zu mir. Er scheint die Kontrolle zu verlieren und rammt sich tief in mich.

Ich schreie auf wegen der Mischung aus Schmerz und Lust, woraufhin Matthias augenblicklich innehält und seine leuchtenden Augen alarmiert aufreißt.

Ich will nicht, dass er aufhört. Ich liebe die Empfindung, genauso wie ich es liebe, wenn er mir den Hintern versohlt. Ich schaukle mit den Hüften, um ihn in mir zu bewegen.

Er scheint seine Selbstbeherrschung wieder zu finden und gleitet langsam in mich rein und raus, während er seine Aufmerksamkeit erneut auf seinen Mund an meiner Brustwarze lenkt.

„Ooh!", schreie ich, als Matthias' Fangzähne meine Brustwarze streifen.

Er zieht den Kopf zurück, als hätte er Angst, mir wehzutun. Seine Fangzähne sind beinahe so lang, wie sie das in Bärengestalt waren.

Ich laufe quasi auf dem Bett aus, als mein Körper mit purer Lust auf den Anblick reagiert.

Matthias' Nasenflügel blähen sich – eine Reaktion, von der ich jetzt realisiere, dass er meinen Geruch aufsaugt. Er rammt sich etwas härter in mich. Etwas schneller.

Ich lasse ihn mit meinem Stöhnen wissen, wie sehr es mir gefällt. Ich berühre meine eigenen Brüste, umfasse sie und drücke sie.

Mein Liebhaber dreht durch, als würde es ihm die größte Freude bereiten, mich in den Fängen der Lust zu sehen. Er hämmert sich härter in mich. Das Bett knallt gegen die Wand. Ich verstehe jetzt, warum er Angst hatte, mir wehzutun, doch es tut nicht weh. Er ist grob, er ist sinnlich, aber alles ist wundervoll.

Ich bin in der Lage, ihn tiefer aufzunehmen, als sich mein

Körper an seine Größe gewöhnt. Ich bin klatschnass und glitschig und er gleitet in meinen Körper rein und raus, als wäre er für ihn gemacht worden. Es fühlt sich so genial an.

Ich glaube nicht, dass sich etwas besser anfühlen könnte als das hier.

„Ja! Ja, Matthias!", schreie ich.

Matthias' Fangzähne leuchten weiß vor seiner dunklen Haut. Das Zimmer dreht sich. Meine Augen rollen in meinen Kopf zurück.

Irgendwie erinnere ich mich, um Erlaubnis zu bitten. „Sir, ich muss kommen! Darf ich bitte kommen?"

„Komm!", brüllt er. Er geht auf die Knie und hebt meine Beine hoch, sodass meine Knöchel über seine Schulter hängen. Er packt meine Oberschenkel und hebt meinen Hintern vom Bett. Seine Lenden klatschen gegen meinen Hintern, als er sich schnell und hart wie ein Presslufthammer in mich rammt.

Oh. Mein. Gott. Es ist so gut. So gut. So ...

Ich kreische, als mich der Orgasmus überrollt. Meine inneren Muskeln pulsieren und entspannen sich.

Matthias hört nicht auf; er rammt sich weiterhin in mich, während er meinen Hintern auf das Bett senkt und sich vorbeugt, sodass ich in einer Pflug-Position und quasi in der Hälfte gefaltet bin. Erst da wird er langsamer und atmet in einem tiefen rhythmischen Muster, als würde er versuchen, sich zu beruhigen. Versuchen, die Kontrolle zu erlangen.

Ich will nicht, dass er die Kontrolle hat. Ich will, dass er mit mir kommt.

Ich spanne meine Muskeln bewusst um seinen Schwanz herum an.

Er stößt einen überraschten Schrei aus.

Ich wiederhole die Bewegung und sein keuchender Atem geht schneller.

„Maisy!" Er klingt alarmiert. Plötzlich hämmert er sich

wieder in mich und sein Gesicht verzieht sich vor Lust. Er rammt sich tief in mich und stöhnt und ich schwöre, dass ich die Hitze seines Spermas spüre, das in mich spritzt, während seine Hüften zucken und bocken.

Seine Zähne streifen meine Schulter. Ich keuche und meine lockeren Muskeln merken auf, als er beinahe die Haut durchbohrt.

Matthias reißt den Kopf zurück und Panik steht ihm ins Gesicht geschrieben. Er zieht sich aus mir zurück und krabbelt rückwärts vom Bett.

Meine Hand fliegt zu der Stelle, an der mich seine Fangzähne gekratzt haben. Er hat die Haut nicht durchbrochen; er hat bloß etwas fester zugebissen, als ich erwartet habe. Es ist in Ordnung. Ich werde dort vielleicht einen winzigen Bluterguss davontragen. Keine große Sache.

Doch Matthias wirkt entsetzt. Er versucht, etwas zu sagen, doch es klingt bloß wie ein Knurren. Er hält einen Finger hoch und stürmt aus dem Zimmer.

Was … zur Hölle?

Ich muss nicht medizinisch versorgt werden, falls er das denkt.

„Mir geht's gut, Matthias!", rufe ich ihm hinterher, um ihn zu beruhigen. „Mir geht's bestens! Komm zurück!"

Als er nicht antwortet, rolle ich aus dem Bett und stehe auf, um ihm zu folgen. Törichter Mann. Er ruiniert den Moment, indem er mich behandelt, als sei ich zerbrechlich.

Das werde ich ihm sagen.

Ich finde ihn in der Küche, wo er den Inhalt seines Arztkoffers auf der Theke verteilt hat. Er hat sich eine Spritze mit einer dunklen Flüssigkeit in den Arm gerammt. Ein enges Gummiband staut das Blut, damit die Ader an seinem Arm hervortritt.

„Matthias?" Ich starre ihn schockiert an.

Mir ist sofort schlecht. Erinnerungen daran, als ich in

meiner Kindheit meinen Eltern dabei zusah, wie sie sich Drogen spritzten, fluten mein Gehirn. Mir ist schwindlig.

Auf seinem Gesicht zeichnet sich Bestürzung ab.

Ist er ein Drogensüchtiger?

Wie meine Eltern? Was ist das? Oh Gott, wusste er irgendwie von meinem Treuhandfonds? Braucht er das Geld für Drogen? Oder eine Spielsucht? Ich denke an die letzten Tage zurück. Der Diamantschmuck. Die Villa des ‚Freundes‘. Die Balkonsitzplätze beim Cirque du Soleil. Was für ein Kleinstadtarzt hat solche Freunde?

Ich beobachte, wie sich seine ausgefahrenen Zähne zurückziehen. Das strahlende Blau verblasst aus seinen warmen braunen Augen.

„Maisy, es tut mir leid, ich habe jetzt wieder die Kontrolle.“

„W-was tust du?“ In meiner Stimme schwingt anscheinend ein Berg an Abscheu mit, denn ich beobachte, wie sich Verstehen auf seinem Gesicht ausbreitet. Seine Stirn kräuselt sich und seine Augen wirken bedauernd. „Oh Schatz. Das hier sieht schlimm für dich aus, oder?“

Ich kann nicht sprechen. Mich nicht bewegen. Ich stehe wie angewurzelt da.

„Es ist nur Medizin, um meinen Bären zu kontrollieren. Sie hindert mich daran, dich zu beanspruchen.“

Eis schwappt durch meine Adern. Ich weiß nicht, was er meint, mag es jedoch nicht.

Ich mag nichts hiervon.

„Was?“

„Du bist meine Gefährtin, Maisy. Ich muss die Mondkur nehmen, damit ich dich nicht beanspruche.“

KAPITEL ZWANZIG

Matthias

Fuck.

Ich hätte das Ganze nicht schlimmer vermasseln können.

Ich habe vorhin beinahe die Kontrolle verloren und Maisy markiert. Und jetzt hat sie gesehen, wie ich mir Mondkur gespritzt habe.

Es muss ihr Kindheitstrauma getriggert haben, denn meine reizende Gefährtin sieht aus, als wolle sie so schnell und so weit weg von mir rennen, wie sie kann.

Sie stolpert rückwärts und ich springe vor, um sie zu stützen.

„Nicht", blafft sie und schüttelt meine Hände von ihren Unterarmen. Ihr Gesicht ist blass. „Lass los. Ich weiß nicht, was los ist, aber ich mag es nicht."

„Das kann ich verstehen, Maisy. Das kann ich absolut verstehen. Ich bin mir sicher, bei deinen Eltern …"

„Was meintest du damit, dass du dir das spritzt, *damit du mich nicht beanspruchst?*"

Ich will Maisy in meine Arme ziehen und wieder ins

Schlafzimmer tragen, doch ich merke, dass sie gerade kein Interesse an meinem Trost hat. Sie will eine Erklärung.

Ich reiße das Band von meinem Arm und verstaue die Spritze in dem Behälter für spitze Gegenstände. „Komm … setzen wir uns. Ich kann dir die Biologie von Gefährten erklären."

Maisy stapft ins Schlafzimmer zurück, doch anstatt sich zu setzen, zieht sie sich an, als würde sie sich verletzlich fühlen und müsste sich bedecken.

Gestaltwandler sind hinsichtlich ihrer Nacktheit nicht schüchtern, aber ich ziehe ebenfalls die Jogginghose an, die mir meine Brüder im Partybus gaben, damit es nicht seltsam ist.

„Setz dich", lade ich sie ein.

„Nein, ich stehe lieber." Sie verschränkt die Arme vor der Brust.

Das hier läuft gar nicht gut. Die Spritze muss sie schlimmer getriggert haben, als ich gedacht habe. Sie denkt bestimmt, dass ich ein Junkie oder Süchtiger bin. Doch sie irrt sich. Ich habe eine Sucht – allerdings nicht nach einer Droge. Ich bin nach ihr süchtig. Die Mondkur ist dazu da, diese Sucht zu behandeln.

„Laut den Überlieferungen hat jeder Gestaltwandler eine wahre Gefährtin. Angeblich sorgt das Schicksal dafür, dass sie sich finden. Als Wissenschaftler ist meine Hypothese, dass es tatsächlich mit Biologie zu tun hat."

Maisy starrt mich ohne eine Reaktion an, weshalb ich weiterspreche. Wissenschaft ist meine erste Wahl, wenn es schwer wird. Nach dem Tod meiner Eltern studierte ich Medizin als ein Mittel, um meine Umgebung zu kontrollieren, wenn sich die Dinge außer Kontrolle anfühlten. Als Winnie, unsere Adoptivmutter, krank wurde, war ich dankbar, dass ich die Biologie hinter der Krankheit verstand, sodass ich sie retten konnte. Dann, als ich herausfand, dass meine vom Schicksal vorherbestimme Gefährtin in meiner Kleinstadt lebte und viel zu jung für mich war, entwickelte ich die Mondkur, um meinen Bären zu kontrollieren.

Wenn Maisy erst einmal von der Wissenschaft hinter unserer Verbindung erfährt, wird sie alles verstehen.

„Gestaltwandler erkennen ihre ‚vom Schicksal vorherbestimmte Gefährtin'", ich mache um den Ausdruck *vom Schicksal vorherbestimmte Gefährtin* Gänsefüßchen in der Luft, „am Geruch. Da es nur eine Gefährtin pro Gestaltwandler gibt und sie überall auf dem Planeten sein könnte, findet bloß einer von zwanzig Gestaltwandlern seine Gefährtin. Allerdings würde ich gerne eine Umfrage erstellen und die Daten der letzten zwanzig Jahre sammeln, denn diese Zahl ändert sich möglicherweise. Noch eine Sache, die sich in den letzten zehn Jahren geändert hat, ist der Anstieg von vorherbestimmten Paarungen mit Menschen." Ich deute mit meiner offenen Hand auf sie.

Ihre Lippen pressen sich zu einem dünnen Strich zusammen. Sie tritt einen Schritt zurück, als wolle sie mehr Abstand zwischen uns bringen, was keinen Sinn ergibt.

„Wenn ein Gestaltwandler seine vom Schicksal vorherbestimmte Gefährtin findet, markiert er sie und bettet durch einen Paarungsbiss dauerhaft seinen Geruch in ihrer Haut ein, um den anderen Männchen Bescheid zu geben, dass sie vergeben ist."

Maisys Finger wandern zu der Stelle, wo ich sie beinahe markiert habe, und sie reibt über die Haut dort.

„Um die Wahrscheinlichkeit zu erhöhen, ihre vom Schicksal vorherbestimmte Gefährtin zu finden, nehmen Gestaltwandler an Paarungsspielen auf der ganzen Welt teil. Die Wahrscheinlichkeit, dass ich meine Gefährtin in derselben Kleinstadt finde, in der ich lebe, muss verschwindend gering sein, und dennoch warst du dort." Ich strecke erneut meine Hand lächelnd nach ihr aus, doch sie erwidert das Lächeln nicht.

„Wenn ein Gestaltwandler seine Gefährtin findet, sie jedoch nicht beansprucht, oder falls ein Alpha-Gestaltwandler nie seine Gefährtin findet und markiert, wird er mondverrückt. Im Grunde genommen wird er wild und kann sich nicht mehr von seiner Tiergestalt in seine Menschengestalt verwandeln. Wenn das passiert, muss er zur Sicherheit der Gestaltwandler- und Menschengemeinden getötet werden."

Maisy schweigt noch immer, weshalb ich weiterspreche. „Ich habe die Mondkur entwickelt, um den Ausbruch des Mondwahnsinns zu verhindern. Ich nutze Vampirblut."

„Vampire?" Sie blinzelt. Ich schätze, sie weiß noch nicht von Vampiren.

„Ja, aber vergiss das mal. Der Punkt ist, dass ich diese Medizin nur nehme, damit ich dir nicht wehtue."

„Du würdest mir nie wehtun."

„Aber ich will es tun. Ich will dich markieren."

„Also …" Maisy scheint Mühe mit dem Schlucken zu haben. „Du hast die Mondkur entwickelt, damit du mich nicht markierst?"

Ich lächle sie an. Sie *versteht* es. „Genau."

„Weil du mich nicht als Gefährtin haben wolltest."

Ich runzle die Stirn und hasse plötzlich die Richtung, in die sich das entwickelt. „Nein. Weil du zu jung warst. Maisy, du warst erst fünfzehn, als du in die Pubertät kamst und ich realisierte, dass du meine Gefährtin bist. Dich zu beanspruchen, wäre in jeder Hinsicht falsch gewesen."

Ihre Lippen teilen sich schockiert. Ihr Gesicht wird weiß. Sie tritt zurück, als hätte ich sie geschlagen.

Was habe ich getan?

Ich greife nach ihr und sie tritt erneut zurück. „Ich brauche einen Moment."

* * *

MAISY

Mir schwirrt der Kopf und ich kann nicht einmal verarbeiten, was passiert. Ich verlasse die Küche, wo Matthias' Arztkoffer noch immer auf der Theke steht wie eine schmutzige Erinnerung. Er hat sich selbst ein Mittel *gespritzt*, damit er mich nicht beansprucht.

Er hat deshalb *Drogen* genommen.

Mir ist kalt und klamm. Mein Herz hämmert und ein ekelerregendes Gefühl rumort in meinem Bauch.

Zu einem gewissen Grad erkenne ich, dass ein Teil von dem hier – die ursprüngliche Aufregung – in Bezug zu meinem Kindheitstrauma steht. Mein Nervensystem erlebt eine Kampf-oder-Flucht-Reaktion, weil ich Matthias in der gleichen Position sah, in der ich meine Mom fand, bevor sie starb.

Doch es steckt noch mehr dahinter. Ich fühle mich so … ungewollt. Ich kann nicht sagen, ob mein Gefühl der Zurückweisung logisch ist – ich weiß nur, dass ich es in jeder Faser meines Körpers spüre.

Ich brauche einfach etwas Raum, um meine Gedanken zu sortieren. Leider folgt Matthias mir in die Küche.

„Maisy, Schönheit, bitte. Lass mich dich halten", fleht er hinter mir.

Ich drehe mich um und schlucke. „Lass mich das klarstellen." Meine Stimme ist ruhig. „Du hast eine Droge genommen, damit du mich nicht beanspruchst?"

Er nickt argwöhnisch. „Aber wenn es dich stört, werde ich aufhören. Ich verstehe jetzt, wie verstörend es für dich sein muss."

„Sieben Jahre lang?"

Man muss Matthias zu Gute halten, dass er elend

aussieht. Ich weiß, dass er mich nicht verletzen wollte, doch das hat er getan.

Sehr.

Er spreizt die Hände. „Ich versuchte, mich von dir fernzuhalten, Maisy. Du warst viel zu jung für mich. Ich wusste, wie wuschig ich dich machte … ich nahm an, dass es daran lag, dass du unsere biologische Verbindung spüren konntest, und es hat dich verwirrt, da ich so viel älter bin."

Er wusste, wie *wuschig* …

Argh. Scham durchflutet mich, als ich mich daran erinnere, wie ich Kaffee verschüttete, stotterte und es mir jedes Mal die Sprache verschlug, wenn er das Café betrat. Die ganze Zeit sah er mich als Kind. Jemanden, der ‚viel zu jung' war und zu dem er eine ungünstige biologische Verbindung hatte.

Im Grunde genommen hat er also kein Interesse an *mir* als Person. Natürlich hat er die nicht! Warum sollte er das haben? Ich bin ein Niemand. Doch sein Tierkörper fühlt sich zu meinem hingezogen.

Und anscheinend war das, was ich für eine tiefe Seelenverbindung hielt, ebenfalls nur Biologie. Ich war nie in Dr. Sahneschnittchen verliebt. Es war mein Körper. Ich hatte in der Sache keine Wahl.

Ich mag das nicht.

Was sich wie magische, mystische, wahre Liebe anfühlte, wurde jetzt auf einen unerwünschten biologischen Drang reduziert.

Argh!

Ich fühle mich ungewollt und wertlos.

„Unsere *biologische Verbindung*", wiederhole ich hohl. Mein Magen verknotet sich erneut schmerzhaft.

„Ja."

Ich blinzle hektisch und Tränen schießen mir in die Augen.

Matthias sieht entsetzt aus. „Was habe ich gesagt, Maisy? Warum regt dich das auf?" Er kommt näher und greift nach mir.

„*Nicht*." Ich halte eine Hand hoch. „Komm mir nicht zu nahe. Ich …" Ich schüttle den Kopf, um meine Gedanken zu sortieren. „Ich muss nach Hause."

„Warum?" Er tritt wieder näher und ich entferne mich. „Maisy, was bedrückt dich? Rede bitte mit mir."

Der Teil von mir, der sich wehren will, kommt an die Oberfläche und ich fixiere ihn mit einem flammenden Blick. „Ja, Matthias", blaffe ich. „Du hast mich wuschig gemacht. Ich schätze, dass ich die *biologische Verbindung* zwischen uns spürte."

Er wirkt verwirrt. „Warum regt dich das auf? Was entgeht mir hier, Maisy?"

„Nichts. Gar nichts. Ich bin froh, dass du eine Möglichkeit gefunden hast, deine *biologische* Anziehung zu mir zu kontrollieren. Ich würde es hassen, wenn du nachgegeben und dich tatsächlich mit jemandem gepaart hättest, den du nicht wolltest. Jemanden so viel *Jüngeres*, der sich so leicht wuschig machen lässt."

„Maisy, Schönheit. Ich wollte dich nicht beleidigen. So habe ich es nicht gemeint."

Tränen laufen mir über die Wangen. „Ich weiß nicht, wie ich es sonst verstehen soll. Du bist im Grunde genommen nur hier, weil deine Biologie es verlangt. Wenn es nach dir ginge – nach deinem Kopf und Herzen – würdest du nicht einmal mit mir zusammen sein wollen."

„Nein. Das stimmt nicht."

„Es *stimmt*. Du hast gerade eine Droge genommen, damit du dich nicht mit mir *paarst*." Ich wedle in die Richtung seiner Arzttasche. „Du denkst eindeutig, dass wir nicht richtig für einander sind. Du hast mich *sieben Jahre* lang gemieden. Vier dieser Jahre war ich erwachsen, aber du hast nie Kontakt zu mir hergestellt. Du bist erst aufgetaucht, als ich in Gefahr war. Und dann lag es wahrscheinlich nur daran, dass deine Biologie dich dazu gezwungen hat. Also keine Sorge. Ich werde Abstand zu dir halten, damit du dich nicht weiterhin mit Drogen vergiften musst, um dich davon abzuhalten, mich zu beanspruchen."

Ich nehme sein Handy von der Arbeitsplatte und drehe das Display zu seinem Gesicht, um es zu entsperren, dann wähle ich Axels Nummer.

„Ich gehe nach Bad Bear zurück. Ich würde es zu schätzen wissen, wenn du mich nicht kontaktierst." Ich halte den Kopf hoch erhoben.

Matthias hält mich vielleicht für ein kleines, wuschiges Mädchen, doch er ist derjenige, dem etwas entgeht. Ich bin eine Frau. Wir können meine Unerfahrenheit der Biologie zuschreiben – ich schätze, ein Teil von mir war verwirrt und wartete auf ihn, doch das ist vorbei.

Ich bin eine erwachsene Frau und wenn ich nicht genug für ihn bin, ist das sein verdammter Verlust.

KAPITEL EINUNDZWANZIG

Maisy

Ich klammere mich an meine Entschlossenheit, stark zu sein, alles in mir einzusperren und zu warten, bis ich zu Hause bin, bevor ich zusammenbreche.

Nachdem ich Axel angerufen hatte, besorgte er uns beiden den nächsten Flug nach Albuquerque, mietete anschließend ein Auto und fuhr uns nach Bad Bear zurück. Ich sprach während der gesamten Reise kein Wort und er auch nicht.

Gott sei Dank habe ich einen Freund wie ihn.

Daisy wartet auf der Türschwelle. Ich renne zu ihr und sie öffnet ihre Arme weit, wie sie es früher tat, als ich noch klein war. Ich umarme sie vorsichtig, weil sie sich so dünn und zerbrechlich in meinen Armen anfühlt. Dieses Mal halte ich sie aufrecht anstatt anders herum.

„Maisy", sagt sie mit tränenerstickter Stimme. „Gott sei Dank, du bist zurückgekehrt."

„Ich bin hier. Ich bin okay." Sie zittert und ich habe Angst, dass ihr kalt ist, weil sie auf der eisigen Treppe steht. „Lass uns reingehen."

Sie hebt den Kopf und ihr Gesicht ist feucht, als sie sich umsieht. Axel ist bereits weggefahren, vermutlich um mir Raum zu geben. „Wo ist Matthias? Ich will mich bei ihm dafür bedanken, dass er dich zu mir zurückgebracht hat."

Ich versuche, stark zu sein, doch meine Maske bekommt feine Risse und Daisy realisiert, dass etwas nicht stimmt.

„Oh nein, Schätzchen. Erzähl mir alles."

* * *

Maisy

„Deswegen bin ich früher nach Hause gekommen", erzähle ich Missy. Sie war noch bei ihrer Mom in Santa Fe und ließ alles stehen und liegen, um den Berg hochzukommen und heute Nacht bei mir zu übernachten. Meine Kehle ist kratzig, weil ich ihr alles erklärt habe, während ich zugleich Tränen zurückgehalten habe. Ich weinte viel, als ich es Daisy erzählte, doch bei Missy lasse ich den Gestaltwandler-Teil weg, sodass sie nur weiß, dass ich herausfand, dass Matthias bloß mit mir zusammen war, weil er sich dazu verpflichtet fühlte. „Er will mich nicht, er hatte nur das Gefühl, als müsste er mir helfen. Wie ein beschützender, großer Bruder."

„Oh, Maisy." Missy stellt ihre Tasse mit heißer Schokolade auf meinen Nachttisch und rutscht näher, damit sie meine Hand nehmen kann. „Ich bin mir sicher, dass das nicht stimmt. Er hat dem Date zugestimmt."

„Nur, weil er meine Liste mit den Neujahrsvorsätzen fand und dachte, er würde mir helfen", flüstere ich. Ich kann nicht weinen, ich habe keine Tränen mehr. Meine Tränenkanäle schmerzen. In meiner Magengrube ist ein schwarzes Loch.

Ich fühlte mich stark, als ich von Matthias wegmarschierte und mich an meinen Stolz klammerte, doch jetzt, bei meiner besten Freundin, erlaube ich mir, mich in meinem Elend zu suhlen. Ich verdiene eine verdammte Mitleidsparty.

„Ich habe einfach das Gefühl, als würde niemand mich wählen. Nicht mein Vater, nicht meine Mutter. Ich hatte sogar ein Mitleidsdate zum Prom.“

„Ich habe dich gewählt. Daisy hat dich gewählt.“ Sie drückt meine Hand.

Ich schaue aus dem Fenster. Es schneit wieder. Die ganze Welt hat sich verdunkelt, obwohl die Dämmerung noch nicht hereingebrochen ist.

„Daisy hatte keine Wahl. Sie nahm mich auf, weil sie es musste – meine Mom starb an einer Überdosis und mein Dad war ebenfalls ein Drogenabhängiger. Und du bist eine fantastische beste Freundin, aber … ich weiß nicht. Manchmal habe ich das Gefühl, als wäre ich nur deine Nebendarstellerin.“ Ich weiß nicht, warum all meine Wahrheiten momentan aus mir heraussprudeln. Ich will Missy nicht verletzen, kann die Worte jedoch nicht zurückhalten.

Ich schätze, ich bin einfach zu demoralisiert, um so zu tun, als wäre bei mir alles gut, wenn es das nicht ist.

Missy sieht bestürzt aus.

„Es ist nicht deine Schuld. Ich gebe dir nicht die Schuld. Aber du bist die Hübsche. Die Beliebte.“

Missy sieht schockiert aus. „Du bist verrückt. Zuerst einmal, Daisy vergöttert dich. Du warst ihr nie eine Bürde. Ich war immer neidisch darauf, wie sehr sie dich liebt. Und es tut mir wahnsinnig leid, dass du so in Bezug auf uns empfindest. Du bist die einzige Person, die mir eine wahre Freundin war. Als wir uns in der Schule kennenlernten, warst du die *Einzige*, die mich nicht hasste, weil ich mit vierzehn Miss New Mexico Teen wurde – bei einem Schönheitswettbewerb, an dem ich übrigens nie teilnehmen wollte, es jedoch tun musste, weil die Liebe meiner Mom nicht bedingungslos ist.“

Es stimmt, dass die anderen Mädchen Missy hassten, aber ich wusste nicht, dass sie das bemerkt hatte. Sie tritt immer so selbstbewusst auf. Andererseits ist sie eine gute Schauspielerin.

Ich umarme sie. „Es tut mir leid, dass deine Mom so ätzend ist."

Sie drückt mich fest. „Es tut mir leid, dass deine gestorben ist. Und ich weiß, dass du leidest, aber es stimmt nicht, dass du ungewollt bist. Wir lieben dich um *deinetwillen*. Weil du genial bist."

„Danke." Wir lösen uns voneinander und ich wische meine Tränen weg.

Ich fühle mich nicht genial. Ich fühle mich noch wie das kleine Mädchen, das sich auf den Besuch seines Dads freute, nur um zu realisieren, dass er bloß ihr Geburtstagsgeld wollte.

Ich wurde reingelegt. Ich dachte, ich würde Matthias etwas bedeuten, doch es stellte sich heraus, dass es nur Biologie war. Er wollte mich nicht. Er nahm Drogen, um mir zu widerstehen.

Argh.

Matthias ist mit seinen Brüdern an den Berg zurückgekehrt. Daisy rief Winnie an, um sich das bestätigen zu lassen. Ich sagte ihm, dass er mich nicht kontaktieren soll, weshalb es dumm ist, dass ich verletzt bin, weil er mich nicht besucht hat.

Möchte ich, dass er um mich kämpft?

Ja, ich schätze, das möchte ich.

Doch ich weiß nicht, was er sagen könnte, um den Schmerz zu ändern, den ich verspüre.

Er tat alles in seiner Macht Stehende, um mich nicht zu beißen und die Beziehung dauerhaft zu machen.

Er wollte mich beschützen, aber … er hielt mich hin. Das

hier ist schlimmer als ein Mitleidsfick. Ich dachte, es wäre real.

Er *heiratete* mich. Und er ließ mich darüber scherzen, dass wir Flitterwochen haben, und er half mir mit meiner Jungfräulichkeit und … oh Gott, es fühlte sich so echt an. Ich meine, ich schätze, es war echt, allerdings nur der körperliche Teil. Nur verdammte *Biologie*.

Missy drückt meine Hand. „Du wirst das durchstehen. Und du wirst über ihn hinwegkommen. Du hast in den letzten Tagen viel durchgemacht, aber du hast schon Schlimmeres durchlebt. Du schaffst das."

„Danke." Ich habe nicht das Gefühl, als würde ich leben. Ich fühle mich wie der Dreck an jemandes Schuh.

Missy zwingt sich zu einem Lächeln. „Warum hat der Dad aufgehört, die Windschutzscheibe mit seiner Rabattkarte freizukratzen?"

„Weil er nur zehn Prozent runterbekommen hat", antworte ich stumpf. Nicht einmal Flachwitze können mich aufmuntern. Ich erschaudere wegen all der Male, bei denen ich sie Matthias wie eine große, alberne Idiotin erzählt habe. Wahrscheinlich noch ein Ereignis, bei dem er mich für zu jung hielt.

Kein Wunder, dass er mich nicht als Ehefrau will.

„Ich werde uns noch mehr heiße Schokolade holen", verkündet Missy. Sie drückt meine Hand noch einmal und geht in den Flur, wo ich leise Stimmen höre. Sie und Daisy beraten sich.

Mein Handy piept und ich werfe einen Blick darauf. Kurz frage ich mich, ob es Matthias ist, der sich mit mir in Verbindung setzen möchte, doch nein, es ist eine Nachricht von Axel. Sie lädt nur langsam und als sie erscheint, raubt sie mir den Atem.

Es ist unser Hochzeitsfoto. Wir stehen im Gang der

kleinen Kapelle, während die Drillinge in ihren Kilts und lilafarbenen Blumensträußen im Hintergrund lachen.

Matthias und ich sehen so glücklich aus. Ich sehe wie ein verflixter Filmstar aus. Der Star der Show.

Ich war so glücklich – sogar nachdem ich von meinem eigenen Dad entführt worden war, um einen Verbrecher zu heiraten. Ich berühre mein Gesicht. War das wirklich ich?

Ich leuchte auf dem Bild förmlich. Nicht nur wegen der Diamanten um meinen Hals. Ich bin verliebt.

Matthias sieht auch glücklich aus. Aber das muss eine Lüge gewesen sein.

Missy kehrt zurück und findet mich schluchzend vor.

„Was ist passiert? Wen muss ich umbringen?" Ihr leidenschaftlicher Ton erinnert mich daran, warum sie meine beste Freundin ist.

Wortlos zeige ich ihr das Foto. Ihr leises „Oh" lässt mich noch heftiger weinen. Denn sie versteht es. Sie legt die Arme um mich und erlaubt mir, ihr Sweatshirt mit meinen Tränen zu durchnässen.

„Ich wollte es", erzähle ich ihr. Ich hatte es und verlor es. Und ich will es zurück, selbst wenn alles nur fake war.

Ich drücke mein Gesicht an Missys Schulter. Mein Bauch verkrampft sich und der vertraute Schmerz packt mich, es liegt allerdings nicht an den Eierstockzysten.

Es liegt am Liebeskummer.

* * *

MATTHIAS

Ich starre das verkohlte Holzscheit in meinem Kamin an. Es wird eine kalte Nacht werden, weit unter null Grad Celsius. Ich sollte ein Feuer entzünden, mir ist jedoch nicht danach.

Die Kälte betäubt mich auf eine Art, wie es die Mondkur

tat. Es ist die einzige Erleichterung, die ich jemals erhalten werde, und viel mehr, als ich verdiene.

Maisy. Maisy. Maisy. Mein Bär hört einfach nicht auf, ihren Namen zu skandieren. Als würde ich je an jemand anderen oder etwas anderes denken.

Ich verletzte Maisy. In all den Jahren, in denen ich versuchte, mich zurückzuhalten, um genau das zu vermeiden, sah ich nie, dass es meine Zurückhaltung sein würde, die ihr die tiefsten Wunden zufügen würde.

Das ferne Knirschen eines Stiefels macht mich auf einen Besucher aufmerksam. Axel öffnet meine Tür und schlüpft herein, ohne um Erlaubnis zu bitten. Er betrachtet mich, während ich den leeren Kamin anstarre. Ich schaue nicht auf, bewege mich nicht. Ich habe nicht die Energie dazu.

Das einzig Positive an der Sache ist, dass ich ihn nicht mehr töten will. Er ist momentan meine einzige Verbindung zu Maisy. Er wird sich auf eine Weise um sie kümmern, wie ich es nicht kann.

„Hast du mit Maisy gesprochen?", fragt er.

Allein ihren Namen zu hören, schickt eine frische Woge des Schmerzes durch mich hindurch. Ich schüttle den Kopf, da ich zu müde zum Sprechen bin.

„Ich wollte dir das hier geben." Axel legt etwas mit einem Klicken auf meinen Wohnzimmertisch. Es ist die Diamantkette. „Sie hat sie in meinem Auto liegengelassen."

Natürlich hat sie das getan. Warum sollte sie die Kette behalten? „Was ist mit dem Ring?"

„Den habe ich nicht gesehen."

Ich trage meinen noch. Ich realisiere, dass ich den goldenen Ring um meinen Finger drehe und lasse meine Hände sinken. „Ist sie okay?"

„Ich glaube, du kennst die Antwort darauf."

Sie hat ein gebrochenes Herz. Ich verkaufte ihr ein

Märchen und zerschlug es. Es gibt kein Zurück. Sie weiß jetzt, was für eine Person ich bin.

Das ist zum Besten.

Ich schlucke um den Kloß in meiner Kehle herum. „Du musst über sie wachen."

„Das ist deine Aufgabe." Sein Bär glitzert in seinen Augen. Er ist sauer auf mich und ich verstehe es. Ich bin auch sauer auf mich.

„Nicht mehr." Mein Bär grollt und ich verliere mich in dem einsamen Laut. „Sie bat mich, sie nicht zu kontaktieren."

Axel tritt vor mich und schnippt mit den Fingern, um meine Aufmerksamkeit zu erregen. „Ich weiß nicht, was zwischen euch beiden vorgefallen ist, aber du trägst die Verantwortung für sie. Du hast sie geheiratet. Warum zur Hölle hast du sie noch nicht markiert?"

„Was sollte ich denn tun?", donnere ich und all mein Frust schwappt plötzlich an die Oberfläche, vor allem weil Axel das Gleiche zu verlangen scheint wie Maisy. „Ein Mädchen markieren, das vor unserer Hochzeitsnacht noch nie geküsst wurde? Wie ist das ihr gegenüber fair? Ich bin zehn Jahre älter als sie, Axel. Sie war zuvor noch nie auf einem Date. Wurde nie geküsst. Sie wohnt noch bei ihrer Oma. Denkst du, es ist richtig, wenn ich sie mir einfach schnappe und markiere, nur weil es das ist, was *ich* brauche? Was ist mit ihren Bedürfnissen?"

Axel schüttelt den Kopf. „Sie ist eine erwachsene Frau. Hast du ihr eine Wahl gelassen?"

Ich packe die Seiten meines Sessels. „Ich beschütze sie!" Ich schreie jetzt aus voller Kehle, was ich nie tue. Ich bin derjenige in der Familie, der nie die Beherrschung verliert. Der immer kühl, ruhig und kontrolliert ist. Jetzt kann ich nicht einmal nachdenken, da mein Bär mich anbrüllt, Maisy zu finden.

„Du beschützt sie nicht. Du beschützt dich selbst." Axel

schüttelt den Kopf. „Wenn du sie in Ruhe lässt, bist du nicht der Mann, für den ich dich hielt."

„Was soll ich denn tun?", knurre ich. „Sie bat mich, sie nicht zu kontaktieren."

„Ich will, dass du ihrer würdig bist."

Ich sage nichts. *Das bin ich nicht. Das war ich nie.*

Axel schüttelt den Kopf und geht zur Tür. Er öffnet sie und dreht sich um, um mich anzuschauen. „Zieh deinen Kopf aus dem Arsch, Matthias. Maisy braucht dich, ob sie das nun zugibt oder nicht."

Ein ausgewachsenes Bärenbrüllen kommt aus meiner Kehle, als er die Tür schließt. Ich stemme mich aus dem Sessel, tigere durch den Raum und denke über Axels Worte nach.

Er könnte recht haben, aber ich werde sie nicht zu dieser Paarung zwingen. Das ist das Einzige, was ich mir von Anfang an schwor. Vielleicht habe ich mir so diesen Schlamassel eingehandelt, aber ich besitze Integrität. Ich werde diesen Schwur halten.

Für sie.

Maisy Maisy Maisy –

Ich verliere die Kontrolle und weiß nicht, was ich tun soll.

Die Erinnerung an ihre unschuldige Liste mit den Neujahrsvorsätzen, die in ihrer ordentlichen, hoffnungsvollen Handschrift notiert wurden, blitzt vor meinem inneren Auge auf:

1. Glow-up
2. Arzttermin wegen PCOS
3. DD-Erweiterung planen
4. Bei Allen Grenzen setzen
5. Trete für dich ein!!! Du schaffst das!
6. Auf ein Date gehen

. . .

MEINE AUGEN BRENNEN, als ich ein bitteres Lachen ausstoße. Nun, meine süße, hübsche Gefährtin hat alle Punkte abgehakt, einschließlich des Eintretens für sich selbst.

Gut für sie.

Vielleicht sollte ich eine Liste mit Neujahrsvorsätzen erstellen.

Ich nehme mir ein Blatt Papier. Meine Finger haben lange, gebogene Krallen – mein Bär übernimmt allmählich die Kontrolle. Ich brauche einige Versuche, bis ich sie wieder einfahren kann. Schließlich nehme ich einen großen, schwarzen Filzstift und halte ihn zum Schreiben in meiner Handfläche. Meine Kritzelei füllt die ganze Seite, doch das ist in Ordnung. Ich muss bloß eine Sache aufschreiben:

Maisy zurückbekommen.

KAPITEL ZWEIUNDZWANZIG

Nach einer ruhelosen Nacht wache ich um 05:00 Uhr auf.

Als sei es ein gewöhnlicher Tag in einer gewöhnlichen Woche und meine größten Probleme bestünden darin, pünktlich zum Café zu gelangen, um alles für dessen Öffnung vorzubereiten.

Als hätte ich letzte Woche nicht in Vegas geheiratet und als wäre mir nicht das Herz gebrochen worden.

Ich habe mich die letzten Tage verkrochen, im Bett vor mich hinvegetiert und Liebesfilme mit Missy angeschaut, doch jetzt muss ich wieder eine Art von Normalität finden. Also stehe ich auf und mache mich für die Arbeit fertig. Ich kann bei den Vorbereitungen helfen und mich in den hinteren Räumen verstecken, wenn Jenny kommt, um die Morgenschicht mit einer unserer Teilzeitkräfte zu übernehmen.

Der Valentinstag steht bevor und normalerweise würde ich alle möglichen thematischen Getränke planen und unsere Herz-und-Gänseblümchen-Girlanden hervorkramen, um den Sitzbereich des Cafés mit etwas Rot zu schmücken.

Dieses Jahr wünsche ich mir jedoch, ich könnte einen Knopf drücken und den ganzen Feiertag verschwinden lassen. Für alle.

Vielleicht sollte ich Missys Angebot annehmen und nach LA ziehen. Ich müsste von vorne beginnen, aber stumpfsinnig stundenlang zu arbeiten, könnte mir möglicherweise dabei helfen, Matthias zu vergessen.

Wem will ich hier etwas vormachen? Ich werde das Ganze nie vergessen.

Meine Zeit mit ihm war die glücklichste meines Lebens. Weh tut, dass es nicht real war.

Ich gehe die verschneite Straße zum Café entlang und das Eis knirscht unter meinen Stiefeln. Die Kälte beißt an meiner Nase und meinen Ohrenspitzen. In der Dunkelheit des Morgengrauens scheint der Schnee zu leuchten.

Es raschelt im Wald an meiner Seite, woraufhin ich stehen bleibe und durch die Blätter spähe. Ist dort jemand?

Doch nein, es ist vermutlich nur ein wildes Tier. Ein Fuchs, ein Eichhörnchen. So früh ist niemand unterwegs. Niemand außer einem gewissen jungen Arzt, der von einer Schicht im Krankenhaus nach Hause kommt … Nein, ich werde nicht an ihn denken.

Die Glocke über der Tür klingelt, als ich das Café betrete. Normalerweise würden mich die Gänseblümchen-Dekorationen aufmuntern, momentan sind sie jedoch zu hell. Zu viel.

Ich gehe nach hinten und mache mich daran, Dinge aus der Gefriertruhe zu holen, den Ofen anzuschalten und die Bleche mit den Scones aus dem Kühlschrank zu holen, die Ryan am Vorabend vorbereitet hat, damit Jenny sie am Morgen aufbacken kann.

Es klingelt an der Eingangstür und jemand ruft: „Maisy?"

Ich runzle die Stirn. Es ist zu früh für Jenny und das klang wie meine Oma.

Es ist Daisy. Sie ist bei der Eingangstür und stampft auf dem Türvorleger den Schnee von ihren Stiefeln. Dann geht sie schnurstracks zum Thermostatt und dreht die Temperatur hoch.

„Was machst du hier?"

Daisy ist kein Morgenmensch und hat seit Jahren keine Schicht mehr im Morgengrauen übernommen. Ich achtete darauf, diese Schicht zu übernehmen, sobald sie mir zutraute, das Café allein zu öffnen.

„Guten Morgen. Schön, dich auf den Beinen zu sehen." Sie schenkt mir ein Lächeln, das ihrem forschen Ton die Schärfe nimmt. Sie wollte, dass ich mir freinehme, damit ich mich nicht schuldig fühle, dass ich die letzten Tage um die Vergangenheit trauerte. „Ich habe Jenny gestern geschrieben und ihr den Morgen freigegeben. Ich dachte, sie könnte eine Pause gebrauchen, da sie für dich eingesprungen ist und du die Arbeit von sechs Leuten machst."

„Das tue ich nicht."

„Das tust du. Es wird Zeit, dass wir das alle anerkennen. Komm her." Sie geht zum Büro und bedeutet mir, ihr zu folgen. „Ich will dir etwas zeigen."

Ich folge ihr. Obwohl ich in den letzten Tagen viel geschlafen habe, fühle ich mich benommen. Ich brauche einen Cold Brew Kaffee, bevor ich auch nur die Hälfte von Daisys Energie aufbringen kann.

Das Café-Büro ist winzig. Ich versuche, Ordnung in dem Raum zu halten, doch Papierstapel, Lohnabrechnungen, Steuerformulare und glänzende Broschüren von unseren Lieferanten bedecken immer den Schreibtisch. Daisy nimmt den Stuhl hinter dem Schreibtisch und bedeutet mir, mich auf den einzigen anderen Stuhl zu setzen.

„Das hier ist schon längst überfällig", beginnt Daisy, schiebt Blätter zusammen und stapelt sie. Ich sollte sie aufhalten – sie hat gerade einige Angestellten-W-2s mit unserem vierteljährlichen Steuerbericht vermischt. Sie wirkt tatsächlich nervös. „Ich hätte das schon vor Jahren tun sollen. Ich hätte … nun, egal. Wenn überhaupt waren die letzten Tage ein Warnsignal."

Ich runzle die Stirn und versuche, herauszufinden, wovon sie spricht. Mein Gehirn kann mit diesem Gespräch nicht mithalten.

Sie legt einen Folianten mit Ledereinband zwischen uns. „Das hier ist für dich."

Ich mache keine Anstalten, das Buch zu nehmen. „Was ist das?"

„Mein letzter Wille und Testament. Du bist natürlich meine Begünstigte …"

Ich schüttle den Kopf. „Nein, wir müssen nicht darüber sprechen."

„Maisy, das müssen wir. Als ich realisierte, dass du fort warst." Ihre Stimme stockt und in ihre Augen tritt ein heimgesuchter Ausdruck. „Nun, ich realisierte, wie viel ich für selbstverständlich genommen habe. Wie sehr ich mich auf dich stütze. Nein", sie hält eine Hand hoch, „hör mir zu. Ich bin zweiundneunzig Jahre alt. Ich habe keine Zeit, um den heißen Brei herumzureden." Sie klappt den Folianten auf und reicht mir etwas. Es ist ihre Hypothekenabrechnung.

„Ich habe gerade erst herausgefunden, dass du die Hypothek mit zusätzlichen Zahlungen reduziert hast. Das hättest du nicht tun müssen, Maisy."

„Ich wollte helfen", erwidere ich.

„Ich weiß nicht, womit ich eine so tolle Enkelin wie dich verdient habe", sagt Daisy.

Mir schießen Tränen in die Augen.

„Was ich jetzt wirklich tun möchte, ist das hier." Daisy reicht mir ein Blatt Papier.

Ich überfliege es, kann die Juristensprache allerdings

nicht verstehen. *Daisy Day Café Aufteilung der Eigentümeranteile.* Und mein vollständiger Name, *Daisy May Bennett.*

„Ab heute bist du die Mitinhaberin des Cafés. Fünfzig-fünfzig. Ich weiß, dass du hier viel mehr arbeitest als ich, und ich bin gewillt, alles abzusegnen, was du tun möchtest …“ Sie spricht weiter, doch ich kann sie nicht hören.

Ich legte das Blatt auf den Tisch und atme schwer. „Du stirbst nicht.“

„Ich hoffe nicht. Aber wir wissen nie, wie viel Zeit uns bleibt. Und das Eine, was ich mir versprach, als du fort warst“, ihre Stimme zittert erneut, „war, sicherzustellen, dass du weißt, wie wichtig du mir bist. Dieser Stadt.“

Ich schaue von ihr zu dem Blatt und wieder hoch. Ich weiß nicht, was ich denken soll. Vor einigen Minuten dachte ich darüber nach, für immer aus der Stadt zu fliehen.

„Maisy, ich weiß, dass du gerade viel durchmachst. Und ich weiß, dass es schwer ist. Ich will nur, dass du weißt … du bedeutest mir alles. Ich will, dass du weißt, dass ich nicht mehr am Leben wäre, wärst du nicht gewesen. Du hältst mich jung. Du gibst mir einen Lebenszweck. Du erhellst mein Leben.“

Tränen schießen mir erneut in die Augen. „Danke. Ich bin so dankbar, dass ich dein Mündel wurde, nachdem …“

Daisy unterbricht mich. „Ich hätte die Vormundschaft schon früher übernehmen sollen. Bevor deine Mom starb.“ Ihre Stimme klingt erstickt und ihre Augen schwimmen in Tränen. „Ich wusste, dass sie und dein Dad Drogen nahmen, aber nicht, wie schlimm es war.“

Ich greife über den Schreibtisch und nehme ihre dünne, faltige Hand. „Du hättest es nicht wissen können.“ Die arme Daisy. Ich weiß, dass sie nie darüber hinwegkommen wird, dass sie ihre einzige Tochter an Drogen verlor. Meine Mom zu verlieren, war schwer, doch ich war noch so jung. Und ich hatte Daisy.

Oh. Ich schätze, sie erzählt mir gerade, dass sie genauso empfindet.

„Wenn du ein normales Leben gehabt hättest, wärst du nach der Highschool ausgezogen. Ich weiß, dass du wegen mir in Bad Bear geblieben bist." Daisy verschlägt es erneut die Sprache.

Ich stehe auf und gehe um den Schreibtisch herum zu ihr. Sie steht auf, damit wir uns umarmen können. Sie ist kleiner als ich, ja, aber so stark. Es ist eine Erleichterung, in ihren Armen zu sein und sie hier zu haben, damit ich sie umarmen kann. *Ich werde das hier nie für selbstverständlich halten*, sage ich mir. *Nie*. Eine Weile halten wir einander einfach nur.

„Nun." Daisy lässt mich los und tupft ihre Augen. Ich habe sie nur selten weinen sehen. Sie ist wie ein Soldat, der immer stoisch weitermarschiert. So etwas Jahrzehnte lang zu tun, fordert jedoch einen Preis. „Damit wäre das erledigt. Die Hälfte des Cafés gehört dir. Und falls du ausziehen und gehen möchtest, nun, dann stellen wir einige Leute ein und irgendwann werden wir dir deinen Anteil am Eigentümergewinn schicken, wohin du auch gehst ..."

„Ich gehe nicht", versichere ich ihr. „Ich bleibe." Sobald ich das ausspreche, weiß ich, dass es stimmt. Ich bin noch immer am Boden zerstört, habe noch immer ein gebrochenes Herz, doch ich liebe Bad Bear. Und ich habe große Pläne für das Café.

„Okay, gut. Was immer du tun möchtest."

„Tatsächlich gibt es einige Dinge, die ich gerne für das Café tun würde. Ich möchte es erweitern. Ich habe sogar einen Geschäftsplan erstellt ..." Ich verstumme, als mir etwas bewusst wird.

„Was? Was ist los?"

„Ich wollte gerade sagen, dass wir nicht das Geld haben, um die Pläne zu verwirklichen. Aber möglicherweise haben wir es. Ich habe es möglicherweise." Und ich beginne, zu lachen. Das Erbe, das Allen unbedingt in die Finger kriegen wollte. Es gehört mir. Ich schätze, theoretisch gesehen kontrolliert Matthias es, aber er wird sich mir nicht in den Weg stellen.

Vielleicht ist es an der Zeit, dass ich beanspruche, was mir gehört.

KAPITEL DREIUNDZWANZIG

Matthias

Ich stehe in Bärengestalt im Wald am Stadtrand und starre das Daisy Day Café an.

Maisy Maisy Maisy ...

Ich habe seit fünf Tagen nicht geschlafen. War genauso lange nicht in Menschengestalt. Ich blieb die ganze Nacht lang wach und beobachtete Maisy durch ihr Fenster hindurch. Ich folgte ihr zum Café, wobei ich durch den Wald ging, damit sie mich nicht sah. Ich sollte mich nicht in Bärengestalt blicken lassen, auch wenn die halbe Stadt weiß, was ich bin.

Das Problem ist, dass ich mich nicht von Maisy fernhalten kann.

Sogar jetzt warte ich darauf, dass sie zur Eingangstür geht, um sie aufzusperren und das Café zu öffnen. Vielleicht werde ich einen kurzen Blick auf ihr süßes Lächeln erhaschen, wenn sie ihre Stammkunden begrüßt.

Maisy Maisy Maisy ...

Ich nehme den Geruch meiner Brüder im Wind wahr. Everest ist in der Nähe. Er riecht nach Bienenwachs und

Honig wegen der Bienenstöcke, die er hat. Er passt auf mich auf, während ich auf Maisy aufpasse. Doch ich rieche auch den pfeffrigen Geruch der Zwillinge – in Menschengestalt.

Ich wende mich nach links und renne den Berghang hinauf. Ich will nicht mit ihnen reden. Ich will mit niemandem reden.

„Fang ihn, Everest", brüllt Darius.

Oh, fuck nein. Ich ändere erneut die Richtung und renne schneller, doch Everest erwischt mich mit einer Sprunggrätsche. Wir stürzen beide in den Schnee. Sein Bär ist größer als meiner, aber meiner ist wütend, weil ihm seine Gefährtin vorenthalten wird, weshalb Everest mich nicht fixieren kann.

Doch da schließen sich Teddy und Darius dem Gerangel an und fixieren mich im Schnee.

Ich blecke die Zähne und brülle. Everest verpasst mir mit seiner riesigen Tatze eine Ohrfeige. Ich brülle erneut. Meine drei idiotischen Brüder ignorieren meinen Zorn und schleifen mich an Armen und Beinen den Berg hinauf.

Als wir zu meiner Hütte gelangen, werfen sie mich in dieser auf den Boden und knallen die Tür hinter sich zu. Sie lassen Everest draußen zurück, weil wir die Regel aufgestellt haben, dass er in Menschengestalt sein muss, wenn er in einem Gebäude sein will.

Teddy wendet einen Alphabefehl bei mir an. „Verwandle dich."

Ich weigere mich. Ich bin dominanter als er.

„Verwandle dich, du Mistkerl." Darius benutzt ebenfalls einen Alphabefehl.

Als ich in Bärengestalt bleibe, wechseln sie einen Blick. Ich brauche eine Weile, bis ich den Blick verstehe, da ich in Bärengestalt bin und meine Denkweise anders ist. Doch dann wittere ich den sauren Geruch von Furcht und ich verstehe. Sie haben Angst um mich.

Sie denken, dass ich wild geworden bin.

Maisy. Maisy. Maisy.

Vielleicht bin ich das geworden. Ich nehme die Mondkur nicht mehr, seit Maisy mich in Vegas erwischt hat. Da ich nun weiß, wie sehr es sie stört, kann ich sie nicht mehr nehmen.

Deshalb bleibt mir, schätze ich, nur …

Fuck.

Ich versuche, mich zu verwandeln.

Die Zwillinge probieren es noch einmal gleichzeitig und legen einen Alphabefehl in die Worte „verwandle dich".

Es funktioniert. Ich finde mich nackt mit dem Hintern auf dem kalten Holzboden wieder. Ich ignoriere die Erleichterung auf ihren Gesichtern und schaue finster zu ihnen auf.

„Du brauchst eine Dusche." Darius deutet zum Badezimmer. „Jetzt."

Ich versuche, zu sprechen, aber es kommt nur ein Bärenknurren heraus.

Die Zwillinge wechseln noch einen besorgten Blick.

Da ich mich weder mit ihren Sorgen auseinandersetzen noch ein Gespräch mit ihnen führen will, rapple ich mich auf und marschiere zur Dusche. Darius hat wahrscheinlich recht. Ich habe seit Tagen nicht geduscht. Ich stinke bestimmt.

Das Gehen ist schwierig. Ich bin es nicht gewohnt, auf zwei Beinen zu laufen, und meine Füße fühlen sich an, als bestünden sie aus Blei. Meine Brust fühlt sich an, als hätte ein Amboss meine Rippen gebrochen, würde dort feststecken und mich mit seinem Gewicht nach unten ziehen.

So ist das Leben, wenn man seine Gefährtin nicht beansprucht.

* * *

MAISY

„Ich habe einen großen Mocha Latte mit Extrasahne für Sara", rufe ich und eine hochgewachsene blonde Frau nähert sich der Theke. Ich kenne sie von der Rezeption in der Praxis.

„Danke, Maisy. Ich wollte auch die To-Go-Bestellung für Nancy mitnehmen?"

„Oh, die ist hier." Ich nehme sie und reiche sie ihr. „Nancy die APN, oder? Aus der Praxis?"

„Das stimmt. Es ist schön, dich wieder hier zu sehen."

„Danke." Die meisten Stadtbewohner wissen, dass ich fort war. Sie wissen, dass die Bad Bear Bros involviert waren, aber sie kennen nicht das Ausmaß des Ganzen. Sie wissen bloß, dass es eine üble Angelegenheit gab, in die ich wegen meines Dads verwickelt wurde, und dass Matthias und seine Brüder mir raushalfen.

Matthias. Es tut noch immer weh, seinen Namen zu denken, allerdings nicht so sehr, wie es das noch vor einigen Tagen tat. Es ist, als würde man auf einen Bluterguss drücken oder mit einem Finger über eine Narbenwulst fahren. Der Schmerz ist der Beweis dafür, dass ich überlebt habe.

In den letzten Tagen habe ich viele Fortschritte gemacht. Daisy und ich haben den Papierkram erledigt, damit ich die Hälfte des Cafés übernehmen kann. Ich schickte den Bad Bear Brüdern Dankeskarten, weil sie mich gerettet hatten. Hutch stellte für mich den Kontakt zu der Hackerin namens Kylie her, die dabei half, mich nach der Entführung aufzuspüren. Sie durchleuchtete auch Allens Familie und gab mir die Kontaktinformationen für die Rechtskanzlei, die den Dankworth Treuhandfonds eingerichtet hatte. Ich habe eine Eheurkunde bestellt und sie der Kanzlei geschickt. Wenn sie dort ankommt, wird der Treuhandfonds in meinen Besitz übergehen. Der Großteil davon ist angelegt und ich beabsichtige, das so zu lassen. Ich habe ein Meeting mit Paloma vereinbart, um darüber zu sprechen, wie ich das Geld vermehren kann. Mit Lana habe ich ebenfalls ein Meeting, damit sie mir Ratschläge für mein Unternehmen geben kann. Alle unterstützen mich nach Kräften.

Matthias habe ich noch immer nicht gesehen. Ich vermute, dass er zur Arbeit zurückgekehrt ist, aber er ist nicht ins Café gekommen.

Sara ist seine Kollegin. Sie würde es wissen. Und sie steht immer noch an der Theke.

Bevor ich entscheide, ob mein Herz es ertragen kann, nach ihm zu fragen, beugt sie sich vor. „Tatsächlich hatte ich gehofft, mit dir zu sprechen …"

Das Café ist voll, aber es gibt keine Schlange. Fast alle sitzen mit ihren Getränken an den Tischen. Ich habe keine Ahnung, worüber Sara mit mir reden möchte, nicke jedoch, damit sie weiterspricht.

„Hast du Dr. Matthias in den letzten Tagen gesehen oder mit ihm gesprochen?"

Ich atme scharf ein. „Nein …" Ich muss nicht erklären warum, oder? Niemand außer Daisy und Missy weiß von unserer Fake-Hochzeit. Und kein anderer muss es wissen. „Ich habe ihn nicht gesehen."

„Oh, ich dachte … jemand erzählte, dass er euch gemeinsam auf dem Riesenrad gesehen hatte. Derjenige dachte, ihr wärt ein Paar. Alberner Kleinstadttratsch." Sie winkt ab. Ich schlucke und bemühe mich, die Tränen zurückzuhalten. „Es ist nur so, dass er nicht mehr zur Praxis kommt. Er beantwortet unsere Anrufe nicht. Nancy hat sich in der Stadt umgehört, doch ich glaube, keiner hat ihn gesehen, seit er zurückgekehrt ist …"

Meine Haut kribbelt warnend. Das sieht Matthias nicht ähnlich. Er ist unerschütterlich. Verlässlich wie ein Uhrwerk. Er enttäuscht nie jemanden. Deswegen war er der Kerl, der die Verantwortung auf sich genommen hatte, ganz allein für seine Mom zu sorgen.

Wenn er also nicht zur Arbeit erschienen ist … stimmt etwas nicht.

Ich hasse das rosafarbene Prinzessinnenherz in mir, das glauben will, dass es an mir liegt. Dass ich ihm wichtig bin. Dass er so verletzt ist wegen unserer Trennung wie ich.

Ich versuche, eine ausdruckslose Miene zu bewahren. „Hast du seine Familie gefragt? Seine Brüder? Oder seine Mom?"

„Nein. Er hat niemanden als Notfallkontakt angegeben. Nancy hatte die Nummer von einem seiner Brüder … der, der eine Werkstatt hat. Ansel?"

„Axel."

„Sie rief ihn an und er erzählte ihr, dass Matthias seinen Kopf aus seinem … Hinterteil ziehen muss." Sie verzieht das Gesicht und ich verkneife mir ein Lächeln. Axel hat keinen Filter. „Dass es ihm nicht gut geht und er für Mann und Bär nutzlos wäre. Was immer das heißen soll."

Ihm geht es nicht gut.

Meine Sorge um Matthias vergrößert sich. Etwas stimmt ganz und gar nicht.

Ich greife in meine Tasche und betaste meinen Ehering. Ich habe ihn behalten, obwohl ich die Diamantkette zurückgegeben habe.

Falls Matthias in Schwierigkeiten steckt, würde er mich dann sehen wollen?

„Ich … ich werde herumtelefonieren", verspreche ich ihr.

Aber das fühlt sich nicht richtig an.

„Nein, ich werde zu seiner Hütte gehen."

„Danke. Nancy arbeitet Doppelschichten und ich fordere jeden Gefallen ein, um eine Teilzeitkraft zu erhalten, aber wir brauchen ihn wirklich."

Ich war noch nie bei Matthias' Hütte. Vor unserem Date, vor Vegas hatten wir kaum miteinander zu tun. Dennoch habe ich das Gefühl, ich hätte das Recht, ungebeten zu seiner Hütte zu gehen.

Und das liegt an mehr als der Tatsache, dass ich rechtlich gesehen seine Ehefrau bin. Es ist so, dass ich vermute – nein, mir sicher bin – dass es bei Matthias' Abwesenheit um mich geht. Ihm geht es wegen mir schlecht. Ich versuche, mich daran zu erinnern, was er mir erklärte, als er mir seine ärztliche Zusammenfassung zur Paarung seiner Spezies gab.

Wenn ein Gestaltwandler seine Gefährtin findet, sie jedoch nicht beansprucht, kann er mondverrückt werden.

Wird Matthias ohne mich mondverrückt? Doch nein, er hat seine Mondkur. Allerdings … sagte er mir, dass er sie nicht mehr nehmen würde, wenn es mich störte.

Oh Gott.

Er sagte, wenn ein Gestaltwandler wild wurde, musste er getötet werden.

Getötet.

Meine Furcht erreicht neue Höhen.

Matthias ist die Art von Mann, der moralisch kompromisslos ist. Falls er meine Wünsche ehrt und keine Mondkur nimmt und auch keinen Kontakt zu mir herstellt, dann muss ich diejenige sein, die zu ihm geht.

Denn Matthias gehört zu mir.

Der Gedanke erschreckt mich, fühlt sich jedoch wahr an. Vielleicht hat er recht, vielleicht ist diese Sache zwischen uns nur Biologie, doch für mich fühlt sie sich wie Liebe an. Als sei er die wichtigste Person in der Welt für mich und wenn er verletzt ist, bin ich verletzt. Als wäre es meine Verantwortung, Recht und Privileg, nach ihm zu sehen und sicherzugehen, dass es ihm gut geht.

Ich schiebe den Ehering wieder auf meinen Finger und nehme meine Schürze ab.

Biologie oder Liebe, Matthias gehört zu mir. Er hat

immer zu mir gehört, ob er mich nun beanspruchte oder nicht. Und ich werde ihn nicht sterben lassen.

* * *

MATTHIAS

Ich dusche, wobei ich das Wasser kalt laufen lasse in der Hoffnung, meinen Körper so zu schocken, dass ich mich besser fühle. Oder zumindest anders. Nur nicht so. Der Schmerz, zu wissen, dass ich meine Gefährtin verletzt habe, bringt mich um.

Nachdem ich geduscht und mich angezogen habe, stelle ich fest, dass die Zwillinge nicht gegangen sind. Teddy hat ein Feuer in meinem Kamin entfacht und Darius brät ein Stück Lachs auf dem Herd.

Der Geruch frisch gekochten Fischs weckt meinen Bären allerdings wieder auf und ich stolpere, da ich mich halb in einen Bären verwandle und auf die Knie falle, bevor ich wieder die Kontrolle erringe.

„Matthias, was zum Henker?", will Darius wissen und dreht sich vom Herd weg. „Du bist beinahe durchgedreht, Mann."

„Gib ihm etwas zu essen", weist Teddy ihn an und reicht ihm einen Teller.

Darius lässt die Hälfte des Lachssteaks auf einen Teller gleiten. Teddy stellt diesen auf den Tisch und hilft mir, mich zu setzen.

Meine Hände verwandeln sich in Tatzen, als ich nach dem Essen greife, und meine Fangzähne werden zum Kauen länger. Der Fisch schmeckt fantastisch. Ich habe in den letzten Tagen anscheinend vergessen, etwas zu essen. Ich verschlinge meinen Teller und krümme den Rücken, um den Kopf zu senken und den Teller abzulecken.

Als ich aufschaue, wechseln Teddy und Darius Blicke.

„Was?" Es kommt mehr als Grunzen heraus.

„Ich habe dich noch nie so gesehen", sagt Teddy.

„Du siehst schlecht aus, Mann."

Ich knurre und lecke weiterhin meinen Teller ab. Dann lasse ich ihn fallen und wische mit einer Hand über meinen Mund. Es fühlt sich seltsam an, in Mann-Gestalt zu sein. Es ist jedoch nett opponierbare Daumen zu haben. Mein Bauch ist voll, obwohl sich meine Brusthöhle leer anfühlt. Ich versuche, „Danke" zu grunzen, es kommt jedoch als ein Bärenknurren heraus.

Darius versteht allerdings, was ich meine. „Gern geschehen. Du würdest das Gleiche für uns tun."

„Zur Hölle, das hast du getan." Teddy lehnt sich auf seinem Stuhl nach hinten und kippt ihn auf zwei Beine. „Ich hätte nie gedacht, dass ich jemals erleben würde, dass du dich benimmst wie …"

„Wie wir", sagt Darius. Ich weiß, dass sie im Einklang miteinander sind, wenn sie aufhören, zu streiten, und anfangen, die Sätze des anderen zu beenden.

Allerdings ist das nervig. Ich will, dass sie kämpfen. Ich will gegen sie kämpfen und diese nutzlose Energie verbrauchen, die unter meiner Haut brodelt.

Maisy Maisy Maisy …

„Matthias!"

Meine Ohren klingeln, als hätte Teddy meinen Namen schon eine Weile gerufen.

„Du musst dich zusammenreißen", sagt er. „Du wirst wild."

Darius sagt: „Du bist besser als das."

Ich zucke mit den Achseln. Was für eine Rolle spielt es? Ich habe Maisy verloren.

„Mom macht sich Sorgen um dich." Darius will mir ein

schlechtes Gewissen einreden. „Sie hat uns von dem Gestalt-wandlerkrebs erzählt."

Bei diesen Worten halte ich inne. Sie wissen Bescheid?

„Du hättest das alles nicht allein auf dich nehmen sollen, Matthias", sagt Darius.

„Ja", stimmt Teddy zu. „Aber sie braucht dich noch. Was, wenn sie einen Rückfall hat?"

„Wenn wir oder Mom dir egal sind, dann denk an Maisy. Du willst nicht, dass sie dich so sieht."

„Das wird sie nicht. Mich sehen."

„Warum nicht? Sie ist deine Gefährtin."

„Verdiene sie nicht." Was Axel mir gesagt hat, stimmt.

„Denkst du, ich verdiene Paloma?", fragt Darius. „Denkst du, er verdient Lana?" Er deutet auf Teddy, der den Kopf schüttelt.

„Unsere Gefährtinnen spielen in einer ganz anderen Liga als wir. Es gibt nichts, was wir tun könnten, um unsere Gefährtinnen zu verdienen. Sie lieben uns einfach und wir lassen uns von ihrer Liebe besser machen."

„Es ist nicht so, dass wir es uns verdienen … es ist eher so, dass wir die Version von uns erkennen, die sie lieben, und dass wir uns entscheiden, jeden Tag diese Version zu sein."

„Kann nicht." Wenn ich Maisy nahekomme, werde ich ihr wehtun. Und das werde ich nicht zulassen.

Also muss ich mich fernhalten.

Darius schließt die Augen. Teddy knurrt: „Waren wir so dumm?"

„Du warst es", antwortet Darius.

„Halt die Klappe."

Beide betrachten mich. Draußen sehe ich Everests massige Gestalt vor dem Fenster. Seine gerundeten Ohren sind hochgestellt. Sogar in Bärengestalt sieht er besorgt aus.

Wenn ich mich nicht in den Griff kriege, werde ich meine

Menschlichkeit verlieren. Deswegen haben meine Brüder solche Angst.

Doch Maisy ist fort. Und ich kann bloß denken: *Vielleicht ist es einfacher, dem Bären die Kontrolle zu überlassen.*

245

KAPITEL VIERUNDZWANZIG

Maisy

Ich fahre den Bad Bear Mountain hinauf. Ich weiß, wo Lana und Teddy wohnen. Ich weiß auch, welches Anwesen Darius, Paloma und Wren gehört. Beide haben in den letzten Jahren neue, umwerfende Häuser in den Bergen gebaut.

Ich weiß auch, dass die älteren Hütten im Wald verteilt sind, in denen jeder Bruder lebt, aber ich weiß nicht, welche Matthias gehört.

Dennoch fahre ich einfach den Berg hoch und bin mir irgendwie sicher, dass ich es herausfinden werde.

Ich kreische und trete mit voller Wucht auf die Bremse, als ein riesiger Polar-Grizzly-Bär vor das Auto springt und mit seinen gewaltigen Tatzen wedelt. Mein Subaru ist für den Schnee gemacht, schlittert jedoch trotzdem ein Stückchen wegen der plötzlichen Vollbremsung.

Der Bär springt zum Heck meines Wagens und stemmt sich dagegen, um das Schlittern zu stoppen.

„Everest!" Ich öffne meine Tür, um ihn anzuschauen. „Was ist los? Geht es um Matthias?" Meine Furcht nimmt wieder zu.

Er nickt und beginnt, die Straße entlang zu rennen.

Ich trete aufs Gaspedal, woraufhin das Heck wieder zur Seite ausbricht. Ich hoffe, dass er mich zur Hütte führt. Als er die Straße verlässt und in den Wald taucht, hoffe ich, dass er auf einer Straße rennt, damit ich nicht in einem Graben stecken bleibe.

Er deutet erneut. Ich biege um eine Kurve und sehe eine niedliche Hütte zwischen den Bäumen. Die Fenster leuchten vom Feuerschein und ich sehe Gestalten hinter ihnen.

„Ist sie das?"

Everest kratzt an meiner Tür.

Ich halte an. Okay, ich schätze, das ist die Hütte.

Ich stoße meine Tür auf und jogge zur Hütte. Ein Pfad aus frisch getrampelten Bärentatzen und Menschenstiefeln führt durch den Schnee zur Hütte. Außerdem ist der Abdruck von etwas Großem zu sehen, das hierher geschleift wurde.

Matthias! Oh, Gott.

Ich stoße die Tür auf, ohne anzuklopfen, da mir die Angst die Kehle zuschnürt.

Matthias' Kopf, der in seinen Händen geruht hat, ruckt nach oben. Er sitzt am Küchentisch, während seine Brüder über ihn gebeugt dastehen.

Er springt vom Stuhl auf und in meine Richtung. Seine Kleider zerreißen und Fetzen fliegen durch die Luft, als er sich im Sprung von einem Mann in einen Bären verwandelt.

Darius und Teddy packen beide seine Arme, um ihn daran zu hindern, mich zu erreichen.

„Whoa! Nein, Matthias! Du wirst ihr wehtun. Verwandle dich zurück", brüllt Darius.

„*Verwandle dich*, Matthias", befiehlt Teddy.

Ihre Aufregung und offenkundige Furcht steigern meine.

„Lasst ihn los!", schreie ich und renne zu ihm.

Sie lassen ihn nicht los, doch ich lege meine Hand auf

seine Brust über seinem Herzen. „Hey", sage ich sanft. „Was ist los?"

Er stößt ein langes Bärengrollen aus. Meine Nackenhärchen richten sich auf.

„Kannst du dich zurückverwandeln?", frage ich sanft.

Er brüllt und schüttelt den Kopf, reißt sich von seinen Brüdern los und stößt mich dabei zurück.

„Nein, Matthias!" Die Zwillinge ringen ihn zu Boden.

Ich schreie.

Was kann ich tun?

„Der Bär will sie markieren", flucht Teddy.

„Fuck. Er ist zu wild. Er wird ihr wehtun." Darius setzt sich rittlings auf Matthias' Brust, um ihn zu Boden zu drücken.

Ich entdecke seine schwarze Arzttasche auf dem Kamin. Die Mondkur! Ich renne dorthin und schütte den Inhalt mit zitternden Händen auf das Sofa.

Spritze. Phiole. Gummiband. „Ist es das, was du brauchst?" Ich halte sie hoch, um sie Matthias zu zeigen.

Er brüllt.

„Was ist das?", fragt Darius.

Ich reiße mir die Jacke von den Schultern, damit ich weniger eingeengt bin. „Eine Medizin, die er entwickelt hat, damit er nicht mondverrückt wird. Er nennt sie Mondkur."

„Zur Hölle, ich wusste nichts davon. Du?" Teddy sieht seinen Zwilling an, der den Kopf schüttelt.

Ich habe noch nie zuvor eine Spritze gefüllt. Nie eine Nadel benutzt, doch ich finde heraus, wie es geht. Ich bin eine fähige Person und Matthias braucht mich.

Ich gehe zu ihm und das Herz schlägt mir bis zum Hals. Dann realisiere ich, dass er mit Fell bedeckt ist. Ich habe keine Ahnung, wo seine Adern sind. Nun, dann muss ich einfach einen großen Muskel nehmen. Ich falle auf die Knie, ramme die Spritze in seinen Oberschenkel und drücke den Kolben nach unten.

Er stößt ein tiefes, leises Grollen aus, das mehrere Sekunden anhält.

Darius entfernt sich von seinem Bruder, der aufgehört hat, sich zu wehren. Er nimmt mir die Spritze ab und schnuppert daran, bevor er sie Teddy reicht.

Ich versuche, Matthias' Blick aufzufangen, doch sein riesiger Bärenkopf ist von mir abgewandt, als würde er sich schämen. Er grollt noch mehr.

Mein Herz hämmert wie wild. Hätte er sich nicht mittlerweile verwandeln sollen? Wie lange braucht das Mittel, bis es wirkt? War ich zu spät?

Eine Träne rinnt meine Nase hinab.

Matthias' Kopf fährt herum und seine Nase zuckt, als hätte er meine Träne gerochen. Er öffnet sein gigantisches Maul und sein Körper verdreht sich.

Ich keuche, als ich das Geräusch knackender Gelenke höre, doch es ist okay. Matthias verwandelt sich wieder in einen Mann.

Einen sehr nackten Mann.

Einen umwerfenden, nackten Mann, der zu mir gehört.

„Fuck sei Dank", murmelt Teddy. Er und Darius treten zurück, um ihm Platz zu machen.

Matthias setzt sich auf, stützt sich auf seine Hände, als sei er schwach, und starrt mich keuchend an.

„Also … hat es funktioniert?", krächze ich.

Er nickt. Seine Augen liegen in Schatten. „Es tut mir leid. Ich … ich wollte sie nicht mehr nehmen. Du hast das nicht gemocht", erklärt er.

Tränen brennen in meinen Augen. „Ich will nicht, dass du wild wirst, Matthias."

„Anscheinend hast du das hier unter Kontrolle, Bruder",

murmelt Teddy. „Maisy, ruf Everest, falls er sich wieder verwandelt.“

Ich nicke, woraufhin die Zwillinge die Hütte verlassen und uns Privatsphäre geben.

Er schaut mich an. Sein Blick bleibt an dem Ehering hängen, den ich wieder angesteckt habe.

Ich schaue auf seine Hand, um nachzusehen, ob er seinen auch noch trägt. Mir stockt der Atem.

„Was willst du, Maisy?“

„Ich will, dass du mich beanspruchst“, flüstere ich.

Seine Augen werden rot und er blinzelt heftig. „Das willst du?“ Seine Stimme klingt rau. Er beginnt, nach mir zu greifen, während ich spreche.

„Aber …“

Er erstarrt. „Ja?“

„Nicht, wenn du mich nicht willst. Ich will nicht mit jemandem zusammen sein, der mich nicht will. Oder mich nicht liebt.“

„Maisy, Schönheit.“ Er ist jetzt in Bewegung, greift nach mir und setzt mich auf seine Taille. „Du bist alles, was ich will. Fuck, habe ich es so vermasselt? Habe ich dich denken lassen, dass ich dich nicht wollte?“

Ich sauge an meiner Unterlippe und nicke.

„Oh Mann! Deswegen hat es dir nicht gefallen, zu hören, dass es eine biologische Anziehungskraft ist.“ Er schlägt sich mit der flachen Hand auf die Stirn. „Ich bin so ein Idiot. Meine Erklärung muss das am wenigsten Romantischste gewesen sein, was du jemals gehört hast.“

„Ja. Das war sie.“

„Maisy, du bedeutest mir alles. Ich vergöttere dich. Ich bin von dir besessen. Du bist das einzige Weibchen, das ich jemals wollte oder wollen werde. Und es tut mir leid, dass ich dich etwas anderes habe denken lassen.“

„Aber ist das alles auch nur Biologie?“

Matthias lehnt seine Stirn an meine. „Nein, Schatz", murmelt er. „Die Wissenschaft beruhigt mich. Transzendente Erfahrungen auf wissenschaftliche oder medizinische Erklärungen zu reduzieren, hilft mir, zu denken, dass ich sie kontrollieren kann, aber natürlich kann ich das nicht. Und meine wissenschaftliche Erklärung hat deine Gefühle verletzt. Es tut mir so leid."

„Aber wenn du mich willst, warum hast du mich nicht beansprucht?"

Matthias' Gesicht nimmt diesen stoischen Ausdruck an, den ich mit der Zeit zu erkennen gelernt habe. Den, den er trug, als er darüber sprach, die Krankheit seiner Mutter vor der gesamten Familie geheim zu halten und die Bürde ganz allein zu tragen. „Es wäre dir gegenüber nicht fair gewesen. Du bist jung. Kaum erwachsen. Du hattest nicht einmal mit einem anderen Mann experimentiert – kein Date oder auch nur ein Kuss. Wie könnte ich dich in eine lebenslange Paarung locken, bevor du die Gelegenheit hattest, das Leben zu erleben?"

Meine Lippen teilen sich schockiert.

Deswegen wollte er sich nicht mit mir paaren? Es lag nicht daran, dass ich zu unerfahren für ihn war, sondern daran, dass Matthias' Altruismus zum Vorschein kam. Die engen Bänder, die mein Herz zugeschnürt hatten seit dem Tag, als ich Las Vegas verließ, brechen auf. Meine Brust füllt sich mit warmem Licht.

Dennoch will ich sicher sein, dass ich es verstehe. Ich neige den Kopf zur Seite. „Also hast du … mich beschützt … vor dir?"

* * *

MATTHIAS

Es fühlt sich unglaublich an, meine Gefährtin wieder in

den Armen zu halten. Ihr Karamell- und Zimtduft beruhigt meinen Bären. Es ist ein Wunder, mit dem ich nicht gerechnet habe.

„Ja, Schönheit. Ich hatte Angst, dass ich dich überfahren würde. Ich weiß, dass ich viel bin. Vor allem im Bett. Du hast keine Ahnung, was für versaute Dinge ich mit dir tun will."

Meine Gefährtin ist alles anderes als entsetzt, sondern lächelt und nimmt mein Gesicht in ihre Hände. Sie senkt die Stimme zu einem sexy Schnurren. „Ich will, dass du diese versauten Dinge mit mir tust."

Mein Schwanz wird unter ihrem Schoß länger. Ich packe ihren Po und ziehe sie näher. Mein Verhalten wird wieder besitzergreifender.

Sie senkt ihre Lippen, zieht sie über meine und ich will vor Freude weinen. Wegen der Süße des Kusses.

„Hast du jemals innegehalten und in Erwägung gezogen, dass ich vielleicht nicht unterwegs war und mit anderen Kerlen experimentierte, weil ich darauf wartete, dass du mich beanspruchst? Ich habe zwar eine Unmenge sexy Bücher gelesen, fantasierte jedoch davon, das alles mit dir zu erleben. Ich meine, du bist der Kerl, der unsere ganze Anziehungskraft der Biologie zuschreibt."

Ich stöhne und lehne meine Stirn wieder an ihre. Sie wird mich das vermutlich nie vergessen lassen.

Sie fährt fort: „Wäre es demzufolge nicht vernünftig, zu denken, dass mir meine Biologie nicht erlauben würde, an einem anderen Mann interessiert zu sein, wenn ich deine Gefährtin bin?"

Ich blinzle. „Nun, ja, ich schätze, das würde Sinn ergeben."

„Hör zu, dies ist der einzige Weg, wie das Ganze funktionieren wird."

Mein Herz hämmert. Ich bin normalerweise der Dom. Derjenige, der die Kontrolle hat. Bevor ich wusste, dass

Maisy meine Gefährtin ist, brachte ich Weibchen dazu, zu betteln und nach mehr zu flehen. Sogar bei Maisy war ich derjenige, der die Regeln unserer Beziehung oder Nicht-Beziehung festlegte.

Es ist zermürbend, nun derjenige zu sein, der bereit ist, zu betteln.

„Entweder bin ich deine Ebenbürtige und in der Lage, meine eigenen Entscheidungen darüber zu treffen, mit wem ich zusammen sein will und ob ich mit dir zusammen sein will, oder ich bin raus. Entweder lässt du mich selbst entscheiden oder du behandelst mich wie ein Kind. Ich werde nicht mit jemandem zusammen sein, der mich nicht wertschätzt oder mir nicht zutraut, meine eigenen Entscheidungen zu treffen."

Ich atme scharf ein und verstehe endlich, wie sehr ich es vermasselt habe.

Ich versuchte, sie vor meiner kontrollierenden, dominanten, alles verzehrenden Seite zu beschützen. Ich versuchte, sie vor all den dunklen und versauten Dingen zu schützen, die ich mit ihr tun möchte. Ich versuchte, keinen unangemessenen Einfluss auf ein Weibchen auszuüben, das so viel jünger ist als ich. Doch es war genau diese Bevormundung, die sie beleidigte.

Ich dachte, ich würde ihr Raum geben, damit sie eine Entscheidung treffen kann. Doch in Wahrheit nahm ich ihr die Entscheidung. Ich ließ sie nicht wählen.

Ich räuspere mich. „Es tut mir leid, Maisy. Ich nahm dir die Entscheidung ab und das war falsch. Du bist meine Ebenbürtige. Absolut."

„Also darf ich wählen?"

„Selbstverständlich." Mein Herz hämmert noch immer wie wild. Sie ist hier auf meinem Schoß, in meinen Armen, aber sie könnte mir noch immer mitteilen, dass es aus ist. Sie könnte noch immer gehen, wie sie das in Las Vegas tat.

„Vertraust du mir?“

„Mit ganzem Herzen.“

Ihre Miene nimmt bei meiner Wortwahl sanftere Züge an. Ja, ich schloss mein Herz ein und ich sprach nicht einmal von dem Organ, das Blut durch den Körper pumpt.

„Ich wähle dich.“

Meine Augen werden feucht. Der Kloß in meiner Kehle verschwindet einfach nicht.

„Ich wähle dich“, sage ich. „Mein Herz wählt dich. Mein Verstand wählt dich. Meine Seele wählt dich. Mein Bär wählt dich. Mein Körper wählt dich.“ Ich versuche, an alles zu denken, damit sie nie wieder an meiner Liebe zweifelt.

„Dich“, flüstert sie und in ihren Augen funkeln ebenfalls Tränen.

„Dich.“ Ein Lächeln breitet sich zum ersten Mal seit einer Woche auf meinem Gesicht aus. Es fühlt sich an, als würde ich zerbrechen. Nein, warte. Das ist der Käfig um mein Herz, der aufbricht. Ich küsse sie heftig. „Ja?“, frage ich, als ich zurückweiche und sie atemlos ist.

Sie erwidert das Lächeln und nickt. „Ja. Nur dich. Es gab immer nur dich für mich.“

Ich lege eine Hand auf ihren Hinterkopf und ziehe sie auf mich, bevor ich uns herumrolle, bis sie auf ihrem Rücken liegt und unter mir fixiert ist.

„Wenn ich dich markiert habe, werde ich dich nie wieder gehen lassen“, warne ich sie.

Sie errötet, ihr Gesicht ist jedoch ein Ausdruck reiner Freude. „Versprochen?“

KAPITEL FÜNFUNDZWANZIG

Maisy

Matthias' Augen leuchten in einem hellen Blau. Seine Fangzähne sehen lang und scharf und wundervoll gefährlich aus.

„Letzte Gelegenheit zur Flucht", warnt er, während er mir meinen Pullover über den Kopf reißt. Ich ziehe meine Stiefel aus und versuche, ihm bei seinem Unterfangen zu helfen, mich auszuziehen.

„Ich renne nicht weg."

Er öffnet meinen BH. „Ich werde nicht sanft sein."

„Zeig, was du draufhast, Bären-Daddy."

Er hebt auf entschieden dominante Art die Augenbraue. „Bin ich dein Bären-Daddy?" Er zieht mir meine Jeans und Höschen aus.

Ich erröte. „So nenne ich dich in meinem Kopf."

Sein Grinsen ist wild. „Das gefällt mir." Er deutet mit dem Kinn zum Kamin. „Jetzt krabble."

Ich brauche einen Augenblick, bis ich realisiere, was er will. Dann gehe ich rasch auf alle viere. Er verpasst meinem

Hintern einen scharfen Schlag. „Zum Teppich neben dem Kamin, wo ich dich besinnungslos ficken werde."

Mich ... besinnungslos ficken. Das klingt nach einem guten Plan!

Als ich zum Kamin krabble, grollt er seine Zustimmung und schubst den Wohnzimmertisch und das Sofa energisch zurück, um auf dem Boden Platz für uns zu machen. Er packt eines der Kissen vom Sofa und legt es neben mich.

Ich warte auf allen vieren auf dem Teppich neben dem Kamin. „Wo hört das Feuer auf und fängt der Rauch an?"

„Hmm." Matthias' große Hände legen sich auf meine Taille und er stößt noch ein zufriedenes Bärengrollen aus. „Wo?"

Ich drehe mich, um ihn über meine Schulter anzuschauen. „Beim Buchstaben R."

Er wirft den Kopf nach hinten und lacht laut.

Ich liebe den beherrschten Arzt-Dom Matthias, aber wenn ich ihn so glücklich und sorglose sehe? Dann verliebe ich mich erneut in ihn. Heftig.

Er streichelt mit den Händen über meinen ganzen Körper – an den Seiten hoch und runter, über meinen Po und umfasst meine Brüste. „Ich liebe dich, Maisy", murmelt er.

Ich sauge seine Worte auf. Die, die ich in Vegas hätte hören müssen anstelle von „Es ist nur Biologie".

„Beanspruche mich."

Sein Bär knurrt. Er schlägt mir auf den Po. „Du machst es mir schwer, die Kontrolle zu bewahren."

„Beanspruche mich", wiederhole ich. Ich will das hier. Ich will das hier mehr, als ich jemals etwas in meinem Leben wollte. Matthias ist mein Gefährte. Er hat recht – ich weiß das schon so lange wie er.

Er fährt fort, mir den Hintern zu versohlen, wobei er sich

zwischen der rechten und linken Pobacke abwechselt, und erregt mich mit dem Spanking. Mit seiner Dominanz.

Ich werde sofort feucht. *Danke, Bären-Daddy.*

Jetzt, da wir etabliert haben, dass ich seine Ebenbürtige bin, überlasse ich ihm gerne die Führung. Vor allem im Bett.

Oder wenn ich auf dem Boden vor dem Feuer knie, wie es gerade der Fall ist.

Er streichelt mich zwischen den Beinen und ich stöhne leise bei der Berührung. „Schieb das Kissen unter deine Brust, Schönheit."

Ich gehorche und ziehe das Kissen unter meine Brüste, sodass ich jetzt in einer Form der ‚Welpenhaltung' bin und mein Hintern höher ist als mein Oberkörper.

Matthias flucht. „Du bist so heiß, Maisy." Er schlägt mir erneut auf den Hintern, dieses Mal etwas fester. „Wie soll ich dich nur jemals wieder aus dem Schlafzimmer lassen?" Er streichelt über meinen Hintern.

Ich lache leise. „Das musst du nicht tun."

„Vorsicht, Schönheit", grollt er. „Dieses Angebot nehme ich möglicherweise an."

„Nimm mich jetzt, Bären-Daddy."

„Maisy …", stöhnte er, während er seine Schwanzspitze durch meine Säfte zieht. „Ich werde dich Tag und Nacht ficken."

Er dringt vorsichtig in mich. Der Winkel ist köstlich – sein Schwanz gleitet so tief. Ich fühle mich objektifiziert. Schön. Er zieht sich zurück und dringt langsam wieder in mich. Erlaubt mir, mich an seine Größe zu gewöhnen.

Als er seine Fingerspitzen über meine Hüften nach vorne wandern lässt, um meinen Kitzler zu umkreisen, stöhne ich meine Wertschätzung.

„Fuck, Maisy." Er packt meine Taille so kräftig, dass er blaue Flecken hinterlassen wird. Er rammt sich härter in mich. „Fuck." Er beginnt, seine Stöße zu beschleunigen. „Ich wollte mir Zeit mit dir lassen, aber ich …"

„Beanspruche mich", wiederhole ich.

Ich will das hier. All den groben, kinky Sex, für den ich seiner Meinung nach nicht bereit bin.

„Maisy … Maisy. Maisy …"

Er verliert die Kontrolle und ich liebe es. Ich liebe es, dass ich diejenige bin, die ihn dazu bringt, die Kontrolle zu verlieren.

„Gib es mir, Bären-Daddy", reize ich ihn.

Er knurrt und hämmert sich jetzt in mich.

Es ist zu viel, doch ich liebe es. Wie sich herausstellt, mag ich ein wenig Schmerz genauso gern, wie er ihn austeilt. *Ich habe wirklich meinen perfekten Partner gefunden.*

„Maisy … Maisy, fuck."

Matthias lässt meine Hüfte mit einer Hand los, um erneut meinen Kitzler zu massieren. Dieses Mal reicht das, um mich zum Höhepunkt zu bringen. Ich kreische, als meine inneren Muskeln beginnen, wegen des schnellen, heftigen Orgasmus zu pulsieren.

Matthias stößt ein Bärenknurren aus, rammt sich tief und kommt in mir. Sein Knurren jagt einen Schauder über mein Rückgrat. Er würde mir niemals wehtun, weshalb die Furcht zu Erregung wird. In meinem Rücken ist eine Bestie und ich gehöre zu ihr.

Dann legt sich sein Arm um mich und hält mich fest. Kurz presst er seine Lippen an den Muskel zwischen meinem Hals und meiner Schulter. Er knurrt erneut und ich verstehe, was er mich fragt.

„Tu es", flüstere ich.

Er beißt mich so schnell in den Hals, dass ich kurz gar nichts spüre. Seine Lippen pressen sich auf meine Haut. Mein Muskel verkrampft sich – seine Fangzähne stecken tief in meiner Haut.

„Mein", knurrt er. Schmerz durchfährt mich und ich breche zusammen. Nur sein Arm hält mich aufrecht.

Doch mein Lächeln ist breit und reicht von einem Ohr zum anderen. Er hat es getan. Ich wurde beansprucht.

Er leckt über meine Haut und das Blut ab. Sein Knurren ist eher ein Schnurren. Mein Körper ist wegen der Nachwirkungen seines Bisses und meines Orgasmus knochenlos. Ich schwebe und fühle mich in seinem Griff schwerelos.

Er dreht mich um und leckt mein Gesicht ab. Leckt meine Tränen ab.

„Ehefrau." Der besorgte Ton in seiner Stimme bringt mich dazu, ihn anzublinzeln. Er blickt suchend in mein Gesicht. Sein Gesicht ist das des vertrauten Dr. Sahneschnittchens, den ich kenne und liebe – ruhig und beherrscht. „Bist du okay?"

„Mmmhmmm."

„Du bist high von Neurochemikalien." Er gluckst und hebt mich in seine Arme. „Ich hätte das auf dem Bett tun sollen."

„Nein." Meine Knie sind rot, weil ich sein Gewicht gestützt habe. Egal. „Ich hätte es nicht anders gewollt." Ich berühre seine Lippen und atme seinen köstlichen Duft ein. Ich bin jetzt damit bedeckt. Ich hoffe, ich rieche überall Sandelholz, egal, wohin ich gehe. „Gefährte."

„Gefährtin." Er knabbert an meinen Fingern. Seine Lippen sind sanft und kräftig. Er trägt mich zu seinem Bett, wo er mich untersucht. Nachdem ich etwas Wasser getrunken und einige Schmerztabletten genommen habe, legt er mich auf das Bett und zieht mich an sich. Ich kuschle mich an ihn und es fühlt sich so richtig an.

Ich habe das Gefühl, als hätte ich jemanden, der mein Fels sein wird. Jemanden, der meine Hoffnungen und Ängste mit mir teilen, mich in den Armen halten wird, wenn ich weine, und der über meine schlechten Witze lachen wird.

Jemanden, der mein wahres Ich sieht. Jemanden, der mich nie gehen lassen wird.

„Danke", flüstere ich.

„Nein, süße Ehefrau. Danke dir."

KAPITEL SECHSUNDZWANZIG

Maisy

Ich habe den Valentinstag nie gefeiert. Ich hatte nie ein Date, nie Pläne abgesehen davon, den Cafébesuchern von unserem berühmten Red Velvet Latte zu erzählen, der mit süßer Sahne und rot funkelndem Zucker gemacht wird. Ich war nie geküsst worden.

Dieses Jahr ist alles anders.

Ich stehe vor dem Ganzkörperspiegel meines Schlafzimmers und rücke den Ausschnitt meines schulterfreien Hochzeitskleides zurecht. Der Ausschnitt zeigt meine Diamantkette und meinen Paarungsbiss und ich würde es nicht anders wollen.

Mein Ringfinger fühlt sich ohne meinen Ehering nackt an.

Es klopft an meiner Tür und bevor ich „herein" rufen kann, schwebt Daisy bereits hindurch.

„Alles Gute zum Geburtstag, mein liebes Mädchen!", ruft sie. „Es ist ein fantastischer Tag." Sie stellt eine knallgelbe Tasse Kaffee auf meine Kommode, bevor sie sich umdreht und mich genau in Augenschein nimmt. Ihr stockt der Atem. „Oh meine Güte."

„Daisy?" Meine Oma hat den Großteil ihrer Energie zurückgewonnen, doch sie hat sich verändert. Sie wirkt … weicher. Sie weint schneller. Wie jetzt. Ihr Gesicht ist erfüllt von Staunen und ihre Augen werden glasig von Tränen.

„Mein liebes Mädchen", flüstert sie. „Du siehst atemberaubend aus."

Ich durchquere den Raum, nehme ihre beiden Hände und halte sie fest für den Fall, dass sie stürzt.

„Oh, meine Maisy." Sie drückt meine Hand mit kräftigen Fingern. „Du bist ganz erwachsen."

Ich brauche einen Moment, bis ich das Zittern meiner Lippen unter Kontrolle kriege. Missy hat mich geschminkt und ich werde das auf keinen Fall ruinieren. „Wirst du meinen Reißverschluss schließen?"

Sie verbringt die nächsten Minuten damit, an meinem Kleid herumzufummeln. Sie trägt selbst ein umwerfendes Kleid in einem hellen Türkis mit gelben Punkten und einer Gänseblümchenbrosche. Lana hat es von einem aufstrebenden Designer machen lassen.

Wir haben beide Mäntel, die zu unseren Kleidern passen.

„So, alles fertig. Oh, du siehst wie eine Schneekönigin aus."

Ich blicke in den Spiegel. Missy hat viel Glanz auf meinen Wangen und Augenlidern verteilt. Ich sehe ätherisch aus.

„Danke, dass du mich durch den Gang führst."

Ich bat Daisy, diese Aufgabe zu übernehmen. Ich wollte Allen nicht hier haben. Außerdem hat Matthias mir erzählt, dass ein Vampir ihm das Gedächtnis gelöscht hat und er jetzt sein bestes Leben als Kellner in Vancouver führt.

„Natürlich. Ich habe nie eine hübschere Braut gesehen. Wenn deine Mom dich jetzt sehen könnte … aber natürlich schaut sie vom Himmel auf dich herab."

„Bring mich nicht zum Weinen." Ich neige mein Gesicht nach oben und blinzle Tränen zurück.

Vor der Tür hupt jemand.

„Das ist unsere Mitfahrgelegenheit. Bevor wir gehen, lass mich folgendes sagen." Sie nimmt mein Gesicht in ihre Hände. „Ich hätte nie gedacht, dass es einen Mann geben würde, der dich verdient, aber du hast ihn gefunden. Dieser Mann wird dich niemals verlassen. Ich schwöre, er schaut dich an, als wärst du seine ganze Welt. Ich weiß, dass er sich um dich kümmern wird, wenn meine Zeit abgelaufen ist."

„Hör auf." Ich schniefe. „Du lebst noch lange Zeit. Willst du nicht deine Urenkel im Arm halten?"

Unser Fahrer hupt erneut.

Daisy öffnet die Tür und brüllt Axel „In Ordnung, immer mit der Ruhe" zu, der in einem seiner Projekte, einem himmelblauen Kabriolett, neben unserem Briefkasten geparkt ist. Obwohl die Luft frostig ist, hat er das Dach geöffnet. Er springt aus dem Wagen und schwingt seine langen Haare wie ein K-Pop-Star nach hinten. All seine Tattoos sind unter einem Smoking versteckt, sodass er sehr konventionell und umwerfend aussieht, wie ein Jane Austen Held.

„Daisy." Er verbeugt sich tief, als er ihr die Tür öffnet. „Du siehst reizend aus."

„Ja, Dankeschön, junger Mann. Ich fühle mich wieder wie zweiundsechzig."

„Maisy, ich habe etwas für dich." Er nimmt eine schwarze Samtschachtel und präsentiert mir eine funkelnde Tiara. „Ein letztes Detail." Er setzt sie mir auf den Kopf, während ich mit den Diamanten meiner Kette spiele und mich atemlos fühle. „Perfekt."

Ich bin so glücklich, dass ich nicht sprechen kann. Ich lasse mir von ihm auf den Beifahrersitz helfen.

„Dann legen wir mal los." Daisy schlägt von hinten auf den Fahrersitz.

Die kalte Luft rauscht an uns vorbei, doch wir haben nur so eine kurze Fahrt vor uns, dass es ist, als würden wir in einer Kutsche sitzen, die von Pferden gezogen wird. Ich kann spüren, dass meine Wangen rosa leuchten.

Während Daisy damit beschäftigt ist ‚Jingle Bells' zu singen, senke ich die Stimme und frage Axel leise: „Ist Missy schon dort?"

Axel nickt. „Ich habe sie vorhin abgesetzt."

Ich mustere sein Gesicht genau. Matthias hat mir erzählt, dass Axel auf Missy steht. Ich habe es Missy noch nicht erzählt. Sie hat immer so getan, als würde sie Axel nicht mögen. Eines Tages werde ich ihrer Beziehung auf den Grund gehen. Aber nicht heute. Der heutige Tag ist für mich.

Mich und meinen Ehemann.

Axel setzt uns am Ende der Main Street ab, wo ein Teppich aus weißen Rosenblütenblättern beginnt. Die ganze Stadt erstreckt sich vor uns. Der *Leaky Bucket* auf einer Seite, der Handelsposten auf der anderen. Dann kommt unser Café und das Riesenrad vom Winterfest ragt dahinter in den Himmel.

Der Pfad aus Rosenblütenblättern endet vor einer Bühne, die von einigen beeindruckenden Eisskulpturen flankiert wird. Dort wartet Matthias in seinem weißen Smoking auf mich.

„Bereit?" Daisy bietet mir ihren Arm an. Wir schlendern die Straße entlang, wo sich uns Everest in Bärengestalt anschließt. Er hat seine Zähne um den Griff eines weißen Weidenkorbs geschlossen. In dem Korb ist ein samtenes, weißes Kissen, auf dem unsere zwei Eheringe liegen. Er nimmt die Rolle des Ringbären sehr ernst. Er hat sogar eine himmelblaue Fliege um seinen Hals gebunden, die zu den himmelblauen Kleidern und Smokings (oder Kilts) unserer Trauzeugen passt.

Sowie Daisy und ich den Teppich aus Rosenblütenblättern betreten, beginnen die Drillinge, mit ihren Dudelsäcken zu spielen. Der Krach ist beeindruckend. Ich habe ‚Love Me Tender‘ noch nie … so laut vorgetragen gehört.

Das ist der Moment, in dem Leute aus dem Daisy Day Café und dem Beary Nice Buchladen zu strömen beginnen. Da sind der alte Luther, Sara und Nancy aus der Praxis. Sogar Abe verlässt seine Kneipe, um sich auf die Veranda des Leaky Buckets zu stellen. Es sieht aus, als wäre die ganze Stadt gekommen, um zuzuschauen, wie ich zu Matthias geführt werde.

Missy, Lana und Paloma erscheinen und nehmen ihre Plätze als Brautjungfern vor mir ein. Seit zwei Wochen arbeiten Lana, Paloma und ich offiziell zusammen. Sie finanzieren den Ausbau des Cafés und nutzen mein Geschäft als Test für ihre Non-Profit-Organisation, die weiblichen, queeren und PoC Unternehmern hilft. Mit ihrer Hilfe habe ich bereits die Baugenehmigung für die Erweiterung des Cafés beantragt.

Mein ganzes Leben hat sich verändert. Ich habe das Gefühl, als würde ich träumen, als wäre ich in einen Liebesfilm getreten – einen schnulzigen, der garantiert ein Happy End hat.

Mein Happy End kommt mit einem Biss an meiner Schulter und einer Diamantkette, die im Geheimen ein Halsband ist. Und mit einem Elvis-Lied, das mit Dudelsäcken vorgetragen wird. Ich glaube, die Drillinge versuchen, ‚Can’t Help Falling in Love with You‘ zu spielen. Und ich würde es nicht anders wollen.

Teddy und Lana, dann Darius und Paloma schreiten den Gang entlang. Axel reicht Missy seinen Arm und ich halte die Luft an, aber sie ergreift ihn mit einem erhabenen Nicken und hält den Kopf hoch erhoben, während er sie zur Bühne führt.

Sie sehen gut zusammen aus. Vielleicht werde ich ihr das morgen sagen.

Everest schlendert den Gang entlang, dann sind Daisy und ich an der Reihe.

Die Leute raunen ihre Glückwünsche, als ich vorbeigehe.

„Du hast einen Guten erwischt. Wird auch Zeit, dass sich jemand Dr. Sahneschnittchen schnappt", ruft Terri aus dem Handelsposten. Abe lüftet seinen Stetson vor mir.

Jasmine Wilkins hält Oliver zurück, als er nach unten greift, mit seinen speckigen Kinderhänden Rosenblütenblätter aufhebt und sie in die Luft wirft, als ich vorbeikomme.

Das ist der Moment, in dem ich aufschaue und Matthias sehe. Er steht auf der Bühne und starrt auf mich herab. Plötzlich sind wir die einzigen zwei Leute in der Welt. Wir könnten wieder im Spielzimmer sein, wo ich zu ihm krabble.

Vielleicht werde ich das später heute Nacht tun.

Der Biss an meinem Hals pocht und ich bete, dass ich mein himmelblaues Höschen nicht komplett durchnässe, bevor die Ehegelübde abgelegt wurden.

Wir gehen an den riesigen Eisskulpturen vorbei – sie haben natürlich die Gestalt von Bären – und erklimmen die Bühnentreppe zum Altar. Daisy nimmt neben Winnie, Matthias' Mom, Platz. Sie haben sich beide online ein Zertifikat besorgt, damit sie die Hochzeit leiten können. Sie sind gute Freundinnen und Winnie hat sich alle Mühe gegeben, dass wir uns wie ein Teil der Familie fühlen. „Bist du bereit, sieben wilde Schwager zu bekommen?", fragte Matthias mich gestern. Ich antwortete ihm, dass mindestens zwei von ihnen geniale Gefährtinnen haben. „Zwei vergeben, bleiben noch fünf", brummte Matthias.

„Drei vergeben", korrigierte ich ihn.

Jetzt nimmt er meine Hand und wärmt sie zwischen seinen großen. Nicht einmal in meinen wildesten Träumen hätte ich mir diesen Moment vorgestellt.

Matthias beugt sich nach unten. „Warum trägt der Bräutigam an seinem Hochzeitstag ein zweites Paar Socken?"

Ich kenne die Antwort, frage jedoch: „Warum?" Meine Wangen tun weh, so breit lächle ich.

Matthias zwinkert. „Für den Fall, dass er kalte Füße bekommt."

„Liebe Maisy und lieber Matthias", sagt Winnie. Sie und Daisy wechseln sich ab und führen uns durch das Ehegelübde. Ich kann kaum hören, was sie sagen. Ich vibriere vor Aufregung, nur weil ich in den Armen meines Ehemannes stehe.

„Maisy Stark klingt gut", flüstert er, während er den Ehering wieder auf meinen Finger schiebt. Dorthin, wo er hingehört.

„Warum stand der Bräutigam während der Hochzeitszeremonie links?", frage ich und er antwortet, „Weil seine Braut immer recht hatte."

„Ich verkünde euch jetzt zum König und zur Königin des Winterfests!", schreit Daisy. „Und auch als verheiratet!"

Alle applaudieren.

„Du darfst die Braut küssen", fügt Winnie hinzu, doch Matthias hat mich bereits in seine Armbeuge gelehnt. Er neigt mich nach hinten und unsere Lippen treffen sich.

Und dann sind die Drillinge da, lachen und setzen eine Silberkrone auf Matthias' Kopf. Ich trage meine bereits.

„Ein dreifaches Hoch auf Maisy und Matthias Stark!", ruft Sara. „Hip hip Hurra!", schreit die ganze Stadt so laut, dass es vom Berg hallt.

Ich weine vor Freude. Für mein Make-up gibt es jetzt keine Hoffnung mehr.

„Alles Gute zum Geburtstag, Ehefrau. Habe ich dir gegeben, was du wolltest?"

„Ja." Ich umfasse sein Gesicht und flüstere an seinem Mund. „Dich."

* * *

WIR HOFFEN, IHNEN HAT „ALPHAS GEFÄHRTIN" gefallen! Wenn ja, würden wir uns sehr über eine Rezension freuen. Das bedeutet unabhängigen Autoren wie uns sehr viel.

Falls ihr das Buch von Darius und Paloma noch nicht gelesen habt, schaut euch „Alphas Anspruch" an.

Um Teddys und Lanas Buch „Alphas Rettung" zu lesen, *klicke hier.*

WUSSTEN SIE SCHON, dass Sie direkt bei Renee & Lee bestellen können? Erhalten Sie frühzeitigen Zugriff auf neue Bücher, Sonderausgaben und stark reduzierte Pakete. Nutzen Sie diesen Gutscheincode für zusätzliche 10 % Rabatt auf Ihre gesamte Bestellung: 10READER

Oder klicken Sie hier: https://midnightromanceshop. com/discount/10READER

HOLEN SIE SICH IHR KOSTENLOSES BUCH!

Tragen Sie sich in meine E-Mail Liste ein, um als erstes von Neuerscheinungen, kostenlosen Büchern, Sonderpreisen und anderen Zugaben zu erfahren.

https://geni.us/jungfrauunddervampir

RENEE ROSE: HOLEN SIE SICH IHR KOSTENLOSES BUCH!

Tragen Sie sich in meine E-Mail Liste ein, um als erstes von Neuerscheinungen, kostenlosen Büchern, Sonderpreisen und anderen Zugaben zu erfahren.

https://www.subscribepage.com/mafiadaddy_de

Wussten Sie schon, dass Sie direkt bei Renee Rose bestellen können? Sichern Sie sich signierte Bücher, Sonderausgaben und stark reduzierte Pakete. Nutzen Sie diesen Coupon für zusätzliche 10 % Rabatt auf Ihre gesamte Bestellung – READER10

Oder klicken Sie hier – https://shop.reneeroseromance.com/discount/READER10

LEE SAVINO:
KOSTENLOSE NOVELLE

Hol dir ein kostenloses Exemplar von Gezeugt von den Berserkern und Eine Berserker-Geburt, indem du dich für meinen Newsletter anmeldest.

*Der dritte Teil von Daegans, Brennas und Samuels Geschichte. Lies den ersten Teil in **Verkauft an die Berserker** und den zweiten in **Gepaart mit den Berserkern**. Diese Novelle ist kostenlos, ein Geschenk.*

https://BookHip.com/PKRMGC

Wussten Sie schon, dass Sie direkt bei Lee Savino kaufen können? Sichern Sie sich Sondereditionen und stark reduzierte Pakete. Nutzen Sie diesen Coupon für zusätzliche 10 % Rabatt auf Ihre gesamte Bestellung: READER10

Oder klicken Sie hier: https://leesavino.myshopify.com/discount/READER10

Der große böse Boss: Miteinander

Der große böse Bully

Bad Boy Bären

Alphas Anspruch

Alphas Gefährtin

Wolf Ridge High

Alpha Bully

Alpha Knight

Step Alpha

Alpha King

Alpha Varsity

Solo-Buch

Sklaven des Sturm

Wolf Ranch

ungezähmt

ungestüm

ungezügelt

unzivilisiert

ungebremst

unbändig

unkontrolliert

unerschrocken

unbeugsam

Two Marks

ungebärdig - (gratis)

versucht

Begehrt

verzaubert

Mitternacht Doms

Alphas Blut von Renee Rose & Lee Savino

Seine gefangene Sterbliche von Renee Rose & Lee Savino

Chicago Bratwa

Gefährliches Vorspiel

Der Direktor

Der Mittelsmann

Bessessen

Der Vollstrecker

Der Soldat

Der Hacker

Der Buchmacher

Der Reiniger

Der Spieler

Der Torwächter

Unterwelt von Las Vegas

King of Diamonds

Mafia Daddy

Jack of Spades

Ace of Hearts

Joker's Wild

His Queen of Clubs

Dead Man's Hand

Wild Card

Mafia Männer Reihe

Reiz mich nicht

Verführe mich nicht

Zwing mich nicht

Master Me

Ihr Königlicher Master

Ja, Herr Doktor

Ihr Marine Master

Ihr Russischer Gebieter

Ihre Zwillingsmaster

Ihr Brandmeister

Ihr Küchenmeister

Ihr Hollywood Master

Ihr Bad Boy Master

Sündhaftes Chicago

Sündenpfuhl

Verwurzelt in Sünde

Mountain Men

Held

Rebell

Krieger

Yacht Kings

Rache

Die Meister von Zandia

Seine irdische Dienerin

Seine irdische Gefangene

Seine irdische Gefährtin

Seine irdische Rebellin

Seine irdische Frau

Ihr Gefährte und Meister

Zandianisches Haustier

Sein irdischer Besitz

Zandianische Bräute

Eine Nach md den Zandianern

Von den Zandianern gekauft

Von den Zandianer beherrscht

Das Licht der Zandianer

Festgehalten vom Zandianer

Vom Zandianer beansprucht

Vom Zandianer gestohlen

Vom Zandianer gerettet

Das Erwachen (Unschuld 2)

Königin der Unterwelt: Eine Dunkle Liebesgeschichte (Unschuld 3)

Die Gefangene des Biestes: Eine dunkle Romanze (Die Liebe des Biestes 1)

Die Rache des Biestes: Eine dunkle Romanze (Die Liebe des Biestes 2)

Der Soldat, der mich verführt

Draekons (Drachen im Exil) mit Lili Zander (Eine Sci-Fi Dreierbeziehung Romanze)

Draekon Gefährtin

Draekon Feuer

Draekon Herz

Draekon Entführung

Draekon Schicksal

Tochter der Dragons

Draekon Fieber

Draekon Rebellin

Draekon Festtag

ÜBER RENEE ROSE

USA TODAY Bestseller-Autorin RENEE ROSE liebt dominante, verbalerotische Alpha-Helden! Sie hat bereits über eine Million Exemplare ihrer erotischen Liebesromane mit unterschiedlichen Abstufungen verruchter sexueller Vorlieben und Erotik verkauft. Ihre Bücher wurden außerdem in *USA Todays Happily Ever After* und *Popsugar* vorgestellt. 2013 wurde sie von *Eroticon USA* zum nächsten *Top Erotic Author* ernannt und freut sich ebenfalls über die Auszeichnungen Spunky and Sassy's *Favorite Sci-Fi and Anthology Autor*, The Romance Reviews *Best Historical Romance* und Spanking Romance Reviews *Best Sci-fi, Paranormal, Historical, Erotic, Ageplay and Couple Author*. Bereits fünfmal gelang ihr eine Platzierung in der USA-Today-Bestsellerliste mit verschiedenen literarischen Werken.

Besuchen Sie ihren Blog unter www.reneeroseromance.com

ÜBER LEE SAVINO

Lee Savino ist eine USA Today-Bestsellerautorin von Smexy-Romanzen. Smexy, wie in "smart und sexy". Finden Sie sie in der Goddess Group auf Facebook und laden Sie ein kostenloses Buch unter www.leesavino.comherunter!

Sie finden sie unter:
www.leesavino.com

Sie lieben knurrige Alphas? Dann schau dir die Berserker-Saga an. Beginne mit *Verkauft an die Berserker.*

www.ingramcontent.com/pod-product-compliance
Lightning Source LLC
Chambersburg PA
CBHW071555030726
47593CB00001BA/175